ICH BIN HIER BLOSS DER MÖRDER

Der Rosenheimer Heinz von Wilk war schon vieles in seinem Leben: Weltreisender, Musiker, Manager und Immobilienhändler. Nach langen Jahren in vielen Ländern lebt er mit seiner Frau im Chiemgau und schreibt dort seine Bücher.
www.heinz-von-wilk.de

Dieses Buch ist ein Roman. Handlungen und Personen sind zum Teil frei erfunden. Ähnlichkeiten mit lebenden oder toten Personen, insbesondere mit hohen Staatsbeamten, auch wenn diese vom rechten Pfad der Tugend abkamen, sind nicht gewollt und deshalb rein zufällig. Nicht erfunden sind unter anderem der Bäcker Bergmeister mit der charmanten Marianne und ihren dunklen Brezen sowie dem Sizilianischen Zitronenkuchen.

HEINZ VON WILK

ICH BIN HIER BLOSS DER MÖRDER

Oberbayern Krimi

emons:

Bibliografische Information der Deutschen Nationalbibliothek
Die Deutsche Nationalbibliothek verzeichnet diese Publikation in der Deutschen Nationalbibliografie; detaillierte bibliografische Daten sind im Internet über http://dnb.d-nb.de abrufbar.

FSC
www.fsc.org
MIX
Papier aus verantwortungsvollen Quellen
FSC® C083411

Umschlagmotiv: mauritius images/Westend61/Franz Faltermaier
Umschlaggestaltung: Nina Schäfer, nach einem Konzept von Leonardo Magrelli und Nina Schäfer
Umsetzung: Tobias Doetsch
Gestaltung Innenteil: DÜDE Satz und Grafik, Odenthal
Lektorat: Carlos Westerkamp
Druck und Bindung: CPI – Clausen & Bosse, Leck
Printed in Germany 2021
ISBN 978-3-7408-1154-9
Oberbayern Krimi
Originalausgabe

Ich glaube, man gibt den Menschen Gesetze und Regeln, damit sie dann auch die Möglichkeit haben, diese zu brechen.

ziemlich frei nach Sartre

1

Stell dir den kleinen Park vor der Rosenheimer Stadthalle vor. Es wird langsam dämmrig. Die Konturen der Büsche und Bäume verbinden sich. Die kleine Kugel über den Toiletten, hinten, beim Kiosk, wirft einen schummrigen Lichtkreis. Daneben, bei den Bänken, da sitzen und stehen sie.

Nie alle zusammen, sondern verteilt in kleine Zweier- oder Dreiergruppen. Etwa zehn bis zwölf dünne, dunkelhäutige Männer in Gangster-Rapper-Klamotten, mit Goldketten um den Hals und neuen weißen iPhones in den Händen.

Ein paar andere sind weiter oben, sitzen an den Treppen und bei dem runden Wasserbecken mit dem meterhohen Edelstahl-Mühlrad. Die am Wasser rauchen, unterhalten sich lachend in einem fremden, afrikanischen Dialekt und zeigen sich gegenseitig YouTube-Videos auf ihren Handys.

»Sind sie das? Die Kerle da drüben?« Nellie beugte sich in ihrem Sitz vor, um an Stocker vorbei besser sehen zu können.

»Wer? Die?« Stocker fuhr langsam die Münchener Straße hoch und lenkte den alten Benz vor dem H&M an den Straßenrand. »Nein. Das ist seine Armee. Er selber wird wohl kaum noch auf der Straße sein. Pass auf, ich zeig dir was.«

Stocker kurbelte das Fenster auf der Fahrerseite runter und deutete auf die Raucher am Wasserbecken: »Das sind die Kassierer und Aufpasser.« Sein Zeigefinger wanderte zu der Gruppe an der Bank. »Die da drüben, die haben den Stoff. Nicht am Körper, sondern irgendwo bei den Toiletten oder unter den Büschen versteckt. Der Große, der auf der Banklehne sitzt und kaut, das ist der Springer. Es läuft so: Du müsstest da rübergehen und nahe an der Bank vorbeischlendern. Entweder sie reden dich an, oder du sagst was: ›Hey, Mann, hast du Proxis? Versed? Purple Drank? Speed? So was in der Art?‹ Die taxieren dich und nennen einen Preis. Du sagst ›okay‹ und gehst zu den Kerlen am Wasserbecken rüber. Dort zahlst du. Einer von denen schickt dem Springer eine SMS oder so. Der läuft und holt die bezahlte Menge. Jetzt sagt dir der Kerl am Wasser, wo du hingehen sollst. Vor zum Blumenkiosk oder so. Der Springer folgt dir und schiebt dir unauffällig deine Ware zu. So funktioniert das.«

Nellie beugte sich an Stockers Schulter weiter vor, um besser sehen zu können. Er roch das blumige Gel, das sie in ihre stoppelkurzen, fast weißblond gefärbten Haare eingekämmt hatte. »Woher weißt du das? Hast du hier den Friends-and-Family-Tarif?«

Stocker lachte auf. »Nein. Moses war vorher in München tätig. Da ist es ihm zu heiß geworden. Die Albaner haben dort schnell und brutal den Markt übernommen. Seit einem Jahr oder so ist er hier bei uns.«

»Und die Bullerei?«

»Was glaubst du wohl? Wenn die diese Jungs jetzt hochnehmen, sind die in zwei Stunden wieder hier. Wenn sie ein Platzverbot bekommen, dann gehen die in den Riedergarten oder an die Loretowiese oder was weiß ich. Schau mal da vor. Siehst du den schwarzen BMW, den M3er da vorne?«

»Die tiefergelegte Disco-Schüssel mit dem Spoiler auf dem Kofferraumdeckel? Igitt. Was ist mit der Kiste?«

»In der sitzt der Leutnant. Immer wenn eine größere Geldmenge zusammenkommt, tausend oder so, dann geht der Springer zum BMW und liefert die Kohle ab. In einer Schicht geht der Lange so um die zehnmal. Zeno hat sich die Sache mal angesehen, nur so als Fingerübung, meinte er. Damit er im Fluss bleibt. Mit seinen Techniken und so, du weißt schon.«

»Du denkst noch viel an ihn, was?«

Stocker nickte langsam und sah im Rückspiegel, wie ein Streifenwagen im Schritttempo in ihre Richtung fuhr. Die beiden jungen Polizisten starrten Stocker und Nellie kurz an und fuhren weiter. Stocker würdigte sie keines Blickes.

Zu den Männern im Park sah keiner der Polizisten rüber.

»Was habe ich gesagt? Die machen gar nix. Die haben nicht mal geguckt, was die Jungs da treiben.«

An Nellies linker Schläfe trat eine Ader hervor, wie immer, wenn sie sich aufregte.

Stocker zuckte mit den Schultern, schob sie sacht in Richtung Beifahrersitz zurück und legte den ersten Gang ein. Der Benz rollte vom Bordstein, fuhr die Straße hoch und bog in die Bahnhofstraße ein. Vor dem C&A-Haus lenkte Stocker den Wagen in die Papinstraße und schaute sich suchend um.

»Was ist?«

»Ich würde gerne hier parken. Aber wo?«

»Da vorne, vor der Kurve. Wo genau müssen wir hin?«

»Passt schon. Sag mal, hast du deinen Kung-Fu-Scheiß noch drauf?«

Nellie lehnte sich im Sitz zurück und starrte ihn an. »Was wird das jetzt? Wir gehen nur zu einer Besprechung, hast du gesagt.«

»Eben. Mit Moses und einem Kerl aus München, den ich nicht kenne. Und wir treffen uns auf unsicherem Boden. In dem Puff gleich um die Ecke, an der Hauptstraße.«

»Na super. So was Ähnliches hätte ich mir eigentlich denken können. Sagst du mir jetzt, um was genau es geht? Du hast gesagt, um Zeno. Und deswegen bin ich hier. Also, hau die Infos raus.«

Sie griff unter den Sitz, holte einen flachen, zweischüssigen Neun-Millimeter-Derringer hervor und schob ihn unter dem rechten Knöchel in ihre schwarzen Nikes. »Weißt du, was ich an diesen Schwarzen immer eigenartig finde? Die Namen. Die heißen Tyreen, Akeem, Leymon, so was eben. Das klingt wie … ich weiß auch nicht … Babypuder oder so. Findest du nicht auch?«

Stocker kreiste langsam mit dem Kopf, sodass das Knirschen der Halswirbel zu hören war. »Kann schon sein. Andererseits kenne ich keinen einzigen Schwarzen, der Hans heißt. Und du?«

»Hans Sarpei, Mann. Ehemaliger Mittelfeldspieler. War für den VfL Wolfsburg in der Bundesliga. Hat in einem Halbfinale gegen den FC Bayern gespielt. Der Mann ist Kult. Und heißt Hans. Noch Fragen?«

»Nein.« Stocker parkte ein, zog den Zündschlüssel ab und schaute Nellie an. »Wie genau das jetzt abläuft, weiß ich selber nicht. Moses hat mich angerufen. Er meinte, ein Kumpel von ihm hätte Ärger wegen seines Sohnes. Der sitzt in München im Knast. Moses sagt, der Sohn soll umgelegt werden, weil er zu viel weiß. Unter anderem über eine Sache, die mit dem Mord an Zeno zusammenhängt. Deswegen sind wir hier.«

»Wie kommt der heilige Moses auf dich?«

Stocker seufzte. »Der Zuckerhahn hat das angeleiert. Weißt du schon, dass sie unseren KHK Zuckerhahn neuerdings im Münchner Bullengehege ›Zorro‹ nennen? Nein? Weil er manisch davon besessen ist, rauszufinden, wer seinen ehemals besten Mann umgebracht hat. Verziehen hat er mir das nie so richtig, dass der Zeno vom SEK weg und zu mir in die ›Endstation‹ gekommen ist. Noch dazu als Koch.«

Stocker schüttelte den Kopf. »Egal. Zwischen dem Zorro und unserem Zeno bestand so ein Vater-Sohn-Dings, du weißt schon. Und jetzt will er denjenigen tot sehen, der seinen Ziehsohn umgebracht hat. Das geht in der gesamten Münchner Unterwelt rum wie ein Lauffeuer. Jeder ist sauer, weil das nervt. Die Jungs wollen in Ruhe ihre Geschäfte machen. Und keinen amoklaufenden Killerbullen im Revier haben. Also ruft ein Münchner Obergangster den Zuckerhahn-Zorro an und steckt ihm, dass sein Sohn was wissen könnte. Hintermänner und so. Weil sein Sohn was mit denen oder für die gemacht hat. Er ist jetzt wegen einer Drogen-Sache erwischt worden, in U-Haft, und wartet auf das, was da kommt.«

»Und? Wo ist der Deal?«

»Weiß ich noch nicht. Zorro hat Moses angerufen, der hat mich hierherbestellt, und sein Kumpel aus München ist auch da.«

»Hast du mit Zuckerhahn gesprochen?«

»Nein. Warum auch? Wir hören uns das hier an, und dann schauen wir weiter.«

»Und was soll die Scheißfrage nach meinen Kampfkünsten?«

»Na ja, das ist ein Puff, da sind manchmal richtig böse Jungs drin. Du bist vom anderen Ufer, das sieht man, und –«

Nellie schlug ihm mit der Faust hart an die Schulter, grinste aber dabei. »Das sieht man, ja? Was genau? Dass ich Fischbrötchen mag?«

2

Jetzt muss ich sagen, wenn du der Nellie auf der Straße oder in ihrer Kneipe begegnest, dann fällt dir schon eine gewisse Männlichkeit an ihr auf. Sie ist nicht groß, vielleicht eins sechzig, aber kompakt, ohne dick zu sein. Kräftige Beine, muskulöse Arme, Schultern wie eine Profischwimmerin und zentimeterkurze Haare. Und sie bewegt sich auch nicht gerade wie Heidi Klum, wenn du weißt, was ich meine.

Nellie O. wuchs mit drei größeren Brüdern auf einem Bauernhof hinter Bad Endorf auf. Die Brüder waren allesamt gefürchtete Raufbolde, und auch die kleine Nellie langte früh und gerne hin, wenn ihr was nicht passte.

»Ich sag dir mal was, Albin, man braucht keinen Bruce-Lee-Scheiß oder so was. Du musst dir nur drei oder vier gute Techniken draufschaffen und die ab und zu üben. Dann passt das.«

»Wie du meinst. Willst du meinen Plan hören, bevor wir da jetzt reingehen?«

»Aber gerne.«

»Der Plan ist: Es gibt keinen Plan. Wir marschieren rein, fragen nach Moses und schauen, was passiert. Wir hören seinem Kumpel zu, und dann entscheiden wir beide, ob wir in der Sache tätig werden oder nicht. Als gleichberechtigte Partner. Einverstanden?«

»Ja. Hast du mit Anne drüber gesprochen? Ich meine, weiß sie, wo wir beide gerade sind?«

Stocker schloss die Augen. »Wir reden nicht mehr besonders viel. Aber das ist eine andere Geschichte. Das heißt, sie redet schon. Aber ich merke, dass ich nicht mehr richtig zuhöre. Können wir?«

Ohne zu antworten, stieg Nellie aus dem Benz und strich sich das hellblaue, weit sitzende Hemd über dem Bund glatt. Stocker schloss den Wagen ab und schlug mit der flachen Hand auf das braune Blech des Daches. »Ich glaube nicht, dass wir Stress kriegen. Wenn dich wer anmacht, halte dich bitte zurück. Aber wenn mich wer anmacht, dann hau ihm ruhig eine rein. Okay?«

Sie schüttelte lächelnd den Kopf, kam um den Wagen herum und hakte sich bei ihm unter. »Habe ich dir eigentlich schon mal gesagt, dass du mein Traummann wärst, wenn ich auf Männer stehen würde?«

Stocker küsste sie auf die Schläfe und drückte ihren Arm. »Das sagst du andauernd, aber ich höre es immer wieder gerne.«

3

Sie gingen auf das Haus zu. Es lag an der Ecke der Kreuzung, der Bordellbetrieb belegte alle drei Stockwerke, die Fassade sah schon ein bisschen schäbig aus, muss ich sagen. Die graue Farbe blätterte an vielen Stellen ab wie Herbstlaub, und in der Hauswand waren lange Risse zu sehen.

Aber das war nicht immer so gewesen. In den Sechzigern hatte Rosenheim die größte Ferrari-Dichte Deutschlands. Und das Rosenheimer Ferrari-Haus lag damals genau gegenüber dem Puff, auf der anderen Straßenseite. Oft stand ich davor und drückte mir die Nase an der dicken, raumhohen Glasscheibe platt, denn dort drinnen, auf edlen Marmorfliesen, da waren sie: die Testa Rossas, Dinos, der eine oder andere 365 GT4 BB, alle in Rot. Strahlend, glänzend, unglaublich schön.

Damals war dann auch die entsprechende Klientel vor Ort, und das Bordell hatte seine hohe Zeit. Die Freier kamen aus München und Salzburg, manche sogar den weiten Weg über den Brenner aus Italien, denn das Haus an der Ecke war berühmt für sein Ambiente, die ausgefallenen Live-Shows auf der Bühne und vieles mehr. Die Programme wechselten alle zwei Wochen. Die Damen alle zwei Monate.

Ich weiß noch, dass da mal ein Pärchen aus Frankreich gastierte, und so eine Show hatte Rosenheim noch nie gesehen. Pass auf: Die Bühne ist dunkel, die Bar rappelvoll und nur von wenigen roten Tischlampen und der schummrigen blauen Thekenbeleuchtung erhellt. Unterhaltungen werden leiser, und man sieht durch den Rauch der vielen Zigaretten und Zigarren kaum vor bis zur Bühne.

Aus den Lautsprechern ertönen Urwaldgeräusche. Löwen brüllen, Papageien stoßen schrille Schreie aus, und irgendwo im Hintergrund tröten Elefanten. Der Urwaldsound wird leiser gedreht. Dafür ertönt Zwanziger-Jahre-Big-Band-Jazz mit viel Trommeln, wie bei einer Josephine-Baker-Show.

Ein schmaler Scheinwerferkegel von oben beleuchtet einen bunt bemalten Marterpfahl. An den ist ein großer Schwarzer gefesselt, die muskulösen Arme so straff nach hinten gebunden, dass er sich nicht bewegen kann. Er ist nackt, sein Körper von oben bis unten mit Öl eingerieben und schimmert, als würde er in seinem eigenen Schweiß baden. Das überproportional lange Glied hängt schlaff nach unten.

Ein zweiter Scheinwerferkegel, der von einem großen Verfolger-Spot hinter der Theke kommt, gleitet rechts an den Bühnenrand. Von da tritt eine schöne Rothaarige in einem hellbraunen Tropenanzug in den Lichtkegel. Die Musik wird lauter. Die Schöne sieht den Kerl am Marterpfahl, schlägt die Hand vor den Mund und erschrickt. Sie reißt die Augen weit auf, schaut übertrieben verwirrt ins Publikum, macht einen Knicks und deutet mit einem lautlosen »Ohhh« auf den Lippen auf das mächtige schlaffe Glied. Der Schwarze starrt sie wortlos an. Sie dreht ihm den Rücken zu, beginnt lasziv zu tanzen und zieht sich aus. Nach zwei Minuten steht sie, splitternackt, immer noch mit dem Rücken zu ihm und erstarrt.

Dann dreht sie sich langsam um und beginnt, ihre Brüste zu massieren. Eine Hand gleitet über ihren flachen Bauch nach unten und streichelt das rote Dreieck zwischen ihren Beinen. Dabei sieht sie den Mann am Marterpfahl direkt in die Augen.

Und plötzlich geschieht es: Wie eine Kobra stellt sich das Glied des Schwarzen auf und steht, hart und zitternd, wie ein Fahnenmast in leichter Meeresbrise.

Die Rothaarige tanzt einmal um den Marterpfahl herum, steckt sich den Zeigefinger, der eben noch zwischen ihren Beinen war, in den Mund und fährt dann damit leicht am Glied des Mannes entlang. Dann tanzt sie weg, der Verfolger geht aus, der Schwarze am Pfahl ist noch ein paar Sekunden zu sehen, dann wird die Bühne dunkel, der Vorhang schließt sich. Der Applaus war jedes Mal so heftig, dass sich sogar die schweren, zähen Rauchschwaden so schnell verzogen, wie wenn ein plötzlicher Windstoß durch den Raum gezogen wäre.

Diese Nummer lief zwei Wochen lang, jede Nacht, einmal um Mitternacht und das zweite Mal gegen drei Uhr früh. Und nie hat der Mann am Marterpfahl die Erektion nicht gebracht. Der Laden war immer voll, und der Barkeeper sagte mir mal, der Schwarze und die Rote seien seit Jahren ein Paar, hätten aber noch nie miteinander geschlafen, wie ihm der Mann erzählte. Denn dann wäre der Zauber weg, und er würde auf sein eigenes Kommando keinen mehr hochkriegen.

Der Champagner floss damals in Strömen, wie du dir denken kannst. Die schönsten Frauen und sogar die Rote aus der Marterpfahl-Nummer waren zu haben, wenn man genug auf den Tisch legte. Und in den oberen Zimmern spielte man Roulette, Siebzehn und Vier, Poker, das ganze Programm.

Einmal hat ein total durchgeknallter Wirt, vom ehemaligen Traberhof, glaube ich, unbedingt eine Runde Russisch Roulette spielen wollen. Die anderen beiden am Pokertisch im zweiten Stock waren der Chinese, der mal die Reinigung mit Änderungsschneiderei in der Innstraße hatte, du weißt schon. Und der andere, das war ein indonesischer Holländer auf der Durchreise, den keiner kannte.

Auf jeden Fall, der Wirt, zugekokst und stinkbesoffen, zieht einen kleinen alten Trommelrevolver aus der Hosentasche, klappt ihn auf, nimmt bis auf eine Patrone alle raus und stellt die fünf glänzenden Messingdinger wie Soldaten vor sich auf den Tisch.

Der Chinese, der ja rein von der Genetik her schon ein ziemlich bleiches Wesen war, wurde noch blasser, und der indonesische Holländer lachte und sagte: »*Verdomte shit.*«

Der Wirt klappte die Trommel wieder zu, drehte sie schnell, indem er mit dem Daumen draufschlug, und hielt sich den Revolver zwischen die Augen. Dann schaute er in die Runde und meinte: »Um den Pot auf dem Tisch.« Da lagen so um die hunderttausend Mark, hat man mir erzählt.

Die anderen beiden nickten. Der Wirt auch, dann zog er den Abzug, und die Hälfte seines Hinterkopfes spritzte gegen die rot-goldene Stofftapete. Der Chinese und der Holländer teilten sich den Pot. Wobei der abergläubische Chinese die Scheine, die mit Blut besprenkelt waren, nicht anfasste.

Das Loch von der Kugel, die sich auch von einem hiesigen Wirtsschädel nicht groß aufhalten ließ, ist heute noch in der Wand zu bestaunen.

Das waren noch Zeiten.

Wer sich mit der Frau seiner Träume nicht in den plüschigen Zimmern vergnügen wollte, der nahm sich ein Salonzimmer in der kleinen Pension zweihundert Meter links die Straße hoch. Dort standen Tische und Palmen in einem Glas-Wintergarten, die Weihnachtsbeleuchtung hing das ganze Jahr über in den Wedeln, und neben dem offenen Kamin lagen immer duftende Holzscheite.

Jetzt, nach all den Jahren, hat die äußere Münchener Straße den Charme einer verwitterten, obdachlosen alten Frau, die in ihren Tagträumen längst vergangenen Zeiten und Liebhabern nachhängt und die Erinnerungen ihres einstigen Lebens samt ihrem momentanen Besitz in einem Supermarkt-Einkaufswagen vor sich herschiebt.

Das Bordell war früher ein Familienbetrieb. Seit einigen Jahren gehört das Haus aber dem Moses-Clan. Die Zimmer sind schäbig, die Fenster von innen mit rotem Papier beklebt, auf einigen sieht man gemalte rote Herzen, und über dem Eingang hängt ein abgeblättertes schwarzes Blechschild mit der Aufschrift »Bar-Club. Nur für Mitglieder«. Und mitten auf der Bühne ist neuerdings eine Messingstange.

Links und rechts neben der braunen, verschrammten Eisentür standen zwei Typen. Beide mit kahl rasierten Köpfen, Bärten und Steroid-aufgepumpten Oberkörpern. Der Kleinere von beiden stieß sich mit dem Fuß von der Wand ab und zeigte auf Nellie. »Tussen kommen hier nicht rein. Wir sind kein Swingerclub, wa?«

Stocker öffnete den Mund, aber Nellie war schneller. »Kollege, du bist eine lebende Werbung für präventive Familienplanung. Kompliment. Geil finde ich ja, dass ihr Typen auf der Rübe ausseht wie Holzfäller, dabei habt ihr doch alle rasierte Säcke, oder?«

Jetzt kam auch der Größere auf sie zu, klopfte sich den Staub vom Hintern und grunzte: »Isch hab keine Ahnung, was du meinst, Torte, aber eine wie du sollte nur den Mund aufmachen, wenn sie einen strammen Schwanz vor der Nase hat, yo?«

Der Große grinste, und der Kleine griff sich nickend in den Schritt.

»Aber immer doch«, sagte Nellie, »und wer ist der Schwanz von euch beiden? Du? Pass mal auf, du Brüller, wir sind geschäftlich hier. Und falls ich mal einen Rat von einem Arschloch brauche, dann frage ich mein eigenes, klaro?«

Stocker hob beschwichtigend die Hände und stellte sich vor den Großen. »Moses wartet auf uns. Wir können uns später weiter amüsieren, aber jetzt bring uns erst zu deinem Boss.«

Der Große funkelte Stocker wütend an und knurrte über die Schulter zu dem Kleinen: »Ahmad, ruf oben an.« Und zu Stocker: »Und wer bist du, Mann?«

»Albin Stocker. Schicker Anzug, übrigens. Gab's den auch in sauber und fleckenfrei?«

Der Kleine schaute auf sein Handy, tippte eine kurze Nummer und hob es ans Ohr. »Ja, ich bin's. Da ist ein Kerl mit seiner Keule. Heißt Stocker. Will zu dir, sagt er. Was? Okay. Ende.« Und zu dem Großen: »Lass sie rein.«

Hinter der Bar stand eine dünne Frau um die dreißig, mit blau gefärbten Haaren, und schnitt Limetten. Die Theke verlief an der ganzen Wand entlang bis zur Treppe. Ein älterer Mann mit einer kurzen, schmierigen, ehemals weißen Schürze um die Hüften verteilte Papieruntersetzer auf den dunklen Holztischen. Es waren nicht viele Tische, und um diese Zeit waren natürlich nur wenige Gäste in der Bar und schauten auf die Bühne, auf der sich eine nackte und heftig gepiercte Schwarzhaarige lustlos an der Stange abquälte. Aus den Lautsprechern an der Decke ertönte »Private Dancer« von Tina Turner.

»Jetzt schau dir bloß das ganze Altmetall an, das in der Schwester da oben steckt«, sagte Nellie. »Die stirbt nicht wie du und ich, die verrostet einfach.«

Ein kräftiger Mann Anfang dreißig kam leichtfüßig die Treppe runter und winkte den beiden zu. »Hier lang. Kommt rauf.«

Sie folgten ihm in den ersten Stock und durch einen muffig riechenden, halbdunklen Gang bis zur letzten Tür links. Eine schwarze, doppelflügelige, massive Eichenholztür mit dicken Beschlägen. Der Kerl im Anzug klopfte, wartete ein paar Sekunden und öffnete einen Flügel. »Da rein.« Er trat zur Seite, ließ sie vorgehen und glitt hinter ihnen in das Zimmer.

In dem Raum war alles in Gold- und Blautönen. Vergoldete Tische, die Stühle mit Blattgoldauflage und dunkelblauen Samtsitzkissen, goldene Bilderrahmen mit kitschigen Gemälden, goldene Heiligenfiguren, hellblauer Teppichboden mit goldenen Sternen. »Das volle Zigeuner-Programm«, flüsterte Nellie an Stockers Ohr. »Hast du ›Suburra‹ gesehen? Die Serie?«

Moses, der Mann am mattgoldenen Schreibtisch, lehnte sich kurz in seinem Stuhl zurück. Er war mittelgroß und dünn. Seine stahlgrauen Haare waren sehr kurz geschnitten. Er hatte scharfe Züge, Narben um die Augen, die blau strahlten.

Sein schwarzer Anzug war von Armani oder Ermenegildo Zegna, das dunkelblaue, goldbestickte Hemd von Versace und bis obenhin zugeknöpft. Die blaue Versace-Krawatte mit den goldenen Löwen drauf hing auf halbmast. An den Fingern beider Hände glänzten schwere Goldringe mit bunten Edelsteinen. Vor ihm, auf der goldenen Tischplatte, stand ein dampfender viereckiger Pappbecher mit asiatischen Schriftzeichen.

»Was hast du dich hübsch gemacht für uns, Moses. Das hätte es jetzt echt nicht gebraucht.«

»Stocker, mein Freund, lange nicht gesehen. Was hat dir die Frau da gerade ins Ohr geflüstert? Darf ich das auch hören?«

»Aber ja, Moses. Sie hat mich gefragt, ob ich diese Fernsehserie aus Italien gesehen habe. ›Suburra‹. Hab ich aber nicht. Kennst du die?«

Jetzt strahlte Moses und klatschte in die Hände. »Klar doch. Schau dich mal um. Ich hab versucht, das Wohnzimmer im Stil von dem Anacleti-Zigeuner-Clan, du weißt schon, in dem Haus mit den Hundezwingern, nachzubilden.« Und zu Nellie: »Und Sie, meine Schönste, Sie haben Geschmack. Was meinen Sie, ist mir das Ambiente gelungen?«

»Aber so was von. Ich hab grade gedacht, hier drinnen könnte man die dritte Staffel drehen.«

Moses schaute sich freudestrahlend um. »Ja, ne? Haben Sie Beziehungen zum Film?«

»Nein, leider nicht. Aber ich hab die Serie geliebt. Besonders Spadino.«

»Der war schwul.«

»Schon, aber er hat seiner Frau ein Kind gemacht, oder? Ich meine, selbst als Schwuler ist er immer noch der Obermacho.«

»Na ja, obwohl, das mit dem Kindermachen ... Ich weiß nicht. Er nackt auf dem Bett, und sie hat sich ja auf ihn draufgesetzt und gesagt, er soll die Augen zumachen, und dann hat sie ihm mit der Hand –«

Stocker hüstelte. »Ich störe euch beiden Cineasten ja wirklich ungern, aber könnten wir vielleicht zur Sache kommen?«

Moses legte die Unterarme auf die Tischplatte und lachte. »Logisch. Entschuldige, mein Freund. Stört es dich, wenn ich schnell meine Nudeln fertig esse? Setzt euch inzwischen. Und du, Stocker, schau dir mal an, was in dem Ordner da vor dir ist. Das ist wichtig für das Gespräch, das wir gleich führen werden.«

Die beiden setzten sich. Moses warf sich die Krawatte über die Schulter. »Ich saue mich immer zu bei dicken Nudeln, aber ich liebe dieses Japan-Zeugs.« Das Gericht in dem Pappbecher bestand aus Ramennudeln, Brühe, Fleisch, Paprika und Ingwer. Außerdem wehte der Duft von Minze und Knoblauch über den Tisch.

Moses schlürfte die glitschigen, bleichen Dinger mit Hilfe von hölzernen Einwegstäbchen und sagte mit vollem Mund, während er sich den Becher unter das Kinn hielt: »Das Schwarz-Weiß-Bild da. Nicht das. Das andere. Siehst du den grauhaarigen Kerl mit der offenen Bonbontüte in der Hand?«

Stocker starrte auf das Foto und spürte, wie ihm von innen kalt wurde. Moses deutete mit den Stäbchen auf ein anderes Foto: »Da ist er noch einmal, und auch sein Gesicht ist besser zu sehen. Sagt dir das was?«

Aber in Stockers Kopf lief längst ein Film ab. Er sah die Szene wieder, so klar und deutlich, als hätte ihn eine Zeitmaschine um ein paar Monate zurückversetzt: ein grauer Nachmittag. Sie waren auf der Rückfahrt vom Treffen an der Raststätte. Dann, nächste Szene: zwei schwarze Mercedes-Vito-Busse auf dem Standstreifen der A 8, kurz vor der Ausfahrt Holzkirchen. Dazwischen sein alter Benz. Er steigt in den zweiten Bus, der zwanzig oder dreißig Meter hinter seinem Achtziger-Jahre-Mercedes mit eingeschalteter Warnblinkanlage wartet. Die seitlichen Scheiben des Vito sind abgedunkelt. Dünne Stimmen quäken aus dem Funkgerät, das vorne neben dem Fahrer auf dem Beifahrersitz liegt. Gegenüber von KHK Zuckerhahn sitzen zwei blasse Männer in dunklen Anzügen. Der Wagen fährt los, der Jüngere beugt sich vor und sagt: »Gleich zur Sache. Sie stellen ab sofort alle Aktivitäten ein, die mit dem tragischen Tod Ihres Partners zu tun haben. Das ist keine Bitte. Wir möchten das so.«

»Wer ist ›wir‹?«

Der Ältere, der uninteressiert aus dem Fenster auf die überholenden Autos schaut und knirschend auf einem Lakritzbonbon kaut, blickt kurz zu Stocker: »Staatsschutz. Wir regeln das ab jetzt selber. Fragen Sie Ihren Freund neben Ihnen.«

Und jetzt der Zuckerhahn, der nur mühsam seinen Zorn unterdrückt, mit hochrotem Gesicht: »Ist so. Ich kann nichts machen. Die übernehmen jetzt.«

Dann schiebt sich der Ältere ein weiteres schwarzes Bonbon in den Mund und schaut wieder teilnahmslos aus dem Fenster.

Es war der Mann auf den Fotos, die vor Stocker auf dem Schreibtisch lagen. Auf beiden Fotos, Irrtum unmöglich.

Stocker schüttelte den Kopf, um in die Gegenwart zurückzukommen, und hörte wie durch einen Nebel die Stimme von Moses: »So, und wenn du willst, können wir jetzt mit unserem Freund aus München sprechen.«

Nellie schaute sich um. »Wo ist er?«

Moses seufzte und holte einen flachen Laptop aus einer der Schubladen seines goldenen Schreibtisches. »Skype. Er ist in München, kann uns aber sehen und wir ihn. Ich hasse dieses scheißmoderne Technik-Zeugs. Hey, mein Neffe, der ist neulich sechs Jahre alt geworden. Seine Mutter hat ihm ein Handy geschenkt, und der kleine Scheißer sagt zu mir: ›Hattet ihr so was damals auch schon, Onkel Moses?‹ Und ich: ›Na klar, mein Kleiner, nur waren die viel größer. Man konnte reingehen, die Tür hinter sich zumachen, und der Hörer hing an einem Kabel. Ein Handy zum Reinschlüpfen, sozusagen. Die Häuschen standen damals an fast jeder Straßenecke.‹ ›Cool‹, sagt der Zwerg, ›und wo war das Internet, und warum gibt es diese krassen Reinschlüpf-Handys nicht mehr?‹ ›Das Internet‹, sage ich, ›das hat man damals noch nicht gebraucht. Weil die Menschen damals noch bei Bedarf miteinander reden konnten. Und die Reinschlüpf-Handys wurden abgeschafft, weil manche Leute in die kleinen Häuschen reingepisst haben und alte Omas dann in den Pfützen ausgerutscht sind und sich die Knochen brachen.‹ Da schaut mich der kleine Mistkerl an und sagt –«

»Entschuldige, Moses, aber können wir jetzt so langsam? Ich will wissen, um was es geht. Wieso ist der Mann nicht hier?«

Moses zuckte mit den Schultern. »Hey, ich mach nur, um was man mich gebeten hat.« Er zog einen kleinen Zettel aus der Jackentasche, blickte mit halb zugekniffenen Augen drauf und gab eine lange Nummernfolge ein. Langsam, im Ein-Finger-System. Dann drehte er den Laptop so, dass Stocker, Nellie und er den Bildschirm sehen konnten.

Nach kurzer Zeit baute sich ein Bild auf, sie sahen den Oberkörper eines Mannes. Er trug einen schwarzen Rollkragenpulli, hatte dunkelbraunes Haar, große, braune Augen und war etwa fünfundvierzig oder fünfzig Jahre alt. Seine Lippen bewegten sich, aber man hörte keinen Ton.

Der Mann an der Tür kam mit schnellen Schritten zum Tisch und drückte eine Taste am Laptop, und plötzlich war der Ton da, mitten im Satz: »… schon, und Sie sind es leid, über Gräber zu laufen. Aber ein Grab ist noch offen, und ich kann Ihnen helfen, es zu schließen.«

Stocker beugte sich vor: »Guten Tag. Wir haben den Anfang nicht verstanden. Ich bin Albin Stocker. Wer sind Sie?«

Der Mann lächelte. »Ivo Gregorian. Auch einen guten Tag. Ich sagte, ich kann Ihnen helfen, die Mörder Ihres Partners zu schnappen. Das wollen Sie doch, oder?«

»Ja.«

»Gut. Moses hat Ihnen die Fotos gegeben?«

»Ja.«

Gregorian fuhr sich mit dem Zeigefinger der linken Hand in den Rollkragen, als würde ihn da was kratzen. »Der Ältere, der mit den grauen Haaren, der weiß, wer Ihren Partner umgelegt hat. Nein, anders: Er weiß, von wem der Auftrag kam und warum.«

»Ich weiß, wer das ist. Ich habe mit ihm gesprochen. Er ist so was wie ein Polizist.«

»Herr Stocker, Menschen sind das, was sie tun. Sie sind nicht das, was sie sagen. Oder was andere erzählen. Sie sind die Summe dessen, was sie getan haben, für sich oder andere. Daraus wiederum lässt sich schließen, was sie tun werden.«

Stocker klopfte auf die Fotos. »Er ist beim Staatsschutz, hat man mir gesagt.«

Gregorian drehte den Kopf und blickte verstört hoch, so als ob noch eine andere Person bei ihm im Raum wäre. Dann schaute er wieder in die Kamera seines Computers: »Das ist er offiziell, stimmt. Aber der Mann regelt mit seiner speziellen Abteilung schmutzige Dinge für ein paar Leute ganz oben. Das mit Ihrem Partner soll vertuscht werden, weil sonst mächtige Kreise viel Ärger kriegen.«

»Und Sie sind einer von diesen mächtigen Leuten?«

Gregorian setzte ein trauriges Lächeln auf. »Nein, ich bin eher auf der anderen Seite des Zaunes. Aber jemand aus meiner Familie droht zum Kollateralschaden zu werden. Weil er Dinge gesehen und gehört hat, von denen er besser nichts gewusst hätte.«

»Was habe ich damit zu tun?«

»Sie? Man hat mir von Ihnen erzählt. Und von Ihren Verbindungen. Bringen Sie meinen Jungen eine Zeit lang in Sicherheit, und ich sage Ihnen, wie Sie an den Mann herankommen, der die Mörder Ihres Partners deckt.«

Stocker verzog das Gesicht. »An den Kerl komme ich auch ohne Ihre Hilfe ran, wenn ich das will. Was haben Sie zu bieten, und warum sprechen Sie jetzt mit mir?«

»Ein Bekannter, einer von der Kripo, der jetzt einen ganz merkwürdigen Straßennamen hat, der meinte, Sie wären mein Mann. Er wird demnächst in den Ruhestand versetzt, bei vollem Gehalt. Gegen seinen Willen. Man will ihn loswerden. Und er glaubt, nach einer gewissen Zeit wird man ihn auch umlegen. Einfach deswegen, weil er zu viel erzählen könnte.«

»Ich weiß, wen Sie meinen. Warum ruft er mich nicht selber an?«

»Weil er überwacht und abgehört wird.«

»Was hat er rausgefunden?«

Der Mann in München griff nach einem Glas, das neben dem Computer stand, trank und schloss kurz die Augen. »Ich habe selber nur wenig Einblick in diese Dinge. Aber es geht hier auch um meinen Sohn. Drago. Er, wie soll ich sagen, ist nicht nur an Frauen interessiert. Zusammen mit einer Handvoll Freunde hat er in Rosenheim einen Callboy-Ring aufgezogen: Chiemsee-Callboys. Sie haben eine Villa in der Nähe von Prien gemietet, dort finden spezielle Partys statt. Der Mann auf dem Foto ist Gast gewesen, ein paarmal. Mein Sohn hat gehört, wie er sich mit einem anderen Mann darüber unterhalten hat, wie er mit Hilfe einer Bombe jemanden beseitigen ließ, der einigen Leuten im Wege war. An dem Abend waren alle sturzbesoffen und mit Gras zugedröhnt, um vier Uhr morgens im Saunabereich. Es wurde viel gelacht bei der Geschichte.«

»Wann war das?«

»Vor ein paar Monaten.«

»Und warum kommt das jetzt hoch?«

»Nichts kommt hoch, Herr Stocker. Mein Junge ist wegen einer Drogensache in München hopsgenommen worden. Der Hauptkommissar Zuckerhahn war in dieser Nacht im Kriminaldauerdienst-Team. Drago hat schon einiges auf dem Zettel, und wegen dieser Sache hätten sie ihn für einige Zeit eingenäht. Also hat er dem Kripo-Mann über den Schreibtisch hinweg zugeflüstert, dass er was von einem hochrangigen Polizeikollegen weiß, das diesen die Laufbahn kosten kann. Er kann einen Deal anbieten: Er erzählt, was er über einen Bombenmord in Rosenheim gehört hat, und der Zuckerhahn lässt ihn dafür laufen.«

»Von welchem Polizisten reden Sie?«

Gregorian seufzte. »Mann, mein Sohn hat geglaubt, der Grauhaarige, um den es geht, ist ein hohes Tier bei der Münchner Kripo oder so was. Mehr wusste er auch nicht. Lassen Sie mich weiterreden, ja? Der Kommissar Zuckerhahn sagte, er könne ihn nicht laufen lassen, einfach schon deswegen, weil der Rest der Truppe ja auch mitgekriegt hat, um was es ging. Er könne meinem Drago aber helfen, schnell aus der Sache rauszukommen. Sie haben ihn ein paar Stunden nach der Vernehmung laufen gelassen. Fester Wohnsitz, guter Anwalt und so. Irgendwas muss aber von dem Gespräch der beiden durchgesickert sein, vielleicht hat am Schreibtisch daneben wer was mitgekriegt, keine Ahnung. Auf jeden Fall, mein Sohn ruft mich an und sagt, er wird beschattet.«

»Von wem?«

»Das ist es ja. Ich habe sofort ein paar meiner besten Leute losgeschickt, die haben das Umfeld meines Sohnes überwacht. Und festgestellt, dass da tatsächlich was dran ist. Aber die Schatten sind so was von professionell und gut ausgerüstet, die müssen von einer Behörde gewesen sein. Also hab ich mit dem Zuckerhahn gesprochen. Der konnte nichts rausfinden, hat aber gemeint, mein Sohn soll für ein paar Wochen verschwinden. Das wäre normalerweise kein Problem für mich. Aber wenn da irgendwelche Cracks von einem der Geheimdienste dahinterstecken …«

»Und jetzt?«

Moses stocherte mit einem abgebrochenen Essstäbchen in

seinen Zähnen herum, Nellie starrte fassungslos auf den Bildschirm, und Gregorian beugte sich näher zum Computer, sodass sein Gesicht fast den gesamten Bildschirm einnahm. »Der Zuckerhahn sagte, Sie könnten mir helfen, wenn Sie das wollten. Geld interessiert Sie in diesem Fall nicht, sagte er. Weil er und Sie das gleiche Ziel haben: die wegzuräumen, die Ihren Partner ermordet haben. Also, hier meine Bitte: Schützen Sie meinen Sohn. Er wird Ihnen alles haarklein erzählen, was er weiß. Da sind bestimmt Dinge dabei, die er auf dem Revier nicht erzählt hat, Sie wissen schon. Im Gegenzug dafür haben Sie bei mir einen Gefallen gut, den ich nicht abschlagen werde. Egal, was es ist. Der Kommissar kommt morgen Abend zu Ihnen, sagt er. In den Bahnhof, Sie wüssten schon, was damit gemeint ist. Er würde Ihnen auch noch einiges erzählen, dann würden Sie mit dem Deal einverstanden sein. Haben wir einen Deal, wenn Sie mit dem Kommissar gesprochen haben?«

Stockers Gesichtshaut war grau, als hätte er einen Gefrierbrand. »Sie hören morgen Nacht noch von mir. Wie kann ich Sie erreichen?«

»Sie bekommen von Moses eine Nummer. Die ist nicht rückverfolgbar. Haben Sie auch eine sichere Verbindung für unser Gespräch?«

»Ja. Ich melde mich.«

»Gut. Moses gibt Ihnen einen USB-Stick, da sind noch ein paar Fotos von dem Kerl drauf.«

Gregorian nickte zum Abschied, und der Bildschirm wurde dunkel.

Moses sagte: »Ich kenne ihn schon lange. Wenn er was sagt, dann ist das so. Das mit seinem einzigen Sohn hat ihn schwer getroffen. Dass er schwul ist, meine ich. Er liebt ihn aber trotzdem über alles, weil er eben nur den einen hat. Das ist doch fast so wie bei den Anacletis, was meint ihr?«

Stocker erhob sich. »Mach keine Witze über das, was gerade gesprochen wurde, Moses. Wir gehen jetzt. Übrigens: Deine zwei Wachhunde da unten, die sollten mehr auf das achten, was sie zu einer Dame sagen. Sonst leg ich sie mal kurz ins Koma. Gibst du das so weiter?«

»Klar, Mann. Aber weißt du, wie schwer es ist, in diesem Gewerbe gutes, qualifiziertes Personal zu finden? Ich würde sogar einen einbeinigen Kickboxer als Türsteher nehmen, wenn ich denn einen bekäme.«

Er breitete theatralisch die Arme aus. »Solche Nachwuchssorgen wie ich haben nicht mal die Bäcker und Metzger zusammen. Kann es sein, dass sich in dieser Republik immer nur die falschen Menschen fortpflanzen? Der Große von unten, der ist blind wie ein Maulwurf. Ist aber zu eitel, um eine Brille zu tragen. Ich sag dir was: Nimm einen braunen VW-Käfer, male dem einen dicken Schnurrbart zwischen die Scheinwerfer und lass ihn langsam vor dem Haus entlangfahren. Ich wette, dass keine Minute später der Blödmann hochgerannt kommt und sagt: ›Chef, unten ist grade der Omar Sharif vorbeigelaufen. Mitten auf der Straße.‹«

Sie gingen aus dem Raum, und draußen im Flur fragte Nellie den Stocker, während sie sich am Kopf kratzte: »Ich weiß, dass dich das jetzt nervt, aber wer zur Hölle ist Omar Sharif?«

4

Ich meine, du kennst das ja: Man verliert einen Menschen, den man geliebt hat, den besten Freund oder den alten Dackel, von dem man geglaubt hat, er macht es noch ein paar Jahre, weil er trotz seines Alters putzmunter war.

Es gibt viele Leute, die trauern um ihren Wellensittich, die Goldfische, was weiß ich.

Dann träumst du natürlich oft von dem, was du vermisst. Da gibt es gute Träume, in denen du mit deinem Mann oder deiner Frau am Wasser entlanggehst. Hand in Hand, und ihr sagt euch vieles, worüber ihr im richtigen Leben nie gesprochen habt. Das sind schöne, oft zärtliche Träume. Irgendwo tief in deinem Kopf weißt du, dass du träumst. Aber es ist alles um dich rum so herzerwärmend und real, dass du nie mehr wach werden willst.

Und es gibt die Alpträume, aus denen du mit einem rasenden Herzklopfen und schweißnass in feuchter Bettwäsche hochfährst und mit weit aufgerissenen Augen erst mal schauen musst, in welcher Welt du jetzt bist.

»Du entkommst denen nicht«, hat mir der Stocker vor vielen Jahren mal erzählt, »wohin du auch reist, sie sind schon da. Es ist immer das Gleiche. Wenn du die Augen zum Einschlafen zumachst, kommt der Vorspann. Und dann die Werbung, die dir eine ruhige Nacht verspricht. Aber irgendwann, in den Stunden nach Mitternacht, beginnt dein Hauptfilm. Du kennst ihn gut, auch wenn der Ablauf nicht immer derselbe ist.«

Es war eine kühle Nacht, die beiden Fenster seines Schlafzimmers waren offen. Der Wind bewegte die bodenlangen, braunen Gardinen, und die Schatten der Laubbäume draußen an der Allee tanzten wie Riesen im trüben Licht der Straßenlaternen über die Schlafzimmerdecke. Die Sterne versteckten sich hinter stahlgrauen Wolken, denn es hatte kurz zuvor geregnet. Die Luft war feucht und ein bisschen stickig, und die paar Autos, die um diese

Zeit noch auf der Rosenheimer Prinzregentenstraße unterwegs waren, glitten vorbei, und die Reifen sangen vor Nässe.

Im Halbschlaf hörte Stocker eine Kirchenglocke schlagen: drei Uhr. Er drehte sich unruhig auf den Rücken, die Gespräche des Nachmittags hallten in seinen Gedanken nach. Plötzlich stieg ihm, ganz zart und fast nicht wahrnehmbar, der Duft von Zigarillorauch in die Nase. Der typische Mix aus Vanille, Holz und Früchten dieser holländischen Dannemann-Stäbchen, die Zeno ab und zu paffte. Das war vor einigen Jahren, als er vom Undercoverleben wegwollte. Und auch nicht zurück zum SEK, wie es sein damaliger Vorgesetzter, der KHK Zuckerhahn, gerne gesehen hätte. Zeno war zerrissen, innen und außen. Sein Blick war leer damals, seine Bewegungen fahrig, und in seinem Gesicht zuckte ständig ein Mundwinkel oder ein Augenlid. Das war die Zeit, als sie sich nach der Schießerei oben in der Halle auf dem Mürzberg ein paar Tage später in der »Endstation« betranken.

Stocker öffnete die Augen, ohne sich zu bewegen. Dann glitt seine Hand langsam unter das Kopfkissen und umfasste den Griff des Revolvers. Das Herz schlug ihm bis zum Hals, und er hatte dieses Gefühl, als würde seine Kopfhaut schrumpfen. Das ist ein Schmerz, wie wenn einem winzige Glassplitter durch die Adern im Kopf strömen, das kannst du mir glauben.

Er hielt den Atem an und spannte langsam den Hahn der Waffe, die er immer noch unter dem Kissen umklammerte.

Aus der linken Zimmerecke, dort, wo es am dunkelsten war, kam ein schabendes, schleifendes Geräusch, das ihn an den Gang von Zeno erinnerte, der seit dem Oberschenkel-Durchschuss ein Bein nachzog, das bei jedem Schritt kurz über den Boden schlurfte, bevor er es anhob.

»Du kannst mich nicht erschießen, Alter. Wie du weißt, bin ich bereits ziemlich tot.«

Zeno kam näher und setzte sich ans Fußende des Doppelbettes. Seine Hautfarbe war wie Schimmel an einer Kellerwand, und Stocker sah im fahlen Licht der Straßenlaternen seine braunen

Augen. Eines davon hatte einen kleinen Defekt, als wäre ein Eissplitter nahe der Linse.

»Sterben ist nichts Nettes. Lass dir da bloß nichts anderes einreden, Albin. Es war auch noch keiner da, der mir das Leben nach dem Tod erklären wollte. Genau genommen war überhaupt noch niemand bei mir. Kein Empfangskomitee, nichts. Ich meine, hey, wenn das so weitergeht, hau ich wieder ab von hier.«

Stocker schluckte trocken und versuchte, was zu sagen, aber Zeno hob die Hand. »Du hast eine Scheißangst, aber das ist okay. Wer keine Angst kennt, lebt nicht lange. Weil er ein Idiot ist. Audie Murphy, erinnerst du dich? Der war der höchstdekorierte amerikanische Soldat des Zweiten Weltkriegs. Jeden verdammten Orden, den die Amis zu vergeben hatten, den hat er sich umgehängt. Dreiunddreißig Orden. Mann, stell dir bloß das Gewicht von dem ganzen Blech vor.« Zeno schüttelte lächelnd den Kopf.

»Warum erzählst du mir das?«

»Na ja, der hat auch immer mit seinem Colt unter dem Kopfkissen geschlafen. Weil er im Dunkeln Angst hatte. Auch im Krieg hatte er immer Schiss. Vor jedem Einsatz hat er sich fast nass gemacht. Und er war der tapferste, mutigste amerikanische Soldat, den es jemals gab. Von ihm stammt der Ausspruch ›Nur Idioten haben keine Angst‹. Und weißt du, wie er gestorben ist? Er ist abgestürzt, mit einem Privatflugzeug. Heilige Scheiße.«

Ein weiterer Windhauch streifte durch das Zimmer, und der Mond glänzte stumpf in den Farben alter, ausgebleichter Fischgräten, während die Wolken aussahen wie riesige, zerrissene Pflaumen.

Zenos Hände lagen auf seinen Oberschenkeln und waren von einem Narbengeflecht überzogen, das an eine schnell hingezeichnete Landkarte erinnerte oder an winzige Stückchen dünner, weißer Schnüre.

Stockers Atem rauschte in seiner Brust, und plötzlich bekamen Zenos Augen die Farbe des Mondes. Sein Gesicht fiel in sich zusammen, und auf seinen Wangen tauchten Falten auf, während sich sein Mund öffnete: »Der kleine Mann. Er wird dich töten wollen.«

Seine Stimme klang dabei krächzend wie ein Draht, der durch den Boden einer Blechdose gezogen wird.

Dann stand er auf, ging schlurfend, die Arme schlaff an den Seiten, in die dunkle Zimmerecke und verschwand. Stocker saß aufrecht und mit offenem Mund im Bett und starrte auf die Pistole in seiner Hand wie auf etwas, für das man sich schämen müsste.

Einen Moment später hörte er ein leises Klopfen an der Tür. Schnell steckte er die Pistole unter die Bettdecke und legte sich auf den Rücken.

»Albin? Albin, bist du wach?«

Annes Umrisse waren in dem Türspalt zu erkennen. Sie trat ein paar Schritte in den Raum, blieb stehen, hob witternd den Kopf und schaute zum Bett. »Hast du geraucht?«

»Was? Nein, ich habe geschlafen, ich … Was ist los?«

»Nichts. Ich dachte, ich hätte Stimmen in deinem Zimmer gehört. Warum riecht es hier nach Rauch?«

Stocker stützte sich auf die Ellenbogen. »Wahrscheinlich durch das offene Fenster. Genau wie die Stimmen. Vielleicht hatte ich auch einen schlimmen Traum und habe laut geredet. Ist alles okay mit dir?«

Sie lachte kurz und bitter auf. »Das fragt der Richtige. Gibt es was, das ich wissen sollte?«

Er klopfte auf das Bett. »Setz dich einen Moment her, komm.«

Dann richtete er sich auf, lehnte sich mit dem Rücken an das dunkle Holz und legte einen Arm um sie. »Ich muss einem Freund helfen, und im Gegenzug erfahre ich vielleicht, wer Zeno umgebracht hat. Das ist jetzt die Kurzfassung, mehr kann ich im Moment nicht sagen.«

»Warum? Vertraust du mir nicht?«

»Doch. Aber recht viel mehr weiß ich selber nicht. Morgen, nein, jetzt ist ja schon morgen. Also, heute Abend treffe ich mich mit dem Zuckerhahn. Der hat jemanden dabei, den ich für ein paar Tage unterbringen soll. Deswegen bleibe ich wahrscheinlich einige Zeit in der ›Endstation‹, und du bist hier besser aufgehoben.«

»Unterbringen, das heißt, jemanden vor jemandem verstecken, der ihn sucht. Ist das so weit richtig?«

»Ja.«

»Warum kann das die Polizei nicht selber?«

»Weil man nicht weiß, ob es eine undichte Stelle gibt.«

Anne streifte Stockers Arm ab und schaute ihm in die Augen. »Lass mich raten: Die undichte Stelle könnte dazu führen, dass dein ›Jemand‹ getötet wird. Denn bloß für einen Diebstahl oder so was muss man ja nicht Angst um sein Leben haben. Stimmt's?«

Stocker nickte.

»Und wenn sie deinen ›Jemand‹ bei dir finden, könnte es sein, dass man dich auch tötet?«

Stocker kratzte sich an der Wange und zuckte wortlos mit den Achseln.

Annes Stimme wurde lauter. »Danke für die klare, umfassende Antwort. Auch gut, dann ziehe ich jetzt den Publikumsjoker. Pass auf: Du, also der Held, du denkst, dass ich wie diese blonde Tusse in ›High Noon‹ wartend im Kämmerlein sitze, schluchzend und zitternd, ob die Schurken den edlen Sheriff gleich erschießen, wenn sie aus dem Zug steigen, oder auch nicht.«

Er öffnete den Mund, aber Anne hob die Hand. »Oh nein. Jetzt rede ich. Was, wenn ich sagen würde: entweder das, was du vorhast, oder ich? Was dann? Überlege, was du antwortest. Willst du wieder mal schnell die Welt retten?«

Stocker schloss die Augen, atmete tief ein und hörte, wie die Luft durch seinen Körper strömte. »Wenn ich die Chance habe, Zenos Killer zu schnappen, dann werde ich das tun. Weil ich sonst nie wieder ruhig schlafen kann. Verstehst du das denn nicht?«

»Das weiß ich nicht. Was erwartest du von mir? Was soll ich deiner Meinung nach tun? Ich meine, ich war ja damit einverstanden, dass jeder von uns beiden sein eigenes Schlafzimmer hat. Aber getrennt schlafen und getrennt leben? Das ist nicht so mein Ding. Und was kommt als Nächstes?«

Anne stand hastig auf, wischte sich über die Augen und drehte sich einmal um sich selbst, während der Mond auf ihrem kurzen, lachsfarbenen Satinnachthemd Schatten zauberte. »Willkommen im falschen Film, Anne. Wieder mal. Weißt du was, Albin? Bei einem wie dir, da wird sogar Gott zum Atheisten.«

5

Stocker wachte früh am Morgen auf, ging ins Bad und stellte sich unter die Dusche. Als er sich abtrocknete, hörte er, wie die Wohnungstür zugeknallt wurde. Schnell trippelte er, immer noch mit nassen Füßen und dem schwarzen Handtuch über den Schultern, ins Wohnzimmer. Annes Schlafzimmertür war offen, das Bett zerwühlt. In dem riesigen, offenen Kleiderschrank lagen Blusen, Pullover und Hosen auf dem Boden, die große Louis-Vuitton-Tasche war weg, Schubladen herausgezogen. Auf dem Spiegel über dem Schminktisch klebte ein gelber Post-it-Zettel.

Stocker zog ihn ab. Schnell hingekritzelte, ungelenke Buchstaben: »KEIN KONTAKT. MELDE MICH. ODER AUCH NICHT. A.«

Er ließ sich auf das Bett nieder und schloss die Augen.

Jetzt muss ich sagen, ein jeder von uns hat seine eigenen Filme im Kopf. Vieles hast du selber nicht verursacht, aber du musst es dennoch mit dir herumschleppen. Das Leben ist wie ein Aufzug ohne Knöpfe, bei dem du nie weißt, ob er dich nach oben oder ganz nach unten bringt. Und mit Frauen, da hatte der Stocker sowieso immer schon ein Problem. Beispiel: Gerlinde Leitner, du erinnerst dich? Das war die, die ihn eines Nachts im Halbschlaf gefragt hat: »War es bei dir auch Liebe auf den ersten Blick?« Und er antwortete: »Nein, bei mir ging es schneller.« Du lachst jetzt, aber dem Stocker war das damals todernst.

Gegen neun Uhr saß er in der Küche am Esstisch und schlürfte seinen dritten Espresso. Auf dem Laptop googelte er die Gregorians. Seufzend scrollte er sich durch die Seiten: Albaner-Clan, Oberhaupt Ivo Gregorian, ein Sohn, Drago, auch der im Familiengeschäft tätig. Rauschgift, Prostitution, Waffenhandel, das ganze Register. Ungefähr eintausend Mitglieder, alle verwandt oder verschwägert. Den Behörden war es bis jetzt nicht gelungen, den Clan zu infiltrieren, und so weiter und so fort. Zeitungsausschnitte, die junge oder ältere Gregorian-Kerle zeigten. In Handschellen oder vor einem Gerichtsgebäude. Aber immer mit im Bild: einer der vielen Münchner Top-Anwälte, die unter fünfhundert Euro aufwärts die Stunde gar nicht erst aufstehen. Und die Gangster-Macker alle in Uniform: Adidas, Nike, Armani, dicke Panzer-Goldketten mit Brillis und Uhren, mit denen du jemanden totschlagen kannst.

Stocker klappte den Laptop zu, ging ins Schlafzimmer, drückte auf einen Knopf unter dem Bett, und die Spiegelwand zum Ankleidezimmer glitt zur Seite. Aus dem Safe hinter den Anzügen holte er eines seiner Prepaid-Handys und wählte Zuckerhahns sichere Nummer. Nach dem dritten Signalton antwortete der Kripo-Mann: »Albin, warte einen Moment.« Dann, nach einer Minute: »So, jetzt bin ich auf dem Gang draußen. Bei mir im Büro ist seit zwei Stunden die Hölle los.«

»Wegen dem jungen Gregorian?«

»Exakt. Ich sag dir was: Wenn dieser Tag ein verfickter Fisch wäre, würde ich ihn sofort wieder ins Wasser zurückwerfen. Mit den Gregorians haben wir ja schon lange zu tun. Das heißt, ich eigentlich weniger, weil die heutzutage nicht mehr so blöd sind, jeden umzunieten, der sie stört. Die regeln seit Jahren lieber alles mit Geld.«

»Das würde heißen, dass noch mehr von euch und in der Politik die Hand aufhalten, oder?«

»Mhmhmh. Hier in meinem Umfeld habe ich eigentlich nur ein paar Kollegen im Verdacht. Obwohl, von zweien weiß ich es genau. Und was die Damen und Herren in der Politik angeht: Die meisten von denen haben ihren Preis. Geld oder was anderes. Die tun so, als wäre das Folklore, Tradition, verstehst du?«

»Ja. Deswegen habe ich dich aber nicht angerufen. Du nennst dich jetzt Zorro, sagt man?«

Zuckerhahn schnaubte. »Scheiß drauf. Ich habe keine Ahnung, wer mir den Namen verpasst hat. Er trifft aber zu. Was ist jetzt, nimmst du den jungen Gregorian?«

»Ja.«

»Gut. Auf seinem Leben klebt ein Preis, wie ich höre. Ich muss ihn schnell aus der Schusslinie bringen, weil ich nicht weiß, wer genau ihn wegmachen will.«

Stocker wischte sich über die Stirn und hielt sich an einer Kleiderstange fest. »Wer bringt ihn mir?«

»Ich. Heute Abend, besser gesagt, heute Nacht. Irgendwann um Mitternacht rum. Wohin?«

»In die ›Endstation‹. Bis später dann. Nein, warte, ich habe da noch eine Frage.«

»Was denn?«

»Warum machst du das alles? Mit dem Jungen, meine ich. Und was hast du mit dem Vater am Hut? Der ist doch ein diplomierter Berufsganove, oder?«

Zuckerhahn atmete hörbar aus. »Das waren zwei Fragen. Pass auf: Der alte Gregorian, der hat mir im Lauf der Jahre den einen oder anderen Tipp gegeben. Erinnerst du dich an die Rumänen, die wir im letzten Jahr hochgenommen haben? Die Sache mit der Meth-Fabrik und so weiter? Da kam der entscheidende Hinweis vom Ivo. Gut, das war nicht so ganz uneigennützig, weil die schon energisch in sein Revier eingedrungen sind. Aber was soll's. Und ich habe im Lauf der letzten Monate über spezielle Kanäle verbreitet, dass ich zu Gegenleistungen bereit bin, wenn ich in der Sache mit Zeno weiterkomme. Andererseits werde ich natürlich in jeden Ameisenhaufen treten und jeden Stein umdrehen. Und das ist schlecht fürs Geschäft unserer Freunde. Beantwortet das deine Fragen?«

Stocker klappte das Handy zu und warf es auf das Bett.

6

Jetzt weiß ich natürlich nicht, ob du Stockers ehemalige Kneipe, die »Endstation«, kennst. Das kleine Bahnhofsgebäude an der längst stillgelegten, eingleisigen Strecke, wenn du von Prien raus in Richtung Atzdorf fährst?

Das markante gelbe Haus ist ja ein Nachbau der Residenz des ehemaligen deutschen Gouverneurs von Qingdao. Das war damals die Hauptstadt des sogenannten »Deutschen Schutzgebiets Kiautschou«. Gut, das Original in China hatte ein Stockwerk mehr. Aber für so was fehlte den Prienern damals das Geld. Der Bahnhof wurde gebaut, weil der Architekt gratis an die Pläne kam und man damit den König Ludwig beeindrucken wollte. Aber das ist eine andere Geschichte.

Auf jeden Fall weißt du, dass der Stocker das Haus mit allem Drum und Dran der Nellie überschrieben hat. Es ist jetzt auch schon eine Zeit lang her, dass er zuletzt in der »Endstation« war.

Gegen dreiundzwanzig Uhr fuhr Stocker auf den kiesbestreuten Parkplatz und parkte neben einem blauen Golf unter einer der großen Kastanien, die vor dem Eingangsbereich standen. Schnell ging er die zwei Stufen hoch und betrat die »Endstation«.

Nichts hatte sich verändert. Die alten Wirtshaustische und -stühle standen da, wo sie immer standen. Der Hirschkopf über der Theke starrte mit stumpfen Augen in den Gastraum. Das rechte Auge war etwas matter, also war die im ausgestopften Kopf installierte Kamera noch am alten Platz. Die Beleuchtung war runtergedimmt. Auf einem Hocker, halb über die Theke gebeugt, saß ein Kerl um die fünfzig und redete auf Nellie ein, die mit einem Gin Tonic in der Hand lächelnd am Gläserregal lehnte.

»Der Brexit war der zweite große Fehler der Engländer«, sagte der Mann und trank von seinem Bier.

»Interessant. Und was war der erste?«, fragte Nellie gelangweilt. »Dass sie ihre Überseekolonien verloren haben?«

»Ach was. Der erste große Fehler war, dass sie irgendwann angefangen haben, Pfefferminzsoße über den Lammbraten zu kippen.«

Nellie lachte auf, und sie winkte Stocker zu. »Ja hallo, was willst du denn hier in der Provinz?«

»Ich hab's mir überlegt. Ich will ein Kind von dir«, sagte Stocker, und Nellie meinte kopfschüttelnd: »Oh nein. Von dir hab ich bereits einen Hund, und das reicht mir eigentlich.«

Stocker klopfte dem Kerl an der Theke auf den Rücken. »Servus, Primelmeier. Was läuft so ab im Klempner-Business? Heute schon ein Rohr verlegt?«

Der Mann zuckte mit den Achseln. »Bei mir geht alles seinen sozialistischen Weg, Stocker, altes Haus. Dass man dich auch mal wieder sieht! Tut mir echt weh, das mit dem Zeno. Er war ein feiner Kerl. Konnte labern wie der liebe Gott und kochen wie der Teufel. Ich hab ihn gemocht.« Und zu Nellie: »Also, ich muss dann mal wieder. Schreib alles auf meinen Deckel, auch deine Drinks. Ich werde mir wohl die Welt ein andermal schönsaufen müssen.«

Stocker hielt den Primelmeier an der Schulter fest. »Warum, was ist denn los bei dir? Hast du Stress?«

Nellie nahm das leere Bierglas vom Tresen. »Sein Sohn ist aus England zurück.«

»Aha, und?«

Primelmeier seufzte. »Der Mistkerl hat drei Semester Medizin studiert. Am Imperial College in London. Weißt du, wie viele Kilometer Rohre und Kabel ich dafür verlegen musste? Und wie viele Waschmaschinen, Trockner, Wasserhähne, Überlaufventile und was weiß ich reparieren, um sein Studium zu bezahlen? Und jetzt kommt der heim und sagt: Papa, ich hab umgesattelt. Ich mach was anderes.«

Stocker war inzwischen hinter die Theke gegangen und zapfte zwei Biere. Eins schob er dem Mann über den Tresen. »Und, was ist er denn jetzt?«

»Hypochonder. Er muss sich erst mal neu finden, sagt er. Prost.« Der Primelmeier trank sein Glas in einem Zug leer. »Ahhh, das perlt runter. Also dann, bis dann.«

Er schlug mit der flachen Hand auf die Theke, stand ächzend auf und ging zur Tür.

Nellie rief ihm hinterher: »Primo, warte, du kannst doch so nicht fahren!«

Ohne sich umzudrehen, hob er die Hand und antwortete: »Fahr doch mit. Dann siehst du es selber.«

Stocker stellte sein Bier ab. »Lass mal. – Ich bring dich schnell rüber nach Rimsting. Bin gleich wieder da.«

7

»Er bringt also den Jungen hierher. Warum?«

Stocker rückte sich auf dem Hocker zurecht und fuhr sich mit der Hand durch die braunen Haare. »Weil ihn hier niemand vermutet. So auf die Schnelle ist mir nichts anderes eingefallen. Das Penthouse in Rosenheim ist nicht so einfach zu überwachen wie das hier. Ich schlafe in meiner alten Bude oben, er kann in Zenos Zimmer hinter der Küche pennen, und du fährst eh jede Nacht in deine Wohnung. Vielleicht kann er sich hier nützlich machen, mal schauen.«

»Für wie lange? Ich meine, soll der hier einziehen, oder was? Sag mal konkret was an.«

Stocker zuckte mit den Achseln. »Ein paar Tage, eine Woche, was weiß ich? Vielleicht schicke ich ihn zu John nach Spanien. Jetzt lass ihn erst mal hier sein, dann sehen wir weiter. Wie geht's dem Hund?«

»Josef? Dem geht's gut. Der macht nicht mehr viel, schläft vor sich hin und will bei Regen nur sehr ungern raus. Vierzehn ist ja ein hohes Alter für einen wie ihn. Die Pia ist vollkommen vernarrt in den kleinen Kerl. Ich glaube, der Josef ist das Kind, das sie nie hatte. Und seit der Sache mit … du weißt schon, ist sie irgendwie anders geworden. Nix mehr mit Party und hoch die Tassen und so. Was macht Anne?«

»Hat ein paar Sachen eingepackt und ist weg. Keine Ahnung, wohin.« Stocker trank sein Glas leer und zog mit einem Finger Kreise in den nassen Fleck, in dem es eben noch stand. »Weißt du was? Das mit Anne berührt mich weniger, als ich dachte. Zeno war gestern Nacht bei mir.«

Nellie stellte ihren Drink hart ab und starrte Stocker an. »Was? Spinnst du jetzt, oder was?«

»Ich weiß selber nicht, ob ich das Ganze geträumt habe. Wahrscheinlich schon. Aber er war an meinem Bett, hat wie üblich erst mal rumgemeckert, weil er mit seiner Gesamtsituation nicht zufrieden ist, und dann sagte er, ich soll aufpassen. Der kleine Mann, sagte er, der will mich töten.«

»Der kleine Mann. Na super. Welcher kleine Mann, zum Teufel noch mal?«

»Ich habe keine Ahnung.«

»Was hat er noch gesagt?«

»Nichts. Anne kam ins Zimmer, und er war weg.«

Nellie grinste. »Dann war er es nicht. Du hast wirklich nur geträumt, weil unser Zeno nie weggegangen ist, wenn eine hübsche Frau auftauchte.«

»Machst du uns noch zwei?«

Nellie griff nach der Gin-Flasche hinter sich im Regal. »Die Anne wird sich schon wieder einkriegen. Lass ihr einfach ein bisschen Zeit.«

Stockers Handy brummte. »Ja?«

Zuckerhahns Stimme kam leicht verzerrt aus dem Hörer. »Bin in ein paar Minuten da. Ich hab so das Gefühl, dass ich beschattet werde. Oder wurde. Ich bin kurz hinter Prien von der Hauptstraße runter und die Ratzinger Höhe hochgefahren. Da war der Kerl immer noch hinter mir, aber sehr professionell. Beim ›Gasthaus Weingarten‹ hab ich ihn ausgetrickst, und er war plötzlich so nahe, dass ich ihn aufnehmen konnte. Dann hab ich ihn abgeschüttelt.«

»Sicher?«

»Ganz sicher. Der sucht mich immer noch da oben auf dem Berg. Der Junge hat eine Scheißangst. In ein paar Minuten bin ich da. Geh nach oben und schau, ob sich auf der Straße was tut, nachdem ich zu dir runter abbiege. Dunkler Mercedes.«

»Okay, bis gleich.«

Stocker legte das Handy auf die Theke.

Wind kam auf, und als Stocker das Fenster zur Hauptstraße hin in seinem Zimmer über der Kneipe öffnete, fielen die ersten schweren Tropfen aus der Finsternis in die Lichtkegel der Straßenlaterne. Sie schlugen wie platzende Murmeln auf den

Asphalt der Bundesstraße. Kurz hinter der Laterne, die mitten auf der Brücke über dem längst aufgegebenen und vor sich hin rostenden Schienenstrang stand, bog nach wenigen Minuten ein dunkler BMW mit abgeblendeten Scheinwerfern in die Zufahrt zur »Endstation« ein. Knirschend kam der schwere Wagen auf dem groben Kies des unbeleuchteten Parkplatzes zum Stehen, und der schwarze Lack schillerte unter den fetten Regentropfen.

Stocker suchte derweil mit dem Fernglas die Strecke nach Prien ab.

Aber der Straßenabschnitt, den er von hier oben aus sehen konnte, war dunkel und ruhig.

Zuckerhahn stieg aus dem BMW, schaute nach oben, und als Stocker rief, beugte sich der füllige, untersetzte Mann in das offene Seitenfenster und sprach zu jemandem, den Stocker nicht sehen konnte.

Kurz darauf öffnete sich die Beifahrertür, und ein schlanker, mittelgroßer Mann in Jeans und einem ausgebeulten dunklen T-Shirt huschte vom Wagen zur Kneipentür.

Nellie winkte ihn herein, Zuckerhahn ging die paar Meter zur Straße hoch, spähte nach links und rechts in die Dunkelheit und kam mit schnellen Schritten wieder runter zum Haus.

In der Gaststube führte er den jungen Mann zur Theke, wischte sich mit der Hand ein paar Wassertropfen aus dem Gesicht und sagte zu Nellie: »Das ist Drago. Nimm dich vor dem in Acht. Der schaut aus, als könnte er keiner Fliege ein Bein ausreißen, aber der Bursche ist schlimmer als eine Horde Kannibalen auf Droge. Drago, das ist die Nellie. Mach ihr keinen Stress, sonst wünschst du dir ganz schnell deine Zelle zurück.«

Nellie runzelte die Stirn, Drago grinste, und ich muss sagen, es sah so aus, als ob sich die beiden wie zwei große Hunde beäugen und einschätzen würden. Zum besseren Verständnis: Drago war um die siebenundzwanzig, knapp eins achtzig, schlank, dunkelhaarig und sah aus wie der junge Alain Delon. Nein, das trifft es nicht ganz: Drago sah eindeutig besser aus, auch weil er wasserklare, hellblaue Augen hatte wie ein Husky.

Zuckerhahns Gesicht verzog sich zu einem Lächeln. »Der

Drago war früher allerdings auch ein Allesfresser, was seine sexuellen Präferenzen anging. M/W/D, Paarhufer und Kleingeflügel. Er war nach sämtlichen Seiten offen. Hab ich ein Geschlecht ausgelassen? Wenn ja, ist das aber egal, denn seit einigen Jahren sieht man ihn nur mit hübschen Bengels.«

Der letzte Satz war an Drago gerichtet, der wiederum die Nellie anstarrte wie ein Kind, das zum ersten Mal eine Wunderkerze sieht.

Stocker kam die ausgetretene Holztreppe runtergepoltert und schaute sich die Szene an. »Störe ich?«

Zuckerhahn zog seinen kurzen Mantel aus und legte ihn auf den Hocker vor sich. »Keineswegs. Kann ich bitte ein Bier haben?«

Drago blickte sich um und sagte: »Was ist das hier?« Dabei legte er einen Arm auf die Theke, sodass man seine blauschwarzen Tattoos sehen konnte, während seine milchkaffeefarbene Haut glänzte, als wäre sie mit Plastikfolie überzogen.

»Das ist hier meine ehemalige Kneipe. Sie gehört jetzt der blonden sprachlosen Dame. Ich bin Albin Stocker. Die taubstumme Schönheit heißt Nellie. Sie ist lesbisch und führt eine feste Beziehung mit einer Frau namens Pia. Und ja, ich hätte jetzt auch ganz gerne ein Bier. Und du, Drago, was willst du?«

»Mir soll sie einen Highball mischen.«

Nellie erwachte aus ihrer Starre und fauchte: »Wisst ihr, was der Unterschied zwischen einem Schneemann und mir ist? Nein? Mich könnt ihr auch im Sommer am Arsch lecken. Macht euch euer Zeug selber.«

Damit marschierte sie hinter die Theke und mixte sich einen steifen Gin Tonic.

Drago grinste anerkennend. »Wow, klare Ansage. Kriege ich bitte auch so einen, schöne blonde Frau?«

»Aber ja doch, mein Süßer. Jetzt, wo du das Zauberwort kennst. Und du, Zuckerl?«

»Bitte ein Bier, wenn du so nett wärst.«

»Aber gerne. Albin, mein Schnuckel, darf ich auch für dich was zapfen? Musst auch nicht extra Bitte sagen, wenn es dir schwerfällt.«

Stocker wusste, dass in Nellies Körper verschiedene Persönlichkeiten wohnten. Allerdings hatte er in all den Jahren, die er sie nun schon kannte, längst nicht alle kennengelernt. Sicher war er sich nur in einem: Keine von ihnen war normal.

Drago schlenderte durch die Gaststube. Seine Fingerspitzen glitten über die alten, braunen und fleckigen Tischplatten, er blinzelte dem Hirschkopf über der Theke zu und blieb vor der kleinen Bühne stehen. Die Chromringe des alten Ludwig-Schlagzeugs schimmerten matt, und im Lack der beiden Gibson-Gitarrenkörper spiegelte sich der Schein der Notbeleuchtung. Er stieg auf die Bühne, legte sich den alten Fender-Bass auf einen Oberschenkel und slammte ein paar schnelle Läufe.

Stocker kam interessiert näher. »Das Ludwig ist meins. Wir jammen ab und zu hier. Mein Spezl, der Ringo, ist Gitarrero. Da geht's richtig gut ab.«

Jetzt trat auch der Zuckerhahn, mit einem Bierglas in der Hand, zu ihnen. »Also, ich glaub ja eher nicht, dass ihr hier große Konzerte abliefern werdet. Obwohl ich da schon einen tollen Bandnamen hätte: ›Albin & die Kronzeugen‹. Klingt scharf, was?«

Der Kripo-Mann deutete mit der freien Hand einen imaginären Plakat-Schriftzug an. »Was auch gut kommen würde: ›Red Hat Gang‹. Ich hätte dazu noch ein paar Ideen, wenn ihr wollt.«

Jetzt wirst du dich fragen: »Red Hat Gang«? Was soll das denn heißen? Pass auf. In den dreißiger Jahren, 1933 war das genau, glaube ich, errichteten die Gefängnisbehörden von Louisiana im berüchtigten Angola-Zuchthaus einen ganz speziellen Zellenblock. Das war nach dem Fluchtversuch eines Massenmörders. In diesem neuen, einstöckigen Gefängnisbau war zeitweilig auch der elektrische Stuhl untergebracht. Dieser, das muss ich dir jetzt noch erzählen, wurde eine Zeit lang bei Bedarf auf einem Lkw von Gefängnis zu Gefängnis transportiert, samt den dazugehörigen Generatoren und dem ganzen Kram. Und dem Henker natürlich. Hinrichtungen to go, könnte man sagen. Auf jeden

Fall, in dem neuen Haus wurden die Häftlinge untergebracht, die sowieso zum Tode verurteilt waren. »Dead men walking«, tote Männer, die noch gehen können, nannte man die. Und damit man sie bei der Sklaven-Feldarbeit von den anderen Gefangenen unterscheiden konnte, trugen sie rote Strohhüte. Red Hats.

Auch die Wohnbedingungen der Untoten waren, wie soll ich sagen, so, dass heutzutage jeder Grüne oder Linke auf der Stelle eine Schnappatmung kriegen würde: Eine Zelle maß neunzig Zentimeter mal einen Meter achtzig. Das einzige Fenster war ein milchiges Oberlicht mit 0,093 Quadratmetern, und auf der Eisenkoje lag keine Matratze und auch keine Decke. Toilette: ein Stahleimer. Und die Wachen damals machten sich einen Spaß daraus, die Häftlinge nackt in die Zellen zu werfen.

Jetzt weißt du, was es mit dem Bandnamen auf sich hat, den der Zuckerhahn grinsend vorgeschlagen hat.

Er und Stocker gingen wieder zu Nellie an die Theke. Sie trank und deutete mit ihrem Glas auf Drago. »Was genau ist mit dem?«

Zuckerhahn stellte sein Bier ab. »In meinem Umfeld ist der nicht sicher. Jemand will ihn weghaben.«

»Umbringen?«

»Ja. Und die, die ihn im Fadenkreuz haben, die kriegen ihn überall, wo Polizei ist. Im Gefängnis, bei Überführungsfahrten, sogar mitten im Präsidium, wenn's sein muss. Überall.«

Und zu Stocker gewandt, sagte er: »Ich hab den Kerl hinter mir aufgenommen. Hier, da ist einiges drauf.« Damit legte er einen kleinen, blauen USB-Stick vor sein leeres Glas. »Wir haben doch diese Dashcams unten an der Windschutzscheibe und eine am Heckfenster. Die werden automatisch aktiviert, und wenn man das Material nicht auf USB abzieht, dann löscht sich alles nach zwölf Stunden oder so. Ich kenne mich mit diesem modernen Kram nicht gut aus. Hol mal bitte deinen Laptop. Du hast ihn doch hier, oder?«

Stocker nickte und ging die Treppe hoch. Nach einer Minute kam er mit einem flachen, schwarzen ASUS ZenBook zurück. Er legte den Computer vor Zuckerhahn neben das Glas, schob den USB-Stick ein und klappte den Rechner auf. Nach einigen Sekunden und ein paar schnellen Eingaben in die Tastatur flimmerte der Bildschirm, und ein dunkler Mercedes war undeutlich und verwackelt zu sehen.

»Mach weiter vor. Das ist, kurz nachdem ich ihn bemerkt habe.«

Stockers Finger glitten über die Tastatur. »Sag Stopp, okay?«

»Weiter, noch ein ganzes Stück weiter. Du kannst eine gute halbe Stunde oder so nach vorne laufen lassen.« Und zu Nellie: »Nimm doch den Burschen hier bei der Hand und zeig ihm, wo er die nächsten paar Tage residiert, ja?«

Sie kam mit einem spöttischen Grinsen auf den Lippen um den Tresen herum, tippte mit dem Zeigefinger auf Dragos Brust und sagte: »Dann komm mal mit, du Ungeheuer.«

»Was?« Drago schaute erst Nellie verwirrt an, dann Stocker und den Kommissar.

»Drago, das kommt von ›Drache‹, wusstest du das nicht, mein hübscher Feuerspucker?«

Als sich der Junge immer noch nicht bewegte, schaute Stocker von dem Bildschirm auf. »Jetzt geh schon. Die Tante tut nix, die will nur spielen.«

Nellie stolzierte übertrieben in den Hüften schwingend auf die Westerntür zur Küche zu und winkte mit dem Zeigefinger, ohne sich noch mal umzudrehen. Drago setzte sich seufzend in Bewegung und murmelte: *»Oh, must I, Miss Sophie?«*

»Halt. Da. Fahr zurück, ungefähr eine halbe Minute. Gut. Jetzt stopp. Das war zu weit. Geh einen Ticken zurück. Jepp, genau da. Kannst du das größer machen? Noch größer. Sieh mal das Kennzeichen. K-VB-1304. Köln. Warum fährt mir ein Kölner Jeck hinterher? Jetzt näher ran. Auf das Gesicht. Wen haben wir denn da?«

»Keine Ahnung. Sag du es mir«, meinte Stocker und beugte sich nah an das Standbild.

Zuckerhahn kratzte sich am Kinn. »Der Wagen ist eine Behördenkiste. Da geh ich jede Wette ein. Siehst du den Rückspiegel über seinem Kopf? Das sind diese neuen, speziellen Dinger mit

Nachtsicht-Wärmebild-Kameras drinnen und einem zwölf Zoll kleinen Bildschirm. Das heißt, der könnte mich nachts verfolgen, ohne seine Scheinwerfer anzumachen. Im Wald, in den Bergen, abseits der Straßen und so.«

»Wer hat solche Wägen?« Stocker schaute in Zuckerhahns Gesicht, das über seine rechte Schulter gebeugt war.

»Die Mädels vom SEK, die Schlapphüte vom BND, MAD, der Staatsschutz, solche Vereine halt. Wir von der normalen Kripo kriegen so was nicht.«

Stocker setzte sich aufrecht und tippte auf das Gesicht auf dem Bildschirm. »Kennst du den?«

»Nein. Nie gesehen. Sieht ziemlich schmal aus. Wenig Haare auf dem Kopf, bleich, schmale Lippen, große, dunkle Augen. Ich würde sagen, der ist so um die fünfunddreißig, plus/minus fünf. Was meinst du?«

Stocker nickte. »Ein kleiner Mann. *Der kleine Mann.*«

»Was meinst du damit? Warum sprichst du das so merkwürdig aus? Kennst du ihn doch?«

Stocker schüttelte den Kopf. »Nie gesehen, den Kerl. Mir ist nur grade was eingefallen, weil –«

Aber weiter kam er nicht, denn Drago trat schwungvoll durch die Küchentür und war mit vier schnellen Schritten bei den Männern. »Das glaubt ihr doch selber nicht, dass ich in dem Verhau da hinten penne! Ich kenne Hühner, die würden da drinnen nicht einmal ein Ei legen. Ich sag euch jetzt mal was ...«

Er verstummte, schaute auf den Laptop und stieß hart die Luft aus. »Ey, Kommissar, war der das hinter uns? Den du so krass abgehängt hast?«

Zuckerhahn knurrte: »Duze mich noch einmal, dann ...«

Drago grinste. »Okay, weil du es bist. Aber den Kerl kenne ich. Der heißt Walter.«

Stocker und Zuckerhahn starrten Drago an, der Kommissar sagte: »Walter – und weiter?«

Drago hob die Schultern. »Keine Ahnung. Ob der auch wirklich Walter heißt, weiß ich nicht. Der andere hat ihn jedenfalls ein- oder zweimal so gerufen.«

Zuckerhahn packte Drago am Arm. »Welcher andere?«

»Aua. Bist du einer von diesen Sadomaso-Bullen, wie? Lass mich los.«

Stocker mischte sich ein. »Drago, ham se dir das Gehirn frittiert? Oder hast du es dir weggesoffen? Noch mal: Wer-ist-dieser-Kerl?«

»*Ihr* sauft doch in einer Tour. Mein Vater sagt: Alkohol und Gewalt sind Geschwister. Ihre Eltern heißen Jähzorn und Depression. Passt alles auf euch beide hier. Du! Fass mich nicht noch mal an, ja?«

Er strich sich über den Arm. »Der Mann da ist der Fahrer des Mackers und auch sein Bodyguard, glaube ich. Der hat den Typen nach Prien zu den Partys gebracht. Kam vorher alleine rein, und er hatte so ein Gerät dabei, schaut aus wie ein Tischtennisschläger mit einem großen Loch in der Mitte. Damit hat er nach versteckten Kameras, Mikros und so Zeugs gesucht. Ging immer ganz schnell. Rein, durch die Räume, zack und wieder raus. Wenn der Alte da war, durfte auch keiner von den anderen Gästen sein Handy mit reinnehmen. Der Clown da, der hat die alle eingesammelt und in einem Tupper-Topf, den er mit Alufolie oder was Ähnlichem ausgeschlagen hat, neben sich auf dem Tisch gehabt. So lange, bis die beiden wieder abhauten.«

»Langsam, Junge. Auf welchem Tisch?«, fragte Zuckerhahn.

»Na, vorne, an der Bar. Da hat er immer gewartet. Der Typ trank nur Cola light, saß da und hatte die Augen halb geschlossen. Saß einfach nur da, die ganze Zeit über. Einmal hab ich gehört, wie der Alte ihn ›Walter‹ genannt hat. Beim Rausgehen. Der hat uns verfolgt? Der war hinter mir her?« Drago verzog das Gesicht. »Oh Scheiße. Ruft sofort meinen Papa an.«

Zuckerhahn meinte: »Wenn ich jetzt anfange, groß rumzufragen, oder recherchiere, dann wissen sofort ein paar Leute, dass wir was wissen. Ich kann nicht mal in unseren Dateien nachschauen, ob der Kerl irgendwo auftaucht. Und wenn der wirklich einer von den Geheimen ist, dann sind das eh Verschlusssachen, an die ich ohne eine Genehmigung von oben nicht rankann.«

»Zuckerhahn, du hast doch immer noch deine eigenen Seilschaften, oder?« Stocker schaute ihn an.

»Schon. Aber ich habe keine Ahnung, wem ich im Moment noch trauen kann. Frag den falschen Mann, und der Punk ist am Abgehen.«

Nellie tänzelte durch die Schwingtür aus der Küche. »Hier, Leute, ich hab von heute Abend noch ein paar leckere Sachen übrig. Kaltes Sous-vide-Hühnchen mit Aioli, ein bisschen Zitronenreis und kalte Muschel-Bohnen-Lasagne. Wer will?«

Drago rümpfte die Nase. »Das ist ja ein Knoblauch-Festival. Igitt. Aber Knoblauch schützt ja vor allerlei Ungeheuern, nicht wahr?«

Dabei lächelte er die Nellie mit falscher Freundlichkeit an und schob die rechte Hüfte vor.

Nellie hauchte ihm einen Luftkuss hin und säuselte: »Süßer, wenn ich heute Nacht zu dir komme und mich auf dich schmeiße, dann hilft dir kein Knoblauch der Welt mehr. Also, was ist?«

Falls du dir jetzt denkst, so was würde ich mir auch gerne mal machen, dann pass auf:

Hähnchenfilets Sous-vide mit Zitronenreis und Aioli

Du nimmst ein oder zwei Hähnchenfilets ohne Haut, spülst sie ab und trocknest sie mit einem Küchenpapier. Das Fleisch nun mit Olivenöl und etwas Curry einreiben.
Pfeffer, Salz und was dir sonst noch so in die Finger kommt: Erst später zugeben, weil Gewürze im Vakuumbeutel viel stärker wirken.
Da sind wir schon beim Thema: Die Filets jetzt in den Vakuumbeutel geben, mit dem Vakuumierer verschließen (oder Silikonbeutel mit Zipper nehmen und die unter Wasser im Spülbecken von der Luft im Beutel befreien, das klappt auch).
Nun circa 6 bis 8 Liter Wasser in einem großen Topf auf

55 Grad erhitzen. Das geht entweder mit einem Sous-vide-Stick oder auf dem Herd mit einem Braten-Thermometer, das man ins Wasser legt.
Wichtig: Die Temperatur muss immer genau gleichbleibend sein.

So, und jetzt circa zwei Stunden ziehen lassen. Dann rausnehmen und in Alufolie liegen lassen, bis das Fleisch lauwarm ist. Dann in dünne Scheiben schneiden, evtl. salzen und pfeffern.
Ich schwöre dir, so ein zartes Hühnerfilet hast du noch nie gegessen.

Dazu natürlich der ***Zitronenreis****.*
Die Nellie hat in der »Endstation« einen Reis-Dampfgarer und verwendet nur Tilda-Reis.
Du nimmst für zwei Portionen eine kleine Tasse Reis, doppelt so viel Wasser, die groben Streifen einer Bio-Zitrone dazu, und kurz bevor der Reis bissfest ist, ein Löffelchen Butter rein, umrühren und zu dem Chicken auf den Teller.

Das ***Aioli*** *ist supereinfach: Wichtig ist nur, dass alle Zutaten die gleiche Raumtemperatur haben. Also: 250 ml gutes Oliven- oder Rapsöl, 1 Ei, 1 TL Essig, 1 TL Zucker, ein Hauch Salz, 1 TL Senf und 5 Knoblauchzehen.*
Alles außer dem Öl in ein hohes Gefäß geben, mit einem Mixstab pürieren. Nun langsam das Öl einfließen lassen, so lange, bis die Masse die richtige, nämlich cremige Konsistenz hat. Fertig.

Und jetzt zu der ***Muschel-Bohnen-Lasagne****: 100 g dicke italienische Bohnen (Fave) über Nacht in Wasser einweichen, dann eine gute Stunde köcheln lassen.*
In eine Form etwas Olivenöl und Semmelbrösel geben – was nicht am Boden und an den Seiten festklebt, abschütteln. Das machen wir, damit die unterste Platte nicht festbrennt.

Nun die Lasagneplatten rein. Darauf eine Schicht Bohnen, wieder Lasagneplatten, darauf eine Schicht Vongole-Muscheln, die du vorher mit klein geschnittenen Zwiebeln, etwas Öl, Knoblauch, Weißwein und italienischen Gewürzen kurz in der Pfanne hattest. Dann wieder eine Platte und die Bohnen. Vier oder fünf Schichten.
Jetzt nimmst du Tomatensoße und gibst die über die Lasagne, sodass an den Seiten gut was runterrinnt. Nun machst du schnell eine Béchamel-Einbrenne mit Butter, Wein und Mehl, das on top, und jetzt noch einen guten Mozzarella drüber.
Die Form bei circa 200 Grad für 30–40 Minuten in den Backofen. Die Lasagne mit Silberfolie abdecken, erst die letzten sieben bis acht Minuten die Folie wegnehmen, damit der Mozzarella schön anbräunt.
Voilà.

Ich sag dir was: Wenn du noch ein Dessert machen willst, das alle überraschen soll, dann mach doch **Nellies Rote Beete in Love***. Geht so:*
Ein paar mittelgroße Rote Beeten (wir Bayern sagen »Rana« dazu) in der Schale bissfest garen. Kalt werden lassen, schälen, achteln und in salziger Butter in der Pfanne schwenken, einen ordentlichen Esslöffel Orangenmarmelade dazugeben, auf die Teller und vielleicht ein gutes Eis dazu.
Mit so einem Menü haust du sie alle weg.

8

Gegen drei Uhr morgens schlurfte Stocker mühsam die Holztreppe zu seiner kleinen Wohnung über der Gaststube hoch. Er fühlte sich leicht betrunken, satt, müde und hatte den Kopf voller Gedanken.

Drago und Nellie schienen sich bestens zu verstehen. Sie alberten herum wie zwei große Kinder oder wie Geschwister, die sich lange nicht sehen konnten. Zuckerhahn meinte, die beiden seien herzverwandt, und da könne Stocker sich auf was gefasst machen.

Außerdem stellte sich heraus, dass Drago viel von gutem Essen und edlen Weinen verstand, was für einen seriösen Callboy offenbar zur Grundausbildung gehört.

Nellie verschwand nach dem Imbiss mit ihm in der Küche, und Stocker und Zuckerhahn hörten, wie sie mit Pfannen und Töpfen klapperten, Schranktüren auf- und zumachten und das Knallen des Korkens, als eine Flasche Prosecco oder Cava geöffnet wurde.

Zuckerhahn schaute kurz vor drei auf die Uhr, stöhnte auf und verabschiedete sich. Stocker versprach, sich umzuhören, wer denn nun der Kerl in dem Verfolger-Mercedes sein könnte.

Im winzigen Badezimmer schob er seinen Kopf nahe an den fleckigen Spiegel, setzte ein falsches Lachen auf und beschloss, auf das Zähneputzen ausnahmsweise zu verzichten, da er ja nach dem Essen den Mundraum mit genug Alkohol desinfiziert hatte.

Schnell schlüpfte er aus den Klamotten, warf sich auf das Bett und schloss die Augen.

Ich glaube, du kennst das ja: Wenn du mit Gewalt einschlafen willst, dann passiert erst mal gar nichts. Dann juckt es dich am Haaransatz. Gleich darauf am Hals. Und wenn du denkst, super, jetzt dämmerst du weg, dann kratzt es am Bauch, später noch mal am Ohr, und du kannst alleine schon aus Wut, weil es dich überall juckt, nicht einpennen.

Nachdem sich Stocker auch noch einige Male hin und her gewälzt hatte, kam endlich der Schlaf. Und mit ihm ein weiterer Alptraum.

Er und die Frau mit den kurzen blonden Haaren, wie Gerlinde sie an ihrem letzten Abend trug, fuhren mit einem offenen Außenborder auf das Meer hinaus. Sie saß vorne am Bug, die Augen geschlossen und das Gesicht der Morgensonne zugewandt, die sich anschickte, das nachtkühle Wasser zu erwärmen.

Stocker lenkte das Boot weg vom Ufer, vorbei an einer kleinen, verschlammten Insel, auf der ein paar abgestorbene Palmen standen, um deren trockene Wedel sich ein Schwarm großer, schwarzer Vögel mit vor Hass rot glühenden Augen stritt.

Durch die Schlickschwaden und Algenteppiche konnte man Schwärme kleiner, bunter Fische sehen, die vom Boot wegstoben.

Die Frau drehte leicht den Kopf und lächelte Stocker mit geschlossenen Augen zu. Die Worte, die ihr Mund formte, konnte er nicht verstehen.

Plötzlich erfasste eine riesige Welle das Boot von der Seite und kippte es um. Stocker wurde in das brodelnde Meer geworfen, und der aufgewühlte Schlamm nahm ihm jede Sicht. Er wusste nicht mehr, wo oben und unten war, und tauchte blind zwischen Felsen und versunkenen Bäumen, die wie Hände nach ihm griffen. Er stieß mit dem Kopf heftig gegen einen großen, vom Schlick umgebenen alten Baum, der in einem Seil oder Kabel dicht über einem Abgrund verheddert war. Das Kabel führte hinunter in das schwarze Wasser der tiefen Schlucht.

Schlammwolken und Luftblasen quollen rings um ihn auf, und weit unten, zwischen den Felswänden, meinte er, einen hellen Punkt aufblitzen zu sehen.

Er zog sich an dem glitschigen Strang tiefer und tiefer in die Finsternis hinab.

Plötzlich schwebte ihm der Körper der Frau aus dem Boot in der Dunkelheit entgegen. Ihr Kopf strich an seinem Oberkörper entlang, über sein Gesicht, das Kleid bauschte sich im Wasser wie eine lebende Qualle, und die Fingerspitzen ihrer rechten Hand streiften seinen Mund. Dann schwebte die Frau zurück in die schwarze Unterwasserschlucht.

Stocker spürte, wie sich ihm die Luftröhre zuschnürte. Er öffnete den Mund zu einem lautlosen Schrei, als sich Wurzelgeflecht wie schillernde Schlangen aus den Felsspalten ringelte und sich um seine Füße legte.

Dann wurde es schwarz um ihn, und er fuhr vom Bett hoch. Seine Lunge brannte, als hätte man ihm Säure eingegeben, und seine Haut war nass vom Schweiß.

Stocker setzte sich hastig auf, atmete schnell und heftig und spürte, wie sich sein Herz unter unregelmäßigen Schlägen zusammenkrampfte.

Vor seinen Augen hatte er immer noch die letzte Szene aus dem Traum. Allerdings war ihm, als ob da noch was gewesen wäre.

Das Gesicht in beiden Händen, versuchte er, seinen Atem unter Kontrolle zu bekommen.

Die Frau in seinen Träumen, das war Gerlinde. Die Gerlinde Leitner, Bänkersgattin aus Salzburg, die sich mit geschätzten zwanzig Millionen Euro, die sie einem mächtigen Mann gestohlen hatte, nach Curaçao absetzte (Band drei, erinnerst du dich?).

Stockers große Liebe, könnte man im Nachhinein sagen. Und er war ja auch vielleicht die ihre, denn die Gerlinde rief ihn nach wie vor manchmal in den frühen Morgenstunden an, sagte aber nie auch nur ein Wort. Die beiden lauschten nur auf den Atem des anderen, dann legte sie nach etwa einer halben Minute wieder auf. Jedes Mal nahm er sich vor, was zu sagen. Irgendwas. Er wollte wissen, wie sie lebte, was sie fühlte, ob sie sich sicher wähnte. Und vor allem: ob es das alles wert war. Denn so eine Vergangenheit verändert die Zukunft.

Jetzt mal generell: Warum machen erwachsene Menschen so was? Ich spiele jetzt nicht speziell auf die Sache mit den geklauten zwanzig Millionen an. So was passiert immer wieder, denn das Böse schläft ja bekanntlich nie.

Interessant ist, dass das eigentliche Problem nicht die Existenz des Bösen ist.

Sondern die Existenz des Guten. Denn sonst würde sich ja keiner drum scheren, wenn was »Böses« passiert. Somit ist der wohl größte Trick des Satans, uns weiszumachen, dass es ihn eigentlich nicht gibt.

Aber zurück zum Stocker. Ich meine, warum quält man sich mit wortlosen Botschaften?

Egal, aber es ist schon interessant, wie der Stocker seinen Traum analysierte. Irgendwas war da noch, ganz kurz vor dem Erwachen, das wusste er.

Das Wasser, der Schlamm, die Luftblasen, die muschelverkrustete Unterseite des Bootes, die er kurz über sich sah. Dann noch der Moment, als er mit weit geöffnetem Mund durch die trübe Wasseroberfläche brach und die Augen aufriss. Was war da am Himmel?

Stocker kniff die Augen zusammen, lehnte sich an das Rückenende des Bettes und hielt sich mit den flachen Händen die Ohren zu.

Ein Vogel könnte es gewesen sein, den er da über sich in der Sonne gesehen hatte. Die Schwingen ausgebreitet, kam er im Sturzflug herunter.

Und plötzlich wusste er es: ein Sperber. Das war es, was er in diesem letzten, panischen Moment seines Traumes gesehen hatte.

Die Älteren unter uns wissen jetzt natürlich, was es mit dem Sperber auf sich hat. Die Jüngeren sollten vielleicht mal kurz auf YouTube gehen, »Breaking Bad« eingeben und dann »Mike Ehrmantraut«.

Was ihr da sehen werdet, ist ein mürrischer, vollschlanker, kompakt gebauter alter Mann, meist in Schwarz gekleidet. Schwarze Bundfaltenhosen, schwarzes, abgetragenes Hemd und eine schwarze oder taubengraue Windjacke. Darüber ein totenbleiches Gesicht, wenig Haare, müde Augen und Ohren wie Dracula.

Das ist auch die wohl zutreffendste Beschreibung für Sperber, einen der Ex-Partner in einem äußerst mysteriösen und gewalttätigen Fall, der Stocker und Zeno beinahe ins Jenseits befördert hätte.

Kommt's jetzt wieder? Der Showdown auf dem Chiemsee? Sperber im Faltboot, lautlos wie der Tod und genauso effektiv?

Jener Sperber, Ex-BND, Ex-MAD, der Mann, dem es gelang, mit Hilfe einer seiner vielen Identitäten und eines Koffers voller Fünfhunderter ein neues Leben irgendwo in Neuseeland anzufangen.

Erinnert ihr euch jetzt wenigstens an die Postkarte, die mit dem merkwürdigen Gedicht? Vorne drauf die Palmen, ein grellweißer Sandstrand und ein paar weiß-blau gestrichene Fischerboote aus Holz, die bäuchlings am Strand liegen und von der Hitze gebleicht auf den Verfall warten?

»Come to Clarks Beach«, stand unter den Booten in roter Flammenschrift. Und auf der bunten Briefmarke hinten drauf war ein Kiwi zu sehen, dieser merkwürdige Laufvogel ohne Flügel, du weißt schon.

Aber jetzt weiter in der Geschichte: Stocker wusste, dass er eh nicht mehr einschlafen konnte. Also tastete er sich im dunklen Zimmer zur Tür, hielt sich am Treppengeländer fest und ging langsam und steif wie ein alter Mann nach unten in die Gaststube.

Merkwürdigerweise war die Notbeleuchtung über der Theke noch an, aber die Lichter in der Küche waren ausgeschaltet, das konnte er durch das messingumrahmte Bullauge in der braun gestrichenen Schwingtür sehen.

Er schlurfte hinter den Tresen, zapfte sich ein kleines Bier und ging wieder um die Theke rum, zu seinem Lieblingshocker. Dort saß er einige Minuten, nippte ab und zu am Glas, starrte den Hirschkopf an der Wand an und lauschte dem Chaos seiner Gedanken, die wie ein Sommergewitter durch seinen Kopf blitzten.

Wie lange er schon so verharrte, wusste er nicht, als plötzlich die Küchentür aufschwang und Nellie in der Kneipe stand. Sie trug nur ein weißes T-Shirt, streckte sich, und Stocker sah ihr hellblond gefärbtes kleines Dreieck und die Tätowierung unter ihrem Nabel.

Nellie bemerkte Stocker in dem fahlen Halbdunkel, rief: »Scheiße!«, und zog sich mit beiden Händen das T-Shirt runter, so weit es ging. »Was zum Teufel machst du da?«

»Ich trinke Bier in einer Kneipe, die mir mal gehört hat.«

»Super.«

»Finde ich auch. Solltest du nicht zu Hause bei deiner Pia sein?«

Nellie schaute durch das Bullauge in die dunkle Küche. »Mir ist was dazwischengekommen.«

»Wo zwischen?«

»Da auch, falls du das meinst.«

»Das exakt meine ich zwar nicht, aber ich dachte, du kannst nicht mit Männern?«

»Uuups! Überraschung! Ich trinke einen mit.« Sie huschte zum Regal, fischte ein hohes, schlankes Glas raus und mischte sich einen Gin Tonic. Nach dem ersten kräftigen Schluck rülpste sie und sagte: »Der Drago, der ist ja hauptberuflich schwul. Aber er meinte, bei einer wie mir, da könnte er kurz mal seine generelle Einstellung zu Frauen vergessen. Mir ging's genauso, weil er ja so ein schöner Bengel ist und ziemlich feminin, verstehst du?«

»Nein.«

»Ach, komm schon, Albin. Wenn das Ding zwischen seinen Beinen nicht wär, dann gäbe der eine saugeile Kampflesbe ab, meinst du nicht?«

Stocker grinste. »Was hast du deiner Pia erzählt?«

Nellie trank ihr Glas in einem Zug leer und knallte es auf die Theke. »Mit der hab ich eh Stress. Weil sie schon wieder scheinschwanger ist. Oder so was Ähnliches. Vor ein paar Stunden hab ich sinngemäß gesimst, dass es spät wird. Oder früh, je nachdem, wie man auf die Uhr sieht. Weil wir hier über den Klimawandel diskutieren. Das ist auch so ein Thema, mit dem sie mich jeden Tag nervt, diese Greta aus Bad Endorf. Weißt du, was sie zurückgeschrieben hat?«

»Nein.«

»›Der Meeresspiegel steigt drei Zentimeter pro Jahr. Du kannst so lange wegbleiben, bis oben an der Chinesischen Mauer ein Schild ist: Bitte nicht über den Beckenrand springen.‹« Sie schnaubte hämisch. »Hast du so was schon mal gehört?«

»Ich war schon lange nicht mehr in China.« Er reichte ihr das leere Glas. »Lässt du mal die Luft raus, bitte? Aus dem Glas, meine ich.«

Noch während sie kopfschüttelnd zapfte, schwang die alte, verschrammte Küchentür wieder auf, und ein splitternackter Drago stand plötzlich im Gastraum. »Wo bleibst du denn, Törtchen?«

Stocker lachte auf. »Törtchen, ja? Ist ja niedlich. Törtchen macht mir grade ein Bier.« Und zu Drago: »Hast du dafür einen Waffenschein?«

Der deutete mit der rechten Hand auf die großflächigen Südsee-Tattoos auf seiner linken Schulter. »Wofür denn, dafür?«

»Nein, für den Totschläger zwischen deinen Beinen. Willst du auch was?«

»Ja klar. Gib mir ein Bier, Blondie!«

Ich sag mal so: Ein jeder, der die Nellie kennt, der würde nicht so mit ihr reden. Weil man weiß, wie kurz ihre Zündschnur sein kann, und auch, dass sie einen Jab schlagen kann wie der junge Klitschko nach dem Frühstück. Dem nackten, wenn auch etwas überproportionierten Adonis zauberte sie allerdings ein himmlisches Bier und stellte es mit einem verliebten Lächeln vor ihm ab.

»Komm her, aber pass auf, dass du dich nicht auf dein Ding setzt«, sagte Stocker und klopfte mit der flachen Hand auf den Hocker neben sich.

»Jetzt mal ohne Scheiß, warum sitzt du hier rum?«, fragte Nellie.

»Ich hab wieder meine heftigen Alpträume gehabt. Diesmal nicht von Zeno, sondern von Gerlinde.«

»Wer ist Gerlinde?«, meinte Drago und wischte sich den Schaum von der Oberlippe.

»Wenn der Kuchen redet, halten die Krümel die Schnauze. Du gehörst noch nicht zur Familie, nur weil wir grade ein bisschen gevögelt haben.«

Drago zuckte mit den Schultern und schaute Stocker an.

»Die Gerlinde war, wie soll ich sagen, eine tolle Frau. Ist sie immer noch. Nur am anderen Ende der Welt. Ist eine lange Geschichte.«

»Und du liebst sie?«

Stocker fuhr sich mit der Hand über die Stirn. »Kann schon sein. Aber das wird in diesem Leben eher nichts mehr mit uns beiden, glaube ich.«

Nellie stupste ihn an. »Erzähl schon weiter.«

»Na ja, es war wieder mal sehr heftig. Und am Schluss von dem Traum kam ein Sperber aus der Sonne raus auf mich zugestürzt.«

»Ein Sperber. Das ist ein Raubvogel, na und? Hast du Angst vor denen?« Drago blinzelte ihm lächelnd zu.

»Nein, hab ich nicht. Aber wir hatten mal mit einem Mann zu tun, der nannte sich so. Das ist aber auch eine lange Geschichte, die ich jetzt nicht erzählen möchte. Ich denke da an was ganz anderes. Nellie, weißt du noch, wo die Postkarte ist, die er uns vor Jahren mal geschickt hat? Du hattest sie in der Hand und kamst zu Zeno und mir damit an den Tisch, draußen unter der Eiche. Erinnerst du dich?«

Nellie kniff die Augen zusammen und zog eine Grimasse. »Warte … die hab ich an einer der Pinnwände in der Küche gesehen, glaube ich. Wenn ich mich nicht täusche … Ich schau mal schnell nach.«

Stocker hob die Hand. »Bei der Gelegenheit könntest du dir vielleicht was anziehen. Und du auch, Drago. Aber pass auf, dass du beim Gehen nicht auf dein Gehänge trittst.«

Nellie schob den Po schelmisch vor und zog ihr T-Shirt kurz hoch, als sie durch die Küchentür tänzelte, und Stocker rief ihr nach: »Ist schon wieder Vollmond?«

Drei Minuten später kam sie in Jeans, in die sie vorne das T-Shirt gesteckt hatte, wieder zurück. Gleich darauf schlenderte Drago durch die Schwingtür und zog den Reißverschluss seiner Hose hoch, aber erst, als Stocker drauf deutete.

Nellie klatschte die Postkarte auf den Tresen, und Drago nahm sie in die Hand. »Cooles Bild, da wär ich jetzt auch gerne. Hey, ich hab meinem Neffen mal eine Postkarte aus London mitgebracht, weißt du, was der gemacht hat?«

Er nahm Daumen und Zeigefinger zusammen, legte sie auf das Bild und zog sie auseinander, so wie man das auf einem Smartphone-Display macht, wenn man das, was man sieht, vergrößern möchte. »Der kleine Blödmann hatte nie in seinem Leben eine Postkarte in der Hand, aber weil er mitgekriegt hat, wie seine Mama mit dem Handy die Bilder größer macht, dachte er, das geht damit auch so.«

Stocker wollte ihm die Karte wegnehmen, aber Drago hielt sie sich schräg vor die Nase, kniff ein Auge zu und starrte auf den dünnen Lacküberzug des Fotos: »Das ist ja mal cool. Wie in einem Spionage-Film.«

Stocker rückte neugierig näher. »Was denn?«

»Da, schau!« Drago nahm Stockers Kopf und führte ihn an die Karte. »Siehst du die Zahlenfolge, die da unten hauchdünn eingeritzt ist? Unter den Palmen? Wenn man genau hinschaut … sind das … warte mal … mindestens fünfzehn oder mehr. Aber ganz akkurat gemacht, das sieht man nur, wenn man aus so einem flachen Winkel hinschaut und das Licht in einem bestimmten Winkel schräg drauffällt.«

»Was kann das sein? Eine Telefonnummer?«

Drago schüttelte den Kopf. »Nein. Telefonnummern fangen mit der Länderkennung an. Queensland in Australien hat zum Beispiel die 07, dann kommt wie bei uns die Ortsvorwahl, dann die eigentliche Nummer.«

»Was der alles weiß«, hauchte die Nellie, und Drago grinste wieder. »Ich hab da einen Freund, der ruft mich ab und zu mal an.«

Stocker nahm ihm die Karte aus der Hand und schaute sich

die Nummernreihe genauer an. »Was also ist das? Törtchen, gib mir bitte einen Block und den Kuli da drüben.«

»Törtchen haut dir gleich eine auf dein einäugiges Gummibärchen, sobald du aufstehst. Da, und den Stift kannst du dir selber angeln, du Chauvi.«

Damit knallte sie ihm den Block vor den Ellenbogen.

Stocker reichte Drago die Karte. »Lies mal vor.«

»8395730684209962.«

Stocker sprach jede Zahl laut mit und schaute sich die Reihe auf dem Papier an.

»Was zum Teufel ist das?«

Nellie sagte schnippisch: »Ruf den Sperber doch an und frag ihn.«

Stocker verdrehte die Augen und rutschte vom Hocker. »Ich hol schnell den Laptop. Schenk du schon mal nach, Blondie.«

Dabei zwinkerte er Drago zu, während ihm die Nellie nachrief: »Dünnes Eis, ganz dünnes Eis, mein lieber Albin.«

9

Stocker gab die Zahlenreihe in den ASUS ein, und auf dem weißen Bildschirm erschien: »Es wurden keine mit deiner Suchanfrage übereinstimmende Dokumente gefunden.«

»Das wird so nix. Gib mal her.« Drago zog sich den Laptop heran, verschränkte die Hände und ließ die Knöchel krachen, dann bewegte er seine Finger wie ein Klavierspieler einige Zentimeter über der Tastatur. »Ich probier jetzt mal was.«

Er senkte seine Hände und begann, rasend schnell Befehle einzugeben.

Nellie trat hinter ihn, küsste seinen Nacken und fragte: »Was machst du da?«

»Ich schau mal, ob ich von hier aus ins Darknet komme. Da wird viel mit Zahlenpasswörtern gearbeitet. Hier, siehst du, jetzt installiere ich erst mal einen Tor-Browser. Das ist so was Ähnliches wie Google Chrome, nur halt für die Unterwelt. Passt, gleich steht der. So, und jetzt gehe ich auf OWL und schaue, ob ich auf dem Pfad alleine unterwegs bin. Passt auch, super. Jetzt gebe ich mein VPN-Passwort ein, das ist ein privater Schlüssel für meine Tür im Netz, könnte man sagen. Nur für mich. Und jetzt: trara! Meine Damen und Herren, kommen Sie näher und bestaunen Sie die Wunderwelt des Verbrechens.«

Auf dem Bildschirm erschien: »Willkommen im Tor Browser«.

»So, und jetzt geben wir die Zahlen ein. Stocker, sag sie an, aber langsam und deutlich.«

Nachdem Drago die Nummernfolge eingegeben hatte, überprüfte er sie noch einmal, dann hob er den Zeigefinger seiner rechten Hand hoch über den Kopf und ließ ihn langsam und theatralisch auf die Entertaste sinken. »Trommelwirbel, bitte. Uuund … ab!«

Auf dem Bildschirm flackerte es, dann erschien die Schrift: »NOT FOUND. USE Kpvz7ki2v5agwt35.onion«.

Stocker fuhr sich mit der Hand über das Kinn und deutete auf den Laptop. »Was ist das jetzt? Sind wir schon wieder raus?«

Drago grinste wie ein Zirkuspferd. »Das, meine Lieben, ist der Weg zu ›The Hidden Wiki‹, das ist die Sammlung aller Darknet-Adressen. Ein Branchenbuch für Kriminelle oder investigative Journalisten und so weiter. Dann, würde ich sagen, besuchen wir das doch mal.«

Nach zwei Versuchen hatten sie einen Treffer: Der Bildschirm wurde weiß, Drago gab die Zahlenreihe zweimal in die untereinanderliegenden Balken ein, und auf dem weißen Grund erschien der schattenhafte Umriss eines Sperbers.

Drago klickte den Vogel an, und der Umriss verschwand und löste sich in virtuelles Konfetti auf, stattdessen stand nun da: »What?«

»Was soll ich schreiben?« Drago schaute Stocker von der Seite an.

»Warte, lass mich überlegen. Schreib … ›Stocker-Zeno-Perlmann-Kajak-Event‹.«

»Dein Ernst?«

»Ja. Schreib das genau so. Er wird wissen, wer dran ist.«

»Warum?«

»Weil da was steht, das nur einer wissen kann, der dabei war.«

Drago zuckte mit den Achseln, hämmerte die Worte in die Tastatur und drückte auf »Enter«.

Der Bildschirm wurde schwarz.

Nellie sagte: »Und jetzt?«

Drago schaute über die Schulter. »Wenn der oder die dran sind, also online, dann tut sich vielleicht was. Wenn der Compi von denen aus ist, tut sich nichts.«

Doch nach wenigen Sekunden sah man, wie in schneller Folge Buchstabe für Buchstabe erschien:

»Wer?«

»Gib mal her.« Stocker zog sich den Laptop rüber und schrieb: »Zeno ist tot. Bombe. Brauche Hilfe.«

»Wie heißt dein Hund?«

»Herr Josef.«

»Wie starb Perlmann?«

»Du hast ihn erschossen. Die anderen auf dem Boot auch. Schalldämpfer. Wir haben die Pakete geteilt. Sperber, hör mit dem Scheiß auf.«

Auf dem schwarzen Hintergrund erschien ein Smiley, und dann: »Gib sichere Telno.«

Stocker rannte um den Tresen herum in seine Bude hoch, kam eine Minute später mit einem seiner Prepaid-Handys zurück und gab die Nummer ein, die auf einem Zettel auf der Rückseite des alten Motorola-Teils stand. Wenige Sekunden später tauchte wieder eine Schrift auf dem Bildschirm auf: »10min«, dann loggte sich der Sperber aus.

Acht Minuten später kam der Anruf. Stocker nahm schnell das Handy ans Ohr. »Ja?«

»Was willst du? Machen wir es kurz, ich habe hier ein bisschen Stress am Hals. Könnte sein, dass jemand die Mobilfunkmasten scannt.«

»Zeno ist tot.«

»Ich weiß. Sogar hier gibt es Internet, wie du grade bemerkt hast.«

»Ich will die Kerle, die ihn umgebracht haben. Könnte sein, dass die zu einem deiner Ex-Vereine gehören.«

»Woher willst du das wissen?«

»Wir kommen bis zu einem bestimmten Punkt, dann wird alles nebulös. Ich habe Fotos auf USB. Da ist der Kerl drauf, der mir vor Zenos Tod gesagt hat, es gibt Ärger, wenn ich in einer bestimmten Sache weiter ermittle.«

»Welche Sache?«

»Um die geht's nicht. Ich will wissen, wer der Kerl ist. Noch was: Zuckerhahn, du weißt schon, der Münchner Kripo-Mann, wird von einem Typen verfolgt, der möglicherweise auch von einem der Dienste kommt. Da hab ich auch Fotos.«

»Was habe ich davon?«

»Überleg dir was. Was immer du willst, du kriegst es.«

»Gib mir die Bilder rüber. Über denselben Weg wie vorhin.«

»Gut. Und wie geht's weiter?«

»Lass mir etwas Zeit. Ich melde mich unter dieser Nummer. Ende.«

Stocker holte einen USB-Stick aus der Tasche und legte ihn neben Drago. »Schick die Bilder an den Sperber. Gleicher Weg wie eben. Und häng die Fotos dran, die ich dir vorhin gezeigt habe, okay?«

Drago nickte, steckte den USB-Stick in den Laptop und tippte die Befehle ein.

Nellie war auf dem Weg zur Küche, als das Telefon hinter der Theke läutete.

Sie schaute auf die Uhr im Regal. »Fast vier. Wer zum Teufel …?« Sie trabte zum Apparat, nahm den Hörer ab, lauschte und wurde kreidebleich. »Sag ihm das selber, Ringo.«

Sie reichte Stocker den Hörer, und der klemmte ihn sich zwischen Schulter und Ohr. »Was gibt's?«

Ringos Stimme kam, unterbrochen von knackenden Störgeräuschen, aus dem kleinen Lautsprecher. »Den Zuckerhahn hat's erwischt. Ist mit dem BMW von der Fahrbahn abgekommen und voll in die Bäume gerauscht. Vor einer halben Stunde oder so. Ich bin unterwegs dorthin.«

»Ist er tot?«

»So gut wie, hört man. Die Sanis bringen ihn nach Prien in die RoMed-Klinik. Ich war schon im Bett, als mich ein Kumpel von der Dienststelle anrief, der weiß, dass wir uns kennen, der Zuckerl und ich. Jetzt bin ich auf dem Weg zur Unfallstelle.«

»Wo ist das?«

»Hinter Bad Endorf, die lange, gerade Staatsstraße hinter dem Flughafen, du weißt schon. An der Gärtnerei vorbei, das kleine Wäldchen, das dann kommt. Da muss es sein. Ich will mir das ansehen.«

»Pass auf, der Zuckerhahn war hier, er hat mir was gebracht. Dabei hat er mir erzählt, dass er verfolgt wurde. Den Wagen konnte er abschütteln. Ich hab Fotos von dem Kerl und dem Auto. Schwarzer Mercedes. Schau in Zuckerhahns Wagen und nimm die beiden Dashcams mit, wenn du kannst. Eine ist am Rückfenster, eine vorne an der Windschutzscheibe. Vielleicht hat ihn der Kerl ja wieder gefunden und ist ihm hinterher.«

»Okay, mach ich. Noch was?«

»Schau dir alles genau an, ob's wirklich ein Unfall gewesen sein kann. Der Kommissar hat zwei kleine Biere getrunken, davon wird der nicht so besoffen, dass er in die Bäume knallt. Sieh dich im Auto um. Ich fahre jetzt in die Klinik rüber und habe das Kneipenhandy dabei. Ruf mich an, ja?«

»Mach ich. Bis gleich.«

Stocker sagte: »Den Zuckerhahn hat es böse erwischt. Nellie, wir fahren in die Klinik rüber. Jetzt sofort. Ich zieh mir nur noch schnell was an.«

Drago meinte: »Ich komme mit.«

»Nein, du bleibst schön hier und hältst den Kopf unten. Nach dir sucht man, hast du das vielleicht schon vergessen?«

Drago seufzte und ging zu Nellie, nahm sie in den Arm und gab ihr einen Kuss auf die Stirn. »Dann bis später, meine Schneeflocke.«

Von der Treppe her sagte Stocker: »Törtchen, Schneeflocke, das klingt ja schön. Aber die Gegenstände werden schnell mal zu Tieren und dann auch gleich größer: blöde Henne, dumme Kuh, dussliges Kamel …«

Und Nellie fauchte: »Schieß dir in den Sack und stirb tanzend. Ich bin schon mal im Auto.«

10

Es war noch dunkel, als sie auf den Parkplatz vor dem Krankenhaus einbogen. Selbst von hier aus konnte man den Chiemsee und die Herreninsel sehen. Vor der Notaufnahme standen zwei Krankenwagen mit offenen Türen. Drei Kerle in weißen Hosen und Kitteln unterhielten sich und rauchten. Krächzende Stimmen drangen aus den innen hell beleuchteten Malteser-Fahrzeugen.

Stocker ging durch die große Glas-Schiebetür und durch den weitläufigen Empfangsbereich rechts zur Rezeption. Ein junger, schwarzhaariger Mann las in einer Zeitung und blickte erst auf, als Stocker und Nellie vor dem Tresen standen. »Guten Morgen.«

»Guten Morgen. Vorhin ist ein Unfallopfer eingeliefert worden. Autounfall hinter Bad Endorf. Wo ist der Mann?«

»Sind Sie Angehörige? Können Sie sich ausweisen? Sonst darf ich Ihnen leider keine Auskünfte geben.«

»Welche Ärzte sind im Haus?«

»Die Morgenschicht. Und der Chefarzt von der Inneren, der ist gerade gekommen und auf dem Weg nach oben.«

»Rufen Sie ihn an. Er kennt mich. Ich bin Albin Stocker. Ich will zu dem Unfallopfer.«

Der Schwarzhaarige seufzte, nahm einen Telefonhörer von der Konsole und tippte eine zweistellige Nummer ein. »Ja, entschuldigen Sie, Herr Doktor. Hier ist ein Herr Albin Stocker, der will zu dem Endorf-Unfall. Was? Ja gut, richte ich aus.«

Er legte den Hörer zurück, erhob sich halb aus seinem Drehsessel, beugte sich vor und deutete quer durch die Halle zu den Liften. »Zweiter Stock, dann rechts zur operativen Intensivstation.«

Ist dir schon mal aufgefallen, dass sich Menschen in Liften meist nicht unterhalten? Man steht da, schaut die blinkenden Knöpfe an, dann zur Decke hoch, vielleicht fixiert man auch die Flecken auf den Schiebetüren, aber reden tut da so gut wie keiner. Auch

Nellie und Stocker sagten kein Wort, sahen sich aber in dem unnatürlich hellen Neonlicht in die Augen. Und wenn man sich so lange kennt, kann man auch so ausdrücken, was man meint.

Im Lift roch es nach Karbol oder anderen Desinfektionsmitteln, und im zweiten Stock war der Geruch noch intensiver. Lautlos huschten zwei Schwestern in weißen Sportschuhen über den taghell beleuchteten Gang ohne Fenster.

Eine Dreiergruppe von Ärzten, alle die Hände in den Seitentaschen ihrer weißen Mäntel, unterhielt sich leise. Ein großer, breitschultriger blonder Mann mit grauem Bart und Brille schaute zum Lift und erkannte Stocker.

Schnell kam er näher und reichte erst Nellie, dann Stocker die Hand. »Grüß euch. Sieht nicht gut aus mit ihm. Sie haben ihn von der Notaufnahme gleich nach hier oben gebracht. Er ist im Schockraum und kriegt das ganze Programm: Open-Lung-Beatmung, Monitoring aller Vitalfunktionen und so weiter. Die Chirurgen meinen, es hat ein paar Rippen erwischt, möglicher Lungenriss, offene Kopfwunden, Schnittwunden. Weil man wusste, dass ich den Kommissar kenne, hat man mich sofort angerufen.«

Dazu muss ich dir schnell sagen, dass der Chefarzt der Inneren, nennen wir ihn Doc B., ein leidenschaftlicher Radler ist, der des Öfteren auch mal in der »Endstation« auf eine Apfelschorle vorbeikam oder abends, wenn Live-Musik war. Das tat auch der Kommissar, und von daher kannte man sich.

Stocker trat von einem Bein auf das andere. »Schafft er es?«

Doc B. hob die Schultern. »Ich bin grade erst gekommen. Meine Kollegen da drüben beratschlagen, wie man jetzt weiter vorgeht. Ein Team ist bei ihm und bereitet ihn für diverse Untersuchungen vor. Den Umfang des Polytraumas werden wir erst bestimmen können, wenn auch die Neurologen hier sind. Schlimm ist natürlich, dass er kräftig Alkohol im Blut hat. Kam er von euch aus der Kneipe?«

Nellie zog die Augenbrauen hoch. »Ja, er war in der ›Endstation‹. Aber Alkohol? Das kann nicht sein. Er hat zwei kleine Biere getrunken, und das zweite nicht mal ganz. Ich war die ganze Zeit bei ihm. Albin auch. Wir haben geredet.«

Der Doc zupfte an seinem grauen, kurz gestutzten Bart. »Der Mann da drinnen hat mindestens zwei Promille im Blut. Die kommen nicht von zwei Bieren.«

Stocker sagte: »Schauen Sie nach, ob frische Injektionsstellen an den Armen oder am Hals sind, Doc.«

»Was? Sie meinen, es war kein Unfall?«

»Das vermute ich. Was bitte ist ein Polytrauma?«

»So nennt man gleichzeitig entstandene Verletzungen von mehreren Körperregionen. Schädel, Wirbelsäule, Brustkorb, Bauchraum. Und wir gehen schon mal davon aus, dass er auch ein SHT hat, ein Schädel-Hirn-Trauma. Wir sind erst mit den körperlichen Untersuchungen so einigermaßen durch. Jetzt ist die Bildgebung dran, also Sonographie, Spiral-CT, Röntgen. Das können wir fast alles hier oben machen. Dann kommt er vom Schockraum rüber in ein Intensivzimmer. Vielleicht werden wir ihn in ein künstliches Koma versetzen müssen, falls eine entsprechende Hirnschwellung vorliegt.« Der große Mann zuckte mit den Achseln. »Wie gesagt, wir sind erst am Anfang. Ihr beide könnt im Moment nichts für ihn tun. Ich rufe euch an, wenn wir mehr wissen. Entschuldigt mich jetzt bitte.«

Der Doc klopfte Stocker auf die Schulter und ging wieder zu seinen Kollegen.

Stocker drückte Nellie seine Autoschlüssel in die Hand. »Fahr zurück und sag deinem Lover, er soll seinen Vater anrufen. Wir brauchen vor der Klinik ein paar Leute. Und einen hier oben. Ich hab da so einen Verdacht, dass bald jemand hier auftauchen wird, der nachschaut, ob der Zuckerhahn noch lebt. Diese Leute überlassen nichts dem Zufall.«

»Welche Leute?«

»Das werden wir wahrscheinlich bald wissen. Zieh jetzt ab und pass auf, dass der Drago zum Telefonieren eins unserer Prepaid-

Handys nimmt. Aber nicht das, über das ich mit dem Sperber gesprochen habe. Zieh nach dem Anruf die SIM-Karte raus und verbrenne sie. Der Drago darf niemanden sonst kontaktieren, verstanden?«

»Schon klar, aber sollen wir nicht lieber den Moses anfunken, dass der ein paar von seinen Jungs schickt? Die wären in einer halben Stunde hier.«

Stocker grinste müde. »Schätzilein, hast du deinen Kopf nur auf, damit es dir nicht in den Hals reinregnet? Du hast doch einen Teil von Moses' Truppe gesehen. Die sind alle – wie soll ich sagen? Maximal pigmentiert? Wenn das Personal mitkriegt, dass ein Dutzend schwarzer Männer mit Rasta-Frisuren und in Gangster-Klamotten betont unauffällig hier rumlungert, ist im Nu klar, dass was nicht stimmt. Der alte Gregorian soll fünf oder sechs seiner besten Leute in Marsch setzen. Sofort. Und bis die hier eintrudeln, so lange bleibe ich genau hier im Gang vor dem Zimmer stehen.«

Stocker deutete in Richtung des Krankenzimmers, in dem die Ärzte verschwunden waren.

Nellie stellte sich auf die Zehenspitzen, küsste ihn auf den Mund und flüsterte: »Pass auf dich auf. Dich liebe ich nämlich fast am allermeisten.«

Dann ging sie mit schnellen Schritten zur Glastür, die ins Treppenhaus führte.

Stocker schaute sich auf dem Flur um und entdeckte weiter hinten eine braune Leder-Sitzgruppe, halb verdeckt hinter einer üppigen grünen Topfpflanze. Beim Näherkommen sah er den Trinkwasserspender und einen kleinen Glastisch, auf dem ein paar Zeitungen und alte, verblätterte Zeitschriften lagen.

Nach etwa einer Stunde kam Doc B. auf ihn zu. Stocker rieb sich über das Gesicht und setzte sich auf.

»Sieht nicht gut aus. Wir haben ihn wie befürchtet in ein künstliches Koma legen müssen. Die Kollegen bleiben bei ihm, und Sie können beruhigt nach Hause fahren.«

Stocker schüttelte den Kopf. »Ich bleibe hier. Danke, Doc,

aber in der ›Endstation‹ würde ich mich eh nur mit Bier betäuben. Und einer im Koma reicht für den Moment.«

Der Arzt deutete ein Lächeln an. »Ich bin unten in meinem Büro. Sie können jederzeit runterkommen.«

»Kann ich ihn sehen?«

»Da sehen Sie jetzt nicht viel. Der Mann hängt an Schläuchen und Monitoren. Und in den Schockraum dürfen Sie sowieso nicht rein. Maximal in den Vorraum. Aber auch das geht jetzt nicht. Fragen Sie später einen meiner Kollegen, wenn Sie unbedingt einen Blick auf Ihren Freund werfen wollen. So, ich muss dann mal.«

Stocker schüttelte dem Doc die Hand und setzte sich wieder auf das Sofa, als sein Handy brummte. »Ja?«

»Ich bin's, Ringo. Ich bin noch am Unfallort. Hier stimmt vieles nicht.«

»Was? Hast du die Kameras? Ist er alleine auf der Straße unterwegs gewesen?«

»Halt mal zwei Minuten die Klappe und pass auf: Der Wagen ist soeben beschlagnahmt worden. Der Kollege bekam einen Anruf auf dem Diensthandy: Eine höhergestellte Behörde übernimmt ab sofort. Der BMW wird auf einem Tieflader nach München gebracht. Keiner darf mehr ran. Keiner darf ihn anfassen. Keine Fotos mehr. Alles, was die Unfallaufnahme erbracht hat, ist ab sofort Verschlusssache.«

»Das heißt, du warst nicht am oder im Auto?«

Stocker konnte Ringos Grinsen förmlich durch den Hörer spüren. »Was glaubst du denn? Natürlich hab ich mir alles angesehen. Ich war ja schon vor dem besagten Anruf hier. Also, die Fahrerseite ist stark verkratzt und teilweise eingebeult und aufgerissen. In die Baumgruppe ist er aber vorne und mit der rechten Seite gedonnert. Was lässt uns das vermuten?«

»Ein zweites Fahrzeug war beteiligt. Das hat ihn von der Straße gedrängt.«

»Genau, Sherlock. Es geht noch weiter. Beide Kameras sind weg. Die vorne an der Windschutzscheibe und die hinten, beim Rückfenster. Die Halterungen sind leer, die Drähte abgerissen.

Was heißt, jemand hat die Dinger schnell und brutal rausgerupft, weil es ihm pressiert hat. Oben an der Straße sind Reifenspuren, die ich so deute: Der, der ihn abgedrängt hat, war sehr schnell dran, ist aber voll in die Eisen gestiegen, als er sah, dass der Zuckerhahn den Abflug macht. Dann fährt er so schnell zurück, im Rückwärtsgang, dass Profilabrieb und eine Bremsspur entstehen. Er steigt aus, rennt rüber zum BMW und macht da irgendwas. Wie geht es dem Zuckerhahn überhaupt?«

»Nicht gut. Er ist mehr tot als lebendig.«

Eine Stimme war verschwommen zu hören, dann die von Ringo: »Nein, mein Telefon kriegst du nicht. Was, mit wem? Mit meiner Frau, du Depp. Die macht sich Sorgen. Was? Ja, du mich auch. Verpiss dich.«

Ein paar Sekunden später wieder Ringos Stimme, diesmal leise: »Stocker, ich muss jetzt weg, sonst krieg ich Ärger mit den Kollegen. Lass uns später noch mal telefonieren. Soll ich in die Klinik kommen?«

»Nein, passt schon. Ich bleibe erst mal hier.«

»Gut, bis dann. Wie sagte Jesus vor zweitausend Jahren zu den Niederbayern: ›Macht bloß nichts, bevor ich wieder zurück bin.‹«

11

Ich verrate dir was: Lebe jeden Tag, als wenn es dein letzter wäre. Warum? Weil du irgendwann recht haben wirst. Keiner kommt hier lebend raus, schon klar. Aber wir denken immer, wir sterben nicht jetzt. Nicht heute. Sondern an irgendeinem fernen Tag. Du weißt es Gott sei Dank nicht, wann das sein wird. Aber schau dir bloß jetzt mal den armen Zuckerhahn an. So schnell kann es gehen.

Stocker schreckte aus seinem Halbschlaf auf, als die beiden Ärzte in Begleitung einer dunkelhäutigen Krankenschwester zum Lift gingen.

Er rannte ihnen nach. »Hallo, wie sieht es mit meinem Freund aus? Wissen Sie was Neues?«

Einer der Doktoren, ein jüngerer, schlanker schwarzhaariger Mann, drehte sich um. »Ob er den Tag heute überlebt, können wir nicht sagen. Es sieht sehr kritisch aus. Ich habe mich an der Uni Düsseldorf mit Trauma Evidence beschäftigt. Wir hatten viel mit Schwerstverletzten zu tun. Meiner Erfahrung nach ist wichtig, dass er die nächsten vierundzwanzig Stunden übersteht. Und wir tun unser Bestes, das kann ich Ihnen versichern. Entschuldigen Sie uns, wir sind in einer Viertelstunde wieder hier.«

Die Lifttüren, die der andere Arzt mit einem Fuß offen gehalten hatte, schlossen sich mit einem schmatzenden Geräusch, und auf der Digitalanzeige neben dem Aufzug leuchtete ein Pfeil nach unten auf.

Stocker fühlte die Müdigkeit in seinem ganzen Körper. Er ging den Flur auf und ab, holte sich dann vom Schwesternraum einen Stuhl, stellte ihn neben die Tür des Trauma-Raums und ließ sich darauf nieder.

Um nicht einzuschlafen, kippelte er auf den hinteren beiden Stuhlbeinen vor und zurück und summte vor sich hin.

Irgendwie musste er doch eingenickt sein, denn ein Geräusch hinten am rechten Ende des mattglänzenden Flurs ließ ihn hochschrecken. Bei den Toilettentüren war eine schnelle Bewegung, auf dem Gang vor dem Herren-WC stand ein hüfthoher Rollwagen, der mit einem weißen Tuch abgedeckt war. Ein Zipfel des Tuches bewegte sich von dem Luftzug der schließenden Tür noch ein bisschen.

Seltsam, dachte sich Stocker, das ist einer von diesen Wägen, auf denen Speisen in die Patientenzimmer gebracht werden. Aber was macht der um diese Zeit hier? Und außerdem, in dieser Etage gab es nur ein paar Intensivzimmer, die Trauma-Station und zwei oder drei OP-Säle, soweit er sich erinnern konnte.

Langsam erhob er sich von seinem Stuhl und ging auf die Toilettentüren zu. Dabei bemerkte er ein Ziehen im Unterleib, das ihm sagte, es wäre eh besser, bei der Gelegenheit gleich etwas gebrauchtes Wasser wegzubringen.

Also schob er mit dem Fuß die Tür auf, betrat den weiß gefliesten, hell erleuchteten und streng nach Desinfektionsmitteln riechenden Raum und stellte sich an eins der Urinale.

Er schaute sich schnell um. Niemand sonst im Raum. Stocker schüttelte den Kopf und starrte auf die Wand vor seinen Augen.

Jemand hatte mit blauem Filzstift was hingeschrieben, jemand anderes hatte versucht, es wegzuwischen, und Stocker versuchte aus den Fragmenten zu entziffern, was da wohl gestanden hatte.

Die Tür zu einer der Kabinen hinter ihm öffnete sich.

Ohne über die Schulter zu schauen, schüttelte Stocker ab, zog den Reißverschluss seiner ausgebleichten Jeans hoch und drehte sich nach links, um zu den Waschbecken zu gehen.

Der Kerl, der aus der Kabine kam, blieb stehen und starrte auf Stocker. Der wandte sich ihm zu und überlegte, woher ihm das Gesicht des Mannes bekannt vorkam.

Der Typ war an die eins siebzig, eher kleiner, schlank, fast dünn. Auf dem Kopf hatte er eine dieser blauen OP-Mützen, die seine kurzen, rotblonden Haare fast verdeckte. Der weiße Arztkittel schlackerte um den sehnigen Körper und passte nicht zur Mütze, dachte sich Stocker, während er auf die Schuhe des Mannes schaute.

Die waren dunkelbraun, mit antrocknenden Schlieren vorne an den Kappen und am Oberleder, so als hätte man versucht, mit einem feuchten Tuch in aller Eile Schlamm oder Erde wegzuputzen.

Blitzartig brachte Stocker das Gesicht unter der Haube mit dem in Verbindung, das ihm der Zuckerhahn auf dem Laptop gezeigt hatte. Das Gesicht des Verfolgers. Und das des Mannes, der versucht hatte, den Kommissar vor etwas mehr als einer Stunde zu töten.

»Was denn?«, fragte der Kerl, sah das Erkennen in Stockers Augen und kam schnell auf ihn zu.

Der Toilettenraum war vielleicht sieben Meter lang und drei oder vier Meter breit. Die Kabinen und der Raumtrenner, eine gemauerte, geflieste Halbwand vor der Reihe mit den Waschbecken, ließen Stocker nicht viel Platz zum Ausweichen.

Ich meine, wer weiß, wie der Stocker bei den Gebirgsjägern in Mittenwald ausgebildet wurde, dem muss ich nicht mehr viel erzählen. Die Gebirgsjäger sind eh schon eine Elitetruppe für sich, aber innerhalb dieser Elite gibt es noch die KA, die »Kommando-Abteilung«.

Das sind die Jungs, die auf Fernaufklärung, Gefangenenbefreiung, Sabotage und so weiter gedrillt werden.

Wer zu denen gehören will, der wird in vier Tagen an die zweihundertfünfzig Kilometer durch den Schwarzwald gehetzt, mit dreißig Kilo Gepäck auf dem Rücken. Der muss Nahrungs- und Schlafentzug wegstecken und die psychischen Torturen der gewalttätigen Verhöre, die Überlebenstrainings in den verschneiten Alpen und vieles mehr überstehen.

»Facit omnia voluntas«, nur der Wille entscheidet, das ist das Motto dieser Truppe. Gut, das ist alles schon viele Jahre her, und der Stocker ist beileibe nicht mehr der Kämpfer, der er mal war.

Aber mir hat er mal erzählt, die Reflexe, die verlernst du nie. Es reicht, wenn du dich einigermaßen fit hältst und die wichtigsten Techniken ab und zu durchgehst.

Warum ich dir das alles sage?

Weil Stocker in dem Moment wusste, was kommt, als in den Augen des Rotblonden dieses Licht aufblitzte.

Der Kerl bewegte sich flink wie eine Schlange. Er deutete rechts an und erwischte Stocker mit einem linken, ansatzlosen Haken seitlich an der Stirn.

Stocker taumelte rückwärts in eine Kabine, kam aber schnell wieder hoch, während sein rechter Fuß auf einer feuchten Fliese wegrutschte. Der Kerl war sofort bei ihm und griff mit rechts an, als Stocker mit dem linken Bein einen halbhohen Front-Kick anbringen konnte. Er traf den Kerl unter dem Nabel, und der stieß mit einem Keuchen die Luft aus und wich tänzelnd einen halben Schritt zurück.

Dann gehorchte Stockers rechter Fuß wieder, und er schmetterte einen harten Low-Kick gegen den linken Schenkel des Rotblonden. Der stöhnte auf, knickte nach vorne. Dabei versuchte er noch, mit der linken Handkante gegen Stockers Schläfe durchzukommen, aber der legte eine halbe Drehung hin, fasste nach der Schlaghand und drehte sie mit aller Kraft nach innen.

Der Kerl krachte an Stocker vorbei mit dem Kopf auf die Toilettenschüssel und war eine halbe Sekunde wie benommen. Dann trat er Stocker fluchend von den Beinen und warf sich mit seinem ganzen Gewicht auf ihn.

Stocker versuchte, ihn abzuschütteln, doch in der Enge der Kabine gelang ihm das nicht. Kurze, aber sehr harte Hiebe landeten auf seinen Schläfen und Ohren.

Stocker spürte, wie Panik in ihm aufstieg, als ihm schwarz vor den Augen wurde. Er wand sich mit aller Kraft unter dem Kerl, und als der sich etwas aufrichten wollte, um in eine bessere Schlagdistanz zu kommen, rammte ihm Stocker beide Fäuste in den Unterleib und schaffte es, in die Schmetterlingsposition zu gelangen.

Die Knie angewinkelt, die Schienbeine unter den Oberschenkeln des Rotblonden, holte er tief Luft. Aus dessen Mund tropfte rotgefärbter Speichel in Stockers Gesicht, der Kerl war für einen Sekundenbruchteil verunsichert, und als er erneut auf Stocker einschlagen wollte, verlor er für einen kurzen Moment das Gleichgewicht.

Stocker hebelte den Mann nach oben und zur Seite.

Als er mühsam, aber relativ schnell auf einem Knie hochkam, zog er mit einem Ruck die Stützhand des Kerls weg, drehte ihn auf den Rücken und setzte sich auf ihn.

Der wand sich wie ein Aal, konnte sich aber nicht bewegen und schnappte rasselnd nach Luft.

Stocker schlug ihm mit der flachen Hand hart gegen die Stirn, und der Kerl verdrehte die Augen und schien ohnmächtig zu werden.

Doch während sich Stocker keuchend von ihm löste, zog der Mann, die Augen immer noch geschlossen und den Kopf zur Seite gedreht, blitzschnell ein Knie hoch und erwischte Stocker voll zwischen den Beinen.

In dem Rauschen, mit dem sich seine Ohren füllten, hörte Stocker den Schrei einer Frau.

Der Rotblonde wand sich seitlich an ihm vorbei, stand auf und torkelte wie ein Betrunkener schnell aus dem Raum.

Das Nächste, was Stocker wahrnahm, war das besorgte Gesicht der indischen Schwester. Er schob sie zur Seite, richtete sich auf und hielt sich kurz an dem Waschbecken hinter ihm fest.

Die Frau sprach zu ihm, er sah, wie sich ihre Lippen bewegten, aber er verstand die Worte nicht.

Er schüttelte seinen Kopf und rannte hinter dem Kerl her.

Auf dem Flur blieb er kurz stehen und sah, wie die Milchglastür zum Treppenhaus zuschwang.

Stocker rannte den langen Flur entlang, sein Unterleib und die Gedärme schmerzten, als hätte er glühende Holzkohlestücke darin.

Jeder Schritt war mühsam und von flammenden Stichen begleitet.

An der Glastür angekommen, musste er tief durchatmen, um das Schwindelgefühl in seinem Kopf abzuschütteln.

Als er ins Treppenhaus trat, hörte er tappende, schnelle Schritte und starrte über das Geländer in beide Richtungen.

Zwei Stockwerke unter ihm, im Erdgeschoss, stand der Rotblonde, jetzt ohne die OP-Haube und den weißen Kittel, breitbeinig und nach vorne gebeugt da. Die Hände lagen auf seinen Schenkeln, um die Beine abzustützen. Sein Kopf ging nach oben, und er schaute zu Stocker in den zweiten Stock hoch.

Sein Gesicht war ausdruckslos, und er sah Stocker mit halb offenem Mund an, so als erwarte er eine Antwort auf eine nicht gestellte Frage.

12

In der Klinik, besser gesagt in der zweiten Etage bei den Chirurgen, war innerhalb von Minuten der Teufel los, ja, was glaubst du denn?

Die Schwester, die zuerst Zeter und Mordio geschrien hatte, rief über die interne Leitung alle nach oben, die sich aus eigener Kraft bewegen konnten, mal etwas überspitzt ausgedrückt.

Auf dem Flur wimmelte es von Pflegern, Ärzten, Schwestern, und kurz darauf kamen auch noch vier Polizisten von der Priener Wache dazu.

Der Stocker machte seine Angaben zum Hergang des Zwischenfalls auf der Toilette und natürlich eine Anzeige gegen unbekannt, wobei ich sagen muss, die hat er mit einem Grinsen gemacht. Weil er ja ein bisschen mehr wusste und der Unbekannte für ihn jetzt nur noch teilweise ein solcher war.

Einer der Pfleger, der sowieso Schichtwechsel hatte und in Eggstätt wohnte, nahm den Stocker mit in die »Endstation«. Stocker rief den alten Gregorian an, und der meinte, einige seiner besten Leute seien mit zwei Autos losgefahren und sollten bald vor Ort sein. Ob es einen Ansprechpartner gebe?

Stocker erwiderte, der Boss der Gruppe solle nach einem Doc B. fragen, der wüsste Bescheid.

Natürlich kam es zu einem kleinen Zwischenhalt beim »Café Schmidmaier«, wo Stocker schnell ein Dutzend Brezen und für den Pfleger ein paar Stücke Kuchen kaufte. Als Spritbeteiligung, sozusagen.

Drago schlief in dem Zimmer hinter der Küche, aber Nellie war zu aufgedreht, um auch nur an Schlaf zu denken. Sie hatte die Küche geputzt, den Tresen poliert und den dunklen Dielenboden in der Gaststätte gewischt.

Als Stocker mit seiner großen Tüte voller Brezen in die Kneipe kam, ließ sie den Besen fallen, raste aus der Küche an die Tür und fiel ihm um den Hals. »Wie geht es ihm?«

»Nicht gut. Er muss die nächsten paar Tage überstehen, sagen sie. Aber der Zorro ist ein Kämpfer, ein echter Steher, das war immer so.«

Nellies Augen wurden feucht. Sie schniefte und sagte dann: »Dragos Papa schickt ein paar Leute nach Prien.« Sie löste sich von Stocker und schaute auf ihre kleine goldene Uhr. »Die müssten eigentlich schon da sein oder jeden Moment eintreffen. Hast du in der Klinik Bescheid gesagt, dass da wer kommt?«

Stocker nickte. »Ja. Alles geklärt. Einer wird vor dem Zimmer sitzen, einer in dieser Sitzecke hinten am Flur. Einer unten in der Halle und einer, oder wie viele da noch sind, in einem Auto auf einem der Personal-Parkplätze, so habe ich das mit Doc B. abgesprochen. Er war nicht begeistert, aber er hat's verstanden, nach dem, was mir vorhin passiert ist. Das erzähle ich dir alles später ganz genau. Jetzt machen wir uns erst mal einen Kaffee, ja?«

Sturm war über dem Chiemsee aufgezogen. So was geht manchmal rasend schnell, besonders hier bei uns im Chiemgau. Und als der Morgen anbrach, war es grau, kalt und in Seenähe nebelverhangen. Es fing auch an zu regnen.

Stockers Freund und Gitarrist in der »Endstation«-Band, der Ringo, war ja mal einige Zeit bei der Wasserschutzpolizei. Eine Tätigkeit, die er aber nicht lange durchhielt.

Erstens, weil er es schnell leid war, bei oder nach Unwettern norddeutsche Touristen aus dem See zu klauben, die mit ihren Lunchbox-bepackten Tretbooten trotz Sturmwarnung in Richtung der Inseln strampelten. Und zweitens, weil er keinen Bock mehr hatte, an schönen, sonnigen Tagen Abordnungen von Politikern aus Afrika, Asien, Indien oder den arabischen Ländern in seinem Polizeiboot über den See zu karren und ihnen nach der Inseltour Porzellanlöwen mit dem bayerischen Landeswappen zwischen den Pranken zu überreichen.

In der »Endstation« erzählte er mal, dass es seiner Meinung

nach in afrikanischen Palästen und so manchem Savannen-Kral mittlerweile mehr bayerische Porzellanlöwen geben müsste als in ganz Bayern zusammengenommen.

Aber wie immer, wenn man vom Teufel redet: Der Stocker und die Nellie saßen am Küchentisch, schlürften heißen, aber starken Kaffee und krümelten den Tisch mit ihren Butterbrezen voll, als Nellie aus dem Fenster schaute und kauend sagte: »Wir kriegen Besuch. Der Ringo in ganzem Ornat inklusive Streifenwagen.«

Stocker setzte seinen Kaffeebecher ab und ging aus der Küche zur Eingangstür.

Ringo stieg aus dem Auto, übersprang eine kleine Pfütze und überquerte schnell den Parkplatz.

Gesicht und Haare glänzten von den Wassertropfen, als er an Stocker vorbei in die Gaststube trat. Unter dem Arm trug er eine Akte, die er auf die Theke klatschte. »Es riecht nach Kaffee. Krieg ich einen?«

»Und ein paar Butterbrezen?«

»Aber immer.«

Stocker schlug ihm auf die Schulter. »Dann gehen wir in die Küche. Was ist in dem Hefter?«

»Das nehme ich mit in die Küche. Fotos von der Unfallstelle. Und vom Inneren des BMWs. Die hab ich mit dem Handy gemacht. Hat keiner gemerkt, glaube ich. Bei dem ganzen Durcheinander, das da plötzlich entstanden ist, von wegen ›Keiner fasst mehr nichts nirgends an‹. Alle haben eine kollektive Schweigeauflage, was das Unfallgeschehen und überhaupt angeht. So ein Schwachsinn, wenn du mich fragst. Hier kennt ein jeder jeden, da bleibt nichts lange unter der Decke.«

Stocker reichte ihm ein Haferl mit schwarzem Kaffee. »Brezen nimmst du dir selber. Sind die Fotos interessant?«

Ringo biss in eine Butterbreze, die ihm die Nellie geschmiert hatte. »Ja klar. Da werdet ihr staunen.«

Nellie beugte sich neugierig vor. Er öffnete die Akte mit einem Finger, schob einige Ausdrucke zur Seite und verteilte ein paar

Achtzehn-mal-vierundzwanzig-Farbfotos auf dem Tisch. Dann tippte er auf eines davon. »Hier. Schräg von hinten durch die offene Fahrertür aufgenommen. Schau dir das Lenkrad an, das Armaturenbrett und natürlich die Abdeckung drüber: nichts außer ein paar Glassplittern von der Frontscheibe, die es ja beim Aufprall zerbröselt und rausgehauen hat. Und da, der Airbag. Blütenweiß. Na ja, fast jedenfalls. Kein oder nur sehr wenig Blut. Hier, das Foto da oben, was siehst du?«

Stocker zog das Bild zu sich und kniff die Augen zusammen. »Da hast du dich hineingelehnt und den Wagenhimmel von unten, von der mittleren Ablage aus fotografiert, würde ich sagen. Was ist damit? Ich sehe nichts Besonderes. Alles sauber.«

»Genau das ist es ja. Sie schauen und sehen nichts, meine Damen und Herren. Weil: alles sauber«, meinte Ringo kauend und tippte mit einem Brezenstück auf das Foto. »Der Zuckerl hat sich nicht am Lenkrad, nicht am Armaturenbrett und auch nicht am Dachhimmel gestoßen. Letzteres geht ja eh nicht, wenn er angeschnallt war und der Airbag-Sprengsatz das Kissen aufgeblasen hat. Und das war natürlich alles genau so, dass er sich nie im Leben hinten am Kopf eine dermaßen schwere Verletzung einfangen konnte. Was folgern wir also daraus?«

»Der Zuckerhahn war benommen oder ohnmächtig. Hing im Gurt, vorne gehalten vom Airbag-Kissen. Das Blut, ich meine, die paar Tropfen auf dem Airbag, die können aus der Nase oder vom Gesicht gekommen sein. Das knallt dir ja ganz schön in die Visage, wenn sich so ein Ding blitzschnell aufbläst. So, und die logische Schlussfolgerung daraus ist, dass ihm der Kerl, der ihn abgedrängt hat, zur Sicherheit ein paar übergebraten hat, sodass er auch wirklich weggetreten war. Weil er während seiner Bewusstlosigkeit eine Spritze mit Alkohol verpasst bekommen hat. Bei vollem Bewusstsein lässt sich einer wie der Zuckerhahn nämlich nicht freiwillig eine Schnaps-Spritze setzen.«

Ringo zeigte mit seiner angebissenen Breze auf den Stocker. »Genau. Und es geht ja noch weiter. Ich habe im Lauf der Jahre so viele Unfälle aufgenommen, da rieche ich mittlerweile sofort, wenn was nicht stimmt. Ich glaube, der Typ wollte den Zuckerl nicht totschlagen, sonst hätte er das auch gemacht. Er hat ihm den Alk verabreicht, und sicherlich hätte er das Auto und den Mann noch präpariert, wenn er Zeit gehabt hätte.«

»Wie denn?«, fragte Nellie und beugte sich vor.

»Na ja, er hätte dem Zuckerl vielleicht ein paar Schlucke von dem Zeug um das Kinn rumgesprenkelt, die Flasche auf den Wagenboden geworfen, sodass der Rest ausgelaufen wäre und es gestunken hätte wie in einer Bahnhofskneipe in der Früh um fünf. Möglicherweise hätte er das Auto dann in Brand gesteckt. Das darf man in so einer Situation auch nicht außer Acht lassen. Hochprozentiger wirkt ja wie Brandbeschleuniger. So hätte ich das gemacht.«

»Du? Als Polizist?« Nellie schaute ihn erstaunt an.

»Nein, ich als Mörder, junge Frau. Weil der Wagen, wenn man ihn sich genau ansieht, verrät, dass er nicht von selber von der Straße abgekommen ist, sondern dass ihn wer dahin befördert hat. Mit einem anderen Wagen. Und weil ein Brand alles an Spuren vernichtet, die auf ein Einwirken eines zweiten Autos folgern lassen.«

Stocker goss sich Kaffee nach, dann reichte er die Kanne an Ringo weiter, der dankend nickte. »So, aber ich glaube, der oder die Typen wurden mitten im Job gestört. Denn zu der Zeit, als das passiert ist, geht's ja schon so langsam los mit dem Berufsverkehr. Relativ viele Menschen, Schichtarbeiter, Pendler und so, die sind da alle schon unterwegs. Also weiter: Der oder die Kerle sehen Scheinwerfer, rasen zu ihrem Auto und hauen erst mal ab. Dann ruft einer in den Kliniken Prien und Traunstein an, ob ein frischer Unfall eingeliefert worden ist. Mit einem guten Spruch auf der Lippe kriegst du da immer eine Auskunft. Sagst, du bist von der Presse oder was weiß ich. Peng. Treffer. Klinik Prien am See. Die haben da einen Frischling. So, und jetzt müssen die in die Klinik, schauen, wie tot der Zuckerl ist. Und wenn noch nicht ganz, dann wird nachgeholfen.« Ringo blickte den Stocker an. »Ich habe natürlich schon von deinem Fight gehört. Aber nur ganz grob, also erzähl mal.«

Stocker ließ die Geschichte raus, von dem Moment an, als er

auf den kleinen Rollwagen aufmerksam wurde, bis zum Ende, als ihn der Rotblonde vom Erdgeschoss aus ansah.

Nellie und Ringo hörten schweigend zu. Ringo grinste anerkennend, aber Nellies Gesichtsfarbe wechselte von Tiefrot zu Bleich und wieder zurück. Außerdem wischte sie sich zwischendurch die Tränen aus den Augen.

»Und warum ist er dir entkommen? Wie konnte das passieren? Ausgerechnet dir?«, fragte Ringo.

»Weil ich für solchen Scheiß langsam zu alt werde. Ich brauche das auch nicht mehr unbedingt, du Schlaumeier. Du hättest ihn natürlich festgehalten, oder?«

»Worauf du einen lassen kannst. Aber weißt du was? Ich habe so das Gefühl, dass ich informationstechnisch nicht auf dem neuesten Stand bin. Eigentlich bin ich auf gar keinem Stand. Und jetzt lügen sowieso alle. Was habe ich verpasst?«

Dazu kann ich dir schnell mal sagen, dass eine Geschichte eh viel besser ankommt, wenn sie halb erlogen ist. Das glaubst du nicht? Na, dann nimm doch bloß mal den ollen Herkules. Oder, von mir aus, auch den Achilles. Die waren sicherlich beide um vieles stärker als die meisten Männer ihrer Zeit, das streite ich ja überhaupt nicht ab. Aber der Erfinder dieser Geschichten und Mythen um die beiden, der hat sich gedacht, mach die mal so richtig superstark. So wie die Kerle in den Superhelden-Filmen. Hulk, der Silver Surfer, Captain America, Batman und wie die alle heißen. Und auch noch so gut wie unbesiegbar, als Zugabe sozusagen. Und ob du es glaubst oder nicht, die beiden waren zu ihrer Zeit so populär wie Michael Jackson und Elvis zusammen, ja was glaubst du denn?

Aber der Stocker hat dem Ringo umfassend alles erzählt. Auch dass der alte Gregorian in kurzer Zeit ein paar gute Leute in und um die Klinik hat, sodass der Zuckerhahn einigermaßen sicher liegt.

Der Ringo kratzte sich am Kopf, streckte sich über den Tisch und schnappte sich die Kaffeekanne. »Jetzt wird mir so einiges klar. Schau mal, was ich im Handschuhfach vom BMW gefunden habe.«

Er zog ein altes, gefaltetes Foto, das vielleicht dreizehn mal achtzehn Zentimeter im Format war, aus seiner Innentasche, klappte es auf und legte es mitten auf den Tisch. Nellie und der Stocker verdrehten die Köpfe, um besser sehen zu können.

Nellie tippte auf ein Gesicht. »Das da ist der Zuckerhahn. Vor vielen Jahren, schon klar. Was war das? Eine Weihnachtsfeier? Und wer sind die anderen am Tisch?«

Ringo fuhr mit der flachen Hand über das Bild, denn die Kerbe in der Mitte ging mitten durch einen der Männer, der sein Glas hob und in die Kamera lachte. »Schau, da steht ›Weihnachten 2002‹. Da, auf dem kleinen Aufsteller in der Mitte des Tisches. Sie waren im ›Freiheit‹, das war ein Club in Schwabing, an der Münchner Freiheit. Der Schlanke, das ist der Zuckerhahn. So hat der vor zwanzig Jahren ausgesehen. Witzig, was? So ein dünnes Hemd. Der daneben, das ist der Zeno. Da war er um die zwanzig, zweiundzwanzig Jahre alt. Schau dir bloß mal die Föhnfrisur und den Pornobalken unter seiner Nase an.«

Ringo blickte auf, in die Gesichter von Nellie und Stocker. »Entschuldigung. Ihr wisst, wie ich das meine. Die daneben, das sind wohl lauter Kollegen aus der Gruppe, die damals unter dem Zuckerhahn undercover unterwegs waren. Den da, mit dem Weißbierglas halb vor dem Gesicht, den kenne ich. Die anderen nicht. Wollt ihr das Bild haben?«

Stocker nickte, zog es zu sich herüber und wollte was sagen, aber in dem Moment öffnete sich die Tür neben dem mannshohen Kühlschrank, und Drago kam gähnend in die Küche.

Er war zwar mit einem gelben T-Shirt und einer braunen Unterhose bekleidet, kratzte sich aber mit der rechten Hand heftig am Gemächt.

»Du lieber Gott, wer hat denn dem seinen Käfig offen gelassen?«, fragte Ringo, und Stocker meinte achselzuckend: »Sag jetzt nichts Falsches, weil ich glaube, unsere Nellie liebt dieses Wesen. Sie zähmt und dressiert es gerade.«

»Ihr seid so was von blöd. Wenn Dummheit wachstumsfördernd wäre, könntet ihr beide euer Wasser direkt aus der Dachrinne trinken.«

Sie klopfte auf die Sitzfläche des Stuhls neben sich. »Komm her, setz dich und mach den Mund zu, hier drinnen gibt es Fliegen.«

Drago ließ sich auf dem Küchenstuhl nieder und starrte Ringo an. »Was will der Bulle hier?«

»Der gehört zu uns. Ein schwarzes Schaf verträgt jede Familie. Der hier ist unseres. Willst du Kaffee und Brezen? Dann greif zu.«

Der Drago bediente sich, hauchte der Nellie einen Luftkuss zu und biss in eine Breze. Kauend sagte er: »Meine Tante Vaska, die hat früher in München einen Spezial-Puff gehabt. Viele ihrer Stammkunden waren Kriminaler und Politiker. Was dagegen, wenn ich ihr die Fotos der beiden Männer zeige? Zumindest über den Grauen könnte sie vielleicht was wissen.«

»Ich hole den Laptop. Wo ist deine Tante?« Stocker schob seinen Stuhl zurück und stand auf.

»Die hat sich ein Haus in der Provence gekauft, da lebt sie jetzt. Aber die Vaska hat ein Problem. Sie ist auf Koks, das hat sie körperlich ziemlich mitgenommen. Sie hat tausendmal versucht aufzuhören und genauso oft wieder angefangen. Also erschreckt nicht, wenn ihr sie seht. Ich schau mal, ob sie zu Hause ist.« Drago warf einen Blick auf die Küchenuhr. »Ich denke aber schon. Um diese Zeit schneit es zum ersten Mal auf ihren kostbaren Silberspiegel.«

Er klappte den Laptop auf, ging auf Skype und gab schnell eine lange Nummernfolge ein, die er im Gedächtnis hatte.

Dann rückte er den Computer und seinen Stuhl so, dass das Kamera-Auge nur ihn erfasste.

Nach etwa einer halben Minute erwachte der Bildschirm zum Leben. Das Gesicht einer Frau erschien in einer eigenartigen Perspektive, da sie sich anscheinend ziemlich nahe vor ihrem Rechner bewegte. In einer Sprache, die außer dem Drago keiner im Raum verstand, redete sie sehr schnell und so hoch, dass es klang wie Vogelgezwitscher.

Drago lachte laut auf, antwortete in derselben Sprache und sagte dann auf Deutsch: »Mein Herztantchen, wollen wir in der Sprache der Pferde reden? Es sind nämlich ein paar Freunde hier, die dich sonst nicht verstehen. *Bisou, bisou, mon amour, oui?*«

»Haaaaa. Isch gäbe dir immer Geld. Was is die Dank, häh? Soll ich bezahlen für deine nixnutzigen Eselschwänze von Freunden? Leckst du diesmal alte Tante an Perücke und fragst deinen unfähigen Vater, ob er Geld hat. Hat er kein Geld mehr? Wollt ihr mich schlachten wie Huhn, für bekommen meine klitzekleine Ersparnisse, hääääh?«

Drago lächelte den dreien am Tisch entschuldigend zu. »Sie hat ein Temperament wie eine Dynamitstange. Aber sie meint es nicht so. Meistens jedenfalls.«

Und wieder zum Bildschirm gewandt: »Ich bitte nicht um Geld, Tantschka, diesmal ehrlich nicht. Ich bitte um Hilfe. Ein Freund von uns wurde getötet. Und wir wollen den Kerl kriegen, der es gemacht hat.«

Jetzt muss ich dir aber schnell die Frau beschreiben, damit du dir dein eigenes Bild von der Vaska machen kannst: Früher, in den Neunzigern, da war sie wohl eines der wunderschönsten Nachtgewächse Münchens, ach, was sage ich, ganz Bayerns.

Aber wenn du dich mit dem weißen Zeug einlässt, dann bist du dran. Am Anfang ist das Kokain feuriger als der beste Liebhaber, den du jemals hattest. Du wartest nach zwei oder drei Zügen durch die Nase auf die befreiende Explosion hinter der Stirn.

Dann, peng, bist du plötzlich klüger als alle um dich rum. Und geiler drauf. Du hast den Durchblick. Du fühlst keine Angst, keinen Schmerz und keinen Stress. Und Sorgen haben bloß noch die anderen, du nicht mehr.

Doch all das hat seinen Preis. Vaska war dreißig Jahre lang eine Königin im Münchner Nachtleben gewesen. Ihr Teint war immer noch glatt, ein bisschen gelb wie alter Talg, zugegeben, aber ohne jede Falte. Die Haare, ehemals teerschwarz, waren immer noch schulterlang, mit dünnen grauen Strähnen durchzogen, was allerdings irgendwie attraktiv an ihr aussah.

Dazu die großen, runden und türkisfarbenen Augen und der laszive Mund, der sie verführerisch wie eh und je und wie die Schlange im Paradies wirken ließ.

Zumindest so lange, bis sie ihn aufmachte und man die schlechten Zähne und den vom Koks zerfressenen Gaumen sehen konnte.

Vaska raffte ihren rotseidenen, mit blauen Drachen bestickten Morgenmantel am Hals zusammen und kreischte: »Unerzogener Bastardo, du. Bringst mir fremde Leute vor Gesicht. Wenn du da wärst, ich würde dich mit Pfanne erschlagen.«

Wobei das Wort »Pfanne« bei ihr so klang wie »Pfaaaane«.

Drago lachte. »Wenn ich da wäre, würde ich dich küssen, Vaska, weil du so schön und so voller Temperament bist. Ich liebe dich.«

»Halt dumme Schnauze und zeig Bilder.« Aber während sie das fauchte, lächelte sie verschämt wie ein kleines Mädchen.

Drago tippte grinsend ein paar Befehle in die Tastatur, der Bildschirm teilte sich vertikal in der Mitte, sodass man rechts die Vaska sehen konnte, die die Augen zusammenkniff und noch näher an den Bildschirm rückte, und links den Grauhaarigen, wie er, in seinem Mantel und mit dem Aktenkoffer in der Hand, vor einem Gebäude hoch in die Überwachungskamera schaute.

»Mach Gesicht größer. So sieht Kerl aus wie Makaken-Äffchen.«

Drago hämmerte auf die Tastatur ein. »So?«

»Ja. Den kenn ich nicht. Den … warte … doch, Teufel in der Hölle, das ist der Kommandant. Der lebt noch? Ja, da soll mich gleich der wilde Esel lecken. Leopold, Leo und wie noch …? Witzmann und noch was … nein, Wittlauch … Wittmann. Genau. Das ist Leo Wittmann. Was ist mit dem?«

Stocker trat hinter Drago. »Sie haben ihn gekannt?«

Vaska lehnte sich auf der Polstercouch zurück, und man sah hinter ihr den Ausschnitt eines kleinen Wohnzimmers. Neben der brokatverzierten Couch drehte sich träge der große Propeller eines schwarzen Bodenventilators, und der Wind blies den Saum ihres langen Morgenmantels hin und her.

»Der Mann ist ein Schwein. *Jebemti*, was hat der alles angestellt, mit meine brave Mädels. Besonders mit die zahnlose Blockflöten-Susi, wo war *grande attrazione*, damals. Aber«, sie hob die Stimme und einen dürren Zeigefinger, an dem drei Brillantringe übereinander wackelten, »er hat immer gut bezahlt. Geld für Schmerzen und so. War bei Polizei, nein, nicht normale Polizei. Der und seine Horde haben Dreckarbeit gemacht für Männer in Politik und so. Dragoscho, mein Stern, was hast du mit so Leute zu tun?«

Drago wurde auf einmal sehr ernst. »Tantchen, der Mann hat wahrscheinlich den besten Freund des Mannes hinter mir in die Luft gesprengt. Jetzt ist er hinter mir her. Wenn er mich findet, bin ich tot. Ich hab da ein gefährliches Gespräch mitgehört, und deswegen muss ich mich bei meinen neuen Freunden hier verstecken.«

»Verstecken! Ein Gregorian versteckt sich nicht. Aber seit dein Vater ist verheirat mit diese elende … du weißt schon, deine Mutter, ist nix mehr los mit ihm. Die hat ihm die Eier weggelutscht.«

Sie schlug theatralisch ein Kreuz vor der Brust und dann die Hände vor das Gesicht. »Dragoscho, mein kleiner Liebling, verzeih deine alte und dumme Tante. Ich rede ohne Respekt. Natürlich helfe ich dir, mein Kleiner. Keiner darf meine Liebling anfasse, ne?«

»Schon gut, meine Schöne. Sag, was weißt du über den Kerl?«

Vaska schniefte. »Ich hab Problem mit Nase. Nix Schlimmes. So, pass auf: Der Mann ist Wittmann, Leopold, da bin ich mir sehr sicherlich. Gut, Haare sind weniger geworden. Und grau. Er war auch viel mehr schlank früher. Aber die Augen, die kann man nicht verändern. Wie bei Fisch, wo ist tot. In Sagomane, unten bei die Fischer im Hafen, da war ein toter Hai. Ein Mordsbrockel von Fisch, oi, oi. Den haben sie aufgehängt, die Männer, an Schwanz. Die Fisch, meine ich. Der hat genau so geschaut wie der Leo. Tot im Gesicht, tot in die Augen. Wie dieser kleine Russki, weißt schon, oder wie der Habicht, wo sitzt oben auf Strommast und schaut runter auf armes Karnickel, das hat sich verfangen im Dornengestrüpp. Und weißt du, er hat immer angegeben mit seine Pass, verstehst, für Diplomatos und so, die ganzen Taugenichtse, die parken können, wo se wollen, und keiner muss bezahlen. Also, der Leo, mein ich jetzt. Die Truppe von dem ist, wie sagt man, zerlöst worden. Er selber geht nach Berlin, kommt aber wieder zurück nach München, mit neue Truppe. Mehr weiß ich auch nicht. Aber mein Drago, der Mann ist gefährlich wie Schlange, der wo man steigt auf Schwanz. Wenn du ihn tötest, dann langsam, dass er genießen kann. Und flüstere ihm meinen Namen ins Ohr, bevor er stirbt. Sag das auch deine Freunde. So, ich muss jetzt mein Medizin nehmen, weißt schon, Pulver für Nase. Pass gut auf, Drago, und brich mir nicht das Herz. Und grüß deinen nichtsnutzigen Vater von mir.«

»Warte, warte, Tantchen. Noch eine Frage: Was soll das mit den Schmerzen und deinem Namen? Was hat er dir denn getan?«

»Hach, lieber Bub, das habe ich verdrängelt aus meine Leben. Sagt man so, oder? Weißt, früher, da war ich mit Lascha. Kennst den noch? Du warst ja noch Nuckelkind an Busen deiner Mama. War ein schöner Mann, groß, stark, Haare schwarz wie der Tod, und auf der Wange hatte er eine Narbe, von Brand, die hat ausgesehen wie ein großer Ringelwurm, der steigt ihm über die Hälfte von Gesicht. Lascha war an der Bar, der unten im Keller. Manchmal hat er Croupier gemacht, wenn hohen Herren am Roulette gespielt haben. Eines Tages hat es großen und lauten Streit gegeben, wegen Gewinn. Der Leo und ein paar von seine Mistkäfer waren auch da. Sind nach Streit gegangen. Der Lascha später macht Lokal zu, geht auch, und gefunden haben sie ihn hinten bei den Tonnen. Nase abgeschnitten, Bauch auf wie bei totem Wildschwein. Und wo war ich? Ich war oben, habe Abrechnung gemacht. Schau ich aus Fenster, weiß auch nicht, warum, seh ich den Leo, wie er hinten aus Gasse gelaufen kommt, wo wir später den mausetoten Lascha haben gefunden. Ich möchte es, wie sagt man, vergessen? Nein, nicht vergessen, gibt anderes Wort. Fällt mir jetzt nicht ein. Mir fällt jetzt auch nichts mehr ein, weil mein Herz weint. Ich brauche ein bissel von das weiße Pülverchen. Bis auf bald, mein Dragoscho.«

Sie warf noch eine Kusshand auf den Bildschirm und klickte sich raus.

Bestimmt fragst du dich jetzt: Wie kann man so was, was die Vaska erlebt hat, so lange verdrängen? Das geht aber erstaunlicherweise ziemlich gut. Stell dir vor, du hast ein schlimmes Problem im Kopf. Um das baust du unbewusst eine Mauer. Weil du damit, mit dieser Mauer der Verdrängung, die extrem belastende Erinnerung einsperrst. Das funktioniert aber nicht für immer. Unerwünschte Gedächtnisinhalte bleiben da, und irgendeine Kleinigkeit passiert, und alles kommt an die Oberfläche und fällt dir wieder ein.

Eine Psychologin nannte das mal »die grüne Vespa« und hat mir das so erklärt: Du gehst auf der Straße, bester Laune, denkst nichts Schlimmes, da fährt dich ein Auto von hinten über den Haufen. Du bist sofort bewusstlos, wirst erst im Krankenhaus wieder wach und wunderst dich über die vielen Verbände und Schläuche an und aus dir und was weiß ich alles.

Eine Krankenschwester kommt rein und sagt, du hattest einen Unfall. Bist von hinten überfahren worden, lagst bewusstlos auf der Straße. Die gute Nachricht ist: Zwei Beine gebrochen, ein paar Rippen, Fleischwunden hier und da, aber das wird alles wieder. In ein paar Wochen bist du wieder ganz der Alte. Die schlechte Nachricht ist: Abendessenszeit ist schon vorbei. Bis morgen früh gibt es nichts mehr.

So, jetzt liegst du wach und willst dich an den Aufprall, den Unfall erinnern, kannst es aber nicht. Was war das für ein Auto? Wie hat es ausgesehen? Wie war der Ablauf? Es fällt dir nichts ein. Das nennt man eine Extremtraumatisierung.

Und weißt du was? Jahre später gehst du in der Nähe der Stelle, wo dich das Auto auf die Hörner genommen hat, spazieren. Es wird bald dunkel, du hörst ein Geräusch hinter dir, und da kommt einer auf einer froschgrünen Vespa an dir vorbeigetuckert.

Jetzt, in dieser Situation (grün, Motorgeräusch, nahende Dunkelheit), fällt dir plötzlich alles wieder haargenau ein, und der Film läuft in deinem Kopf ab:

Damals, als das Auto von hinten kam und dich erfasste. Es war ein grüner VW-Käfer, im Flug hast du das noch wahrgenommen. Jetzt siehst du auch das entsetzte, dickliche Gesicht des Fahrers, der seinen Mund zu einem Schrei aufgerissen hat und dich durch die Frontscheibe hindurch ungläubig anstarrt. Du hörst, wie dein Kopf auf dem Blechdach aufschlägt. Siehst in Zeitlupe, wie es dich über das Auto hebt, und spürst den schweren Aufprall auf die Straße. Komisch, denkst du, da hatte ich überhaupt keine Schmerzen. Die kamen erst ein paar Minuten später.

Alles das ist plötzlich wieder da.

Denk an diese Zeilen, wenn du wieder mal in der Zeitung liest, dass eine Frau nach zehn oder zwanzig Jahren ihren Vergewaltiger anzeigt. Ich selber habe mich das auch früher oft gefragt: Wieso tut die das erst jetzt? Wieso macht die das nicht früher? Genau deswegen: die »grüne Vespa«.

13

Die drei in der Küche der »Endstation« schauten schweigend auf den dunklen Bildschirm. Stocker fasste sich als Erster, ließ hörbar die Luft aus dem Mund strömen und setzte sich wieder auf seinen Stuhl. Mit beiden Händen strich er sich über die Haare. »Mein lieber Mann. Das war heftig. Aber wir haben einen Namen. Leopold Wittmann. Wenn das kein Alias ist, dann wissen wir bald mehr. Ringo, kannst du da was machen?«

Der schüttelte zweifelnd den Kopf. »Wenn der bei den Schlapphüten ist, habe ich keinen Zugang zu den Akten. Denk doch bloß, wie schnell der Unfall zur Verschlusssache geworden ist. Der Zuckerhahn, der könnte uns vielleicht was sagen, aber ich glaube nicht, dass der die nächsten Tage zum Reden kommen wird. Also, ich muss dann mal wieder los. Gleich nachdem ich im Krankenhaus war, melde ich mich bei euch. Vielleicht gibt's ja was Neues.«

Er stand ächzend auf, winkte in die Runde und ging. Kurz darauf hörten sie, wie die Reifen seines Streifenwagens knirschend über den Kies zur Auffahrt rollten.

»Wenn ich den in die Finger kriege, ziehe ich ihm das Fell eigenhändig ab«, knurrte die Nellie und erhob sich. »Ich brauche jetzt meinen Gute-Laune-Tee. Noch jemand was?«

Stocker schaute lächelnd hoch und meinte: »Lass den Beutel heute doch mal doppelt so lange ziehen.«

»Dann eskaliere ich. Willst du das?«

Sie ging zum Herd und suchte im Regal darüber nach ihren Teebeuteln.

Drago sagte, eigentlich mehr zu sich selbst: »Warum heißt jemand Zuckerhahn?«

Und Stocker erwiderte: »Er hieß schon als Kind so.«

Etwa eine Stunde später, Stocker schaute grübelnd aus dem Küchenfenster, summte das Prepaid-Handy, und Sperbers raue

Stimme kam durch den Hörer: »Der Jüngere heißt Walter Setkau. War mal eine Zeit lang beim MAD, in so einer Abteilung für ›nasse Angelegenheiten‹. Solche Jungs wurden auch mal an den Staatsschutz ausgeliehen, wenn bei denen Not am Mann war. Setkau ist ausgebildeter Scharfschütze an Lang- und Kurzwaffen, hat den kleinen Pilotenschein für Einmotorige und so Zeugs. Kennt sich ganz gut mit Sprengstoffen aus. Ein echtes Herzchen. Der andere ist –«

»Leopold Wittmann, oder?« Stocker konnte sich den Gag nicht verkneifen.

»Warum scheuchst du mich rum, wenn du alles selber rauskriegen kannst? Ja, der ist der Besagte. Hat sogar einen offiziellen Titel. Staatssekretär für Inneres. Diplomatenstatus, warum auch immer. Wohnort München-Grünwald. Die Straße habe ich nicht rausbekommen, auch keine Telefonnummer. Ich bin wahrscheinlich schon zu lange weg. Jetzt sind die Jungen am Drücker, und die sagen mir überhaupt nix. Gott sei Dank konnte ich einen von der alten Garde dazu bringen, dass er mit seinem Nachfolger in Pullach telefoniert. Ist alles nicht mehr so wie früher, Stocker. Aber, jetzt kommt's, wir sind da auf eine stillgelegte Firma gestoßen, die wahrscheinlich über viele Umwege auf den Wittmann eingetragen ist.«

»Interessant, was macht die Firma? Und warum ist sie ›wahrscheinlich‹ auf den Mann registriert?«

»›Wahrscheinlich‹ sage ich deshalb, weil die MoKo GmbH, so heißt sie, einer spanischen S.L. gehört. Die wiederum heißt BAHIA S.L. und steht auf einer Liste von Scheinfirmen, die der BND mal für seine Top-Leute ins Leben gerufen hat. Also, die MoKo gab es von 1992 bis Juni 2003. Dann sind alle Aktivitäten erloschen. Jedenfalls laut den Steuererklärungen.«

Stocker bohrte sich einen Finger ins Ohr. »Moment, langsam. Damit kann ich jetzt überhaupt nichts anfangen.«

»Ich schon. Der Wittmann war damals Geheimdienst-Verbindungsmann. Hat unter anderem für den Vizekanzler gearbeitet. Da ging's um Waffengeschäfte mit den Saudis, Schmiergelder in riesigen Mengen, die bar transportiert werden mussten, und was weiß ich noch alles. Nur mal so zur Info: Fünfzig Millionen in Scheinen, das sind fünf Koffer mit Maßen wie einer dieser Rollkoffer, die man mit in die Flugzeugkabine nehmen darf. Mit jeweils circa zehn Kilo Gewicht, kommt auf die Sortierung der Scheine an. Und hier noch die heutige Publikumsfrage: Wer war in den Jahren Vizekanzler?«

Sperber wartete ein paar Sekunden und seufzte dann: »Allgemeinbildung: schwach. Zuletzt war das der Fischer. Aber der, den ich jetzt meine, das war der Möllemann.«

»Aha. Der hatte einen bösen Unfall mit dem Fallschirm, oder?«

Ein Auflachen kam aus dem Hörer. »Mein Lieber, der Möllemann war Oberleutnant der Reserve, und zwar beim Fallschirmjägerbataillon 263. Die Härtesten der Harten, so haben die sich selber genannt. Meinst du im Ernst, so einer kriegt den Schirm nicht auf? Und den Reserveschirm auch nicht? Ich hab den ein paar Tage vor seinem sogenannten Unfalltod noch gesprochen. Wir haben uns in Saalbach-Hinterglemm getroffen. Da war der so voller Tatendrang und hatte ein paar große Deals am Laufen, dass die Selbstmordtheorie für mich ein Witz ist. Aber egal. Aus dieser Zeit ist jedenfalls die Firma.«

Stocker sagte zweifelnd: »Ja gut, das hilft uns jetzt aber nichts.«

»Vielleicht schon. Die Firma existiert noch. Und die Gebäude. In der Nähe von Aying, in Buchating, am Waldrand, da steht ein einstöckiges Gebäude, daneben ein großer Holzschuppen. Direkt an einer circa siebenhundert Meter langen und circa fünfzig Meter breiten und vollkommen ebenen Wiese. Was sagt uns das?«

»Dass das sehr gute Start- und Landebedingungen für ein kleines, einmotoriges Flugzeug sind.«

»Genau. Die Straße, die zu dem Haus und dem Schuppen führt, sieht gepflegt aus, ich habe mir das vorhin auf Google Earth angesehen. Der Wittmann hat die PPL, darf also kleine Maschinen fliegen. Und auf die MoKo war mal eine Cessna 172 gemeldet. Übrigens: Direkt neben der Holzhalle steht ein Dreitausend-Liter-Benzintank. Wie findest du das? Ich geb dir jetzt die Koordinaten. Schreibst du mit?«

»Gleich, warte.« Stocker schnappte sich einen Kuli und die Zeitung. »Jetzt.«

»47°58'18.3", N 11°46'28.3" E. Mein Kontakt sagte mir, dass da schon noch ab und zu Aktivitäten sind, aber das ist alles unter Verschluss. Schau dir das mal genauer an.«

»Ich danke dir, Sperber. Wenn du was brauchst oder so, melde dich. Du hast viele Pluspunkte bei mir. Wie ist es denn so, da, wo du jetzt bist?«

»Genauso wie da, wo ich vorher war. Nur wärmer. Die alten Probleme, und die Toten reisen immer mit dir. Aber ich bin mir ziemlich sicher, dass mich hier so schnell keiner findet. Trotzdem schau ich immer noch alle paar Meter in ein Schaufenster und beobachte, was sich hinter und vor mir abspielt. Kennst du doch auch, oder? Hey, melde dich, wenn du weißt, wer den Zeno auf die große Reise geschickt hat, okay? Und was immer du für diese Sache brauchst, du kriegst es von mir. Zum Selbstkostenpreis oder gratis. So eine Schande. Der Kerl war in den besten Jahren und so ein Talent.«

»Danke. Mach's gut.« Stocker unterbrach die Verbindung und steckte das Handy wieder ein.

Ich sehe das so: Über den Tod kannst du viel und lange philosophieren. Es ist auch schon alles über ihn geschrieben worden. Nur noch nicht von jedem. Und überhaupt: Der Tod kommt sowieso immer unpünktlich. Oder kennst du jemanden, wo du sagen kannst, ja, den oder die hat es genau zum richtigen Zeitpunkt erwischt? Weil, dem einen kommt er zu früh, dem anderen zu spät. Und er selber macht sowieso, was er will. Warum? Na, weil er das Monopol hat auf das, was er tut. Das ist so ähnlich wie bei der Telekom. Wenn du von denen was willst, bist du auch in Gottes Hand.

Aber Gevatter Tod hat noch mehr Monopole, nämlich das auf sein Geschlecht, sein Alter und seine Klamotten, ja sogar auf seinen gesellschaftlichen Stand.

Denk doch mal nach: Er ist immer ein unverheirateter, alter, weißhaariger, dürrer, schadenfroher Kerl in schwarzen Vogelscheuchen-Kleidern und mit einer verlausten Kapuze auf dem Kopf.

Oder hast du schon mal von einer hip gestylten Todöse oder Tödin gehört? Die Todöse trägt Gucci? Und tief ausgeschnittene Stella-McCartney-Kostüme?

Vergiss es. Du kannst ja auch nichts daran ändern, denn lebendig kommt hier sowieso keiner raus. Und was danach ist? Keine Ahnung. Wenn du merkst, es geht zu Ende, dann zieh dir eine leichte Übergangsjacke an und wart's bequem ab. Mehr kannst du eh nicht tun.

Spät am Nachmittag dieses Tages, Stocker hielt sein Telefon noch in der Hand, weil er mit dem Klinik-Doc gesprochen hatte, summte das Handy. Auf dem Display stand »Anne«.

»Du wolltest doch keinen Kontakt. Ich freu mich aber trotzdem, dass du dich meldest.«

Anne schniefte hörbar. »Wie geht es dem Kommissar?«

»Nicht gut. Aber er hat einen Großteil der kritischen Stunden überstanden. Vor fünf Minuten hab ich mit einem der Ärzte telefoniert. Sie lassen ihn noch einige Tage im Koma, weil er eine Hirnschwellung hat. Die anderen Verletzungen sind heilbar. Brüche, Quetschungen, Zerrungen und so. Aber das Schädel-Hirn-Trauma ist heftig.«

»Wie fühlst du dich?«

»Auch nicht gut. Aber das weißt du ja.«

»Albin, du driftest vollkommen weg. Du redest mit Toten, du hast Hass in den Augen und wirst wieder das tun, was du immer getan hast.«

»So? Was denn?«

»Du willst diese Leute finden, die deinen Partner umgebracht haben. Warum lässt du das nicht die Polizei machen? So wie andere Menschen das auch tun? Ich kann nicht mit einem Mann leben, vor dem ich Angst haben muss. Und im Moment habe ich Angst vor dir.«

Stocker fuhr sich mit der Hand über das Gesicht und schloss die Augen.

»Hallo, Albin? Bist du noch da?«

»Ja. Anne, die Polizei – nein, ein paar Leute bei der Polizei, die sind in die Geschichte verwickelt. Oder besser gesagt, Top-Leute bei Behörden, die auch mit der Polizei zusammenarbeiten. Ich weiß nur noch nicht genau, wer und wie.«

Anne sprach, aber Stocker hob die Hand. »Nein, du hörst jetzt bitte zu. Der Zeno war nicht irgendwelchen Leuten im Weg, weil die dachten, er wüsste Dinge, die er nicht wissen sollte. Der war einfach zur falschen Zeit mit dem falschen Aktenkoffer in der Hand unterwegs, um mir einen Gefallen zu tun. Die Bombe war nicht einmal für ihn bestimmt. Eigentlich auch nicht für mich. Da ist irgendwas schiefgelaufen. Ein paar Leute ganz oben sehen das als Kollateralschaden, den man nicht weiter beachten sollte. Das haben die mir ins Gesicht gesagt. *Shit happens.* Aber irgendwas ist da jetzt wieder am Laufen. Der Kommissar ist nicht verunglückt, er wurde von der Straße gerammt. Und danach hat man versucht, ihn zu töten, als er bewusstlos in den Gurten hing. So sieht's aus. Wahrscheinlich stehe ich auch auf der Liste. Ich kann nicht mit dir in die Berge fahren und Blumen pflücken oder was immer du gerne tun würdest. Ich muss das hier erledigen, zu einem Ende bringen, verstehst du das?«

Sie lachte bitter und unter Tränen auf. »Ja klar. Erledige das. Erledige alle. Zu Ende bringen, was für eine Formulierung. Denn dann kommt das Nächste, dann musst du wieder irgendwas unbedingt tun. Die Bösen, die Hölle, das sind bei dir immer die anderen.«

»Ich –«

»Ja, genau. Du. Und was ist mit dem ›Wir‹? Ich höre immer nur ›ich‹. Bin ich das Weibchen, das daheim am Kamin sitzt und wartet, bis am Himmel das Licht ausgeht, während du auf einem deiner Feldzüge bist? Vergiss es, Albin Stocker.«

»Anne, jetzt warte mal …« Aber die Verbindung wurde unterbrochen.

Stocker legte das Handy vor sich auf die Tischplatte, als es erneut summte.

»Ja?«

»Toller Name. Ich bin's, Ringo. Willst du was Witziges hören?«

»Nach dem, was ich grade gehört habe, wäre das mal was anderes.«

»Der Zuckerhahn?«

»Nein. Der ist nach wie vor im Koma. Lebt aber. Die Anne hat mich angerufen, und ich glaube, sie hat mir grade gekündigt.«

Ringo stöhnte auf. »Mann Gottes, aber Frauen sind manchmal so, dass man sie nicht versteht. Vielleicht wollte sie dir ganz was anderes sagen.«

»Dann hatte sie eine verdammt undeutliche Aussprache. Was läuft bei dir so lustig ab, dass du mich anrufst?«

»Ach so, ja. Halt dich fest. Ich bin mit sofortiger Wirkung in den Innendienst versetzt.«

»Na ja, das ist doch ein Vorteil, da kannst du besser ermitteln. Vor allen Dingen in unserer Sache.«

Ringo machte ein Geräusch wie ein schnaubendes Pferd, so laut, dass Stocker den Hörer vom Ohr weghielt.

»Mann, weißt du, was mein neuer Tätigkeitsbereich ist? Ich kann ab sofort jeden Tag oder jeden zweiten in die JVA rüberfahren und die Beschwerden der Knastler aufnehmen. Wenn denen das Essen nicht schmeckt, wenn die Fischstäbchen angebrannt sind, wenn die Bettdecke kratzt oder wenn sich ein Kollege erlaubt hat, einem eine überzurauchen, bloß weil der Herr Mörder dem Kollegen ein Bein gestellt hat oder was weiß ich. Die haben Rechte, da zieht es dir die Schuhe aus. Und die Bosse, die von den Russen zum Beispiel, die stellen eh ihre eigenen Regeln auf. Red mal mit denen. Die strahlen eine Selbstzufriedenheit und Zuversicht aus wie einer, der genau weiß, dass die wahre Macht nur derjenige besitzt, der sie niemandem mehr beweisen muss. Mann, ich hab einen Hals wie ein Nilpferd, das sag ich dir. Ich könnte ungespitzt aus der Hose fahren.«

Stocker überlegte. »Das kommt ein bisschen plötzlich, finde ich. Wer hat da die Strippen gezogen?«

»Mein Dienststellenleiter hat mir das Fax vorgelesen. Der konnte es erst gar nicht glauben. Das ist alles so hingeschwurbelt formuliert, dass es wie eine Beförderung aussieht. Aber es ist ein Arschtritt.«

»Okay, vielleicht –«

»Oh nein. Kein Vielleicht. Weißt du, was der Hammer ist? Ich kriege ein großes Büro im ersten Stock. Mit Blick auf die Bäume im Park. Zwei Telefone auf dem Schreibtisch, einen Gummibaum in der Ecke, das ganze Programm. Auf gut Deutsch: Man hat mich äußerst elegant kaltgestellt. Mein Handy musste ich abgeben, weil ich ein neues, besseres bekommen habe. Alles, was auf meinem alten Diensthandy gespeichert war, wurde gelöscht. Genau wie bei dem Andy Scheuer und der Frau von der Leyen. Aber weißt du was?«

»Was?«

»Hehe. Ich hab vorher noch schnell alles überspielt. Die Fotos vom Unfall, die Spuren, einfach alles. Hat keiner gemerkt. So, und jetzt trinke ich ein Bier. Ein echtes, verbleit und mit Umdrehungen. Die haben mir sechs Flaschen Bitburger alkoholfrei in meinen persönlichen, eigenen Kühlschrank im Büro gelegt. Ich und alkoholfrei? Ich zahle ja auch nicht mit Spielgeld, oder? Dann lese ich in aller Ruhe die Zeitung. Anschließend laufe ich wahrscheinlich Amok, aber das bügeln die hier dann auch irgendwie hin. So, dass es aussieht, als wollte ich die Dienststelle desinfizieren und hätte mich nur bei der Wahl der Werkzeuge vertan. Sorry, dass ich dich damit vollsülze, aber wem soll ich es sonst erklären?«

»Schon gut. Lass es langsam angehen, Alter. Kommst du heute Abend vorbei? Wir essen um sieben. Der Neue will was kochen.«

»Ach, der hat außer bissfestem Stangenspargel noch was anderes drauf?«

»Das war jetzt nicht schön. Konfuzius sagte zu dem Thema: ›Die Erektion ist die Wünschelrute des Herzens‹. Denk mal drüber nach. Bis später.«

14

Dass der Drago kochen kann, das hätte ihm echt keiner zugetraut. Aber er schaute nach dem Gespräch mit der Vaska in den Kühlschrank, weil er Hunger verspürte. Und entdeckte prompt ein Kilo feinstes Rindergulasch-Fleisch, nämlich ein herrliches Stück aus der Oberschale, gut abgehangen und in Vakuum verpackt. »Wo sind die Zwiebeln?«

Stocker zeigte auf die Tür neben Zenos Zimmer. »Da drin. Was willst du zaubern?«

»Erst mal einen schönen Toast. Weil das, was ich koche, um die vier Stunden dauert. Aber das rentiert sich. So ein Gulasch habt ihr noch nie gegessen. Das hat die Vaska immer für uns Kinder gemacht.«

Bevor ich jetzt erzähle, wie der Drago da genau vorgeht, schreibe ich erst mal die Zutaten auf. Weil ich wette, dass du dir das genauso kochen wirst. Und ich wette auch, dass du mir danach recht geben wirst: So ein Saftgulasch, das ist außerirdisch gut.

Die Österreicher sind ja die Gulascheure vor dem Herrn. Deswegen entschuldige ich mich jetzt schon für die Zubereitungsart. Da wird nichts papriziert und auch kein Fleisch vorher angebraten, aber weißt du was?

Mach es einfach mal so, wie der Drago es gleich vorkocht.

Saftgulasch à la Drago

Für vier Personen brauchst du ein gutes Kilo aus der Oberschale, am Stück und schön mager. Ebenso ein Kilo Zwiebeln. Butterschmalz oder Öl, 1 TL Kümmelsaat oder zermahlenen Kümmel, 2 EL edelsüßes Paprikapulver, Salz, Pfeffer, 2 TL abgeriebene Zitronenschale (bio), 2 Lorbeerblätter, 2 EL Tomatenmark und circa einen halben Liter Rinderfond. Und (für die letzten 10 Minuten) noch mal einen kräftigen Schuss Rotwein. Das intensiviert den Geschmack.

Jetzt geht's los: Die Zwiebeln schneiden, mitteldünne Streifen oder Würfel, je nach deinem Sternzeichen oder der Tageslaune.

In einem Bräter oder einem großen Topf die Zwiebeln im Butterschmalz (oder ersatzweise in Öl) bei starker Hitze anbraten, das dauert so um die 15 Minuten. Immer wieder mal gut umrühren. Und inzwischen kannst du ja das Rindfleisch in circa 70–80 g schwere Stücke schneiden. Auf keinen Fall zu kleine Würfel machen, sonst wird das nix. Dann so nebenbei den Kümmel im Mörser zermahlen.

Den Backofen auf 160 Grad Umluft oder 180 Grad normal aufheizen.

Oder, wenn du Gas hast, Stufe 2–3.

Immer zwischendurch schnell mal nach den Zwiebeln schauen, dass da nichts anbrennt. Und jetzt das Paprikapulver, den Rinderfond und das Tomatenmark verrühren und zu den Zwiebeln geben, sobald die so richtig schön braun sind. Lass alles mal aufkochen und gib jetzt das geschnittene Fleisch, die Lorbeerblätter und das Kümmelpulver dazu.

Nun legst du den Deckel auf den Topf und stellst ihn in den Backofen. Für ungefähr 3½ Stunden.

Nach etwa einer Stunde mal den Topf rausheben, umrühren, eventuell etwas Wasser zugeben, Deckel zu, wieder ab in den Ofen.

Eine halbe Stunde vor Ende der Garzeit die Zitronenschalen-Stücke unterrühren. Das Gulasch mit Salz (ich nehme da immer Buchen-Rauchsalz) und Pfeffer abschmecken. Und noch einen kräftigen Schuss guten Rotwein reinrühren, das kann nie schaden.

Jetzt fragst du dich, was mache ich dazu? Als »Sättigungsbeilage«, wie die Deutschen sagen, und die Schweizer und Österreicher lachen sich immer kringelig, wenn sie das Wortungetüm auf einer Speisenkarte entdecken.

Mein Tipp: Mach Stampfkartoffeln mit etwas Zitrone, Salz, Pfeffer und Muskat drin.
Oder ***Brezenknödel mit Bohnen****.*
Das geht so: Bestell dir beim Bäcker deines Vertrauens 15 geschnittene alte Brezen. Die gibst du in eine große Schüssel, streust etwas Muskat, Salz und 2 EL italienische Gewürze (gibt es als Gewürzmischung tiefgefroren) drüber. Circa ⅓ Liter Milch warm machen, etwas Butter reingeben, die warme Mischung über das Brezenknödelbrot kübeln. Vier Eier drüberschlagen, Handtuch drauf, stehen lassen. Nach etwa einer Viertelstunde alles mit den Händen vorsichtig durchkneten. Aber nicht zu lange, sonst wird der Teig matschig.
Jetzt gibst du eine Dose große weiße oder schwarze Bohnen drüber. Ich nehme immer die Steirer Käferbohnen. Die Bohnen vorsichtig in den Teig einkneten. Und nun kommt etwas, das sehr wichtig ist: Die Schüssel mit dem Teig wieder mit einem (möglichst sauberen) Handtuch abdecken und mindestens zwei Stunden völlig ignorieren.
Am besten ist natürlich, du machst den Teig, bevor du mit dem Gulasch anfängst.
So, und wenn du merkst, das mit dem Gulasch geht alles relativ glatt, und du bist kurz vor dem Ende des Garprozesses, dann nimmst du Alufolie und reißt dir zehn Stücke mit jeweils zwanzig Zentimeter Länge runter.
Hände nass machen, aus dem Knödelteig je einen Knödel formen, den auf die Alufolie legen und wie eine Teewurst formen. Geht ganz einfach, indem man die Folie über den Knödel wickelt und nun formt.
Die fertig gedrehten Alu-Würste in siedendes Salzwasser geben (nicht kochend, auch wichtig!) und 15–20 Minuten ziehen lassen.

Nach diesen 15 Minuten (die wurstförmigen Knödel sind fertig, wenn sie nicht mehr am Topfboden rumlümmeln, sondern an der Oberfläche schwimmen) das Gulasch auf

vorgewärmte Teller, die Bohnen-Brezen-Würste aus der Folie wickeln, in drei Streifen schneiden.
Ab damit auf den Tisch.

Gegen halb sieben klopfte es an das Küchenfenster. Ringo stand draußen, in Uniform, die Mütze auf dem Kopf, und brüllte: »POLIZEI. SIE SIND UMSTELLT!«

Nellie stand seufzend vom Tisch auf, ging in die Gaststube und schloss die Eingangstür auf. Beim Reinkommen deutete Ringo auf das Schild im gläsernen Fensterkreuz. »Was soll das? ›Wegen Reparaturarbeiten vorübergehend geschlossen‹. Wer oder was wird repariert? Du?« Und stapfte an Nellie vorbei in die Küche.

Stocker und Drago saßen sich am alten Eichentisch gegenüber, für Ringo war neben Stocker aufgedeckt. »Setz dich her, wir wollten grade anfangen. Das Schild draußen? Die Nellie meint, wir sollten eine Woche oder so zumachen. Weil sie mir bei ein paar Dingen helfen will.«

Ringo legte seine Mütze auf den Kühlschrank, ließ sich auf dem Stuhl nieder und starrte in den großen Topf, der in der Mitte des Tisches stand. »Was ist das? Ein Gulasch?«

Drago erhob sich und gab dem Ringo mit einer großen, alten silbernen Schöpfkelle eine stattliche Portion auf den Teller. »Ja. Aber ein ganz spezielles. Und das hier …«, er wickelte einen der wurstförmigen Bohnenknödel aus der Alufolie, »das hier sind Brezenknödel mit Steirer Bohnen. Falls du zu ungeregelten nächtlichen Flatulationen neigst, solltest du heute Nacht lieber im Freien schlafen.«

»Zu was?« Ringo, der immer noch den Teller in der Hand hielt, schaute misstrauisch auf.

»Er meint, falls du unkontrollierte Furz-Anfälle kriegst, mein Lieber«, säuselte Nellie mit gespielter Freundlichkeit über den Tisch und schenkte dem Drago dann ein zuckersüßes Lächeln. »Dieser junge Mann hier, zum Beispiel, der pupst nicht im Schlaf, und alleine schon dafür könnte ich mich in ihn verlieben.«

Drago küsste sie auf die Stirn. »Dafür habe ich morgens immer übel riechenden Schluckauf.«

Ringo schüttelte den Kopf und tunkte mit der Gabel ein Stück von dem heißen Knödel in die dicke, sämige Soße. »Oha. Ja hoppala. Das ist aber schon mal was ganz Feines.« Er nahm sich das Fleisch vor. »Jaha. So muss es sein. Saftig und gschmackig-bissfest. Drago, mein Freund, ich habe dich unterschätzt. Dass man in einem Puff so kochen lernt, hätte ich nie gedacht.«

Drago knurrte unwillig, während er kaute. »Meinst du meinen Laden, die Villa? Das ist kein Puff, sondern ein sehr exklusiver Saunaclub.«

»Super. Und wo ist der Unterschied? Dass man sich nicht mehr von selber ins Schwitzen bringen muss?« Ringo nahm sich noch einen der länglichen Knödel von der Platte und wickelte ihn aus.

»Nein, Herr Oberförster. Der Unterschied ist, dass wir uns das Publikum aussuchen können. Meist sind es eh geschlossene Gesellschaften, mit speziell gebuchten Mädels oder Jungs.«

Lass mich jetzt schnell einschieben: Der Ringo ist ja einer, der mit vollem Munde redet. Ich meine, wenn so einer neben dir sitzt, das kann ganz schön nervig und appetitabregend werden. Ich erinnere mich an eine Einladung bei einem Priener Arzt. Zehn oder zwölf Leute auf der Terrasse, Lokalprominenz mit getunten Frauen, und neben mir saß ein bekannter TV-Schauspieler. Der hatte die Angewohnheit, sich beide Backen vollzustopfen wie ein Eichhörnchen, um dann Anekdoten aus seinem Schauspielerleben zu erzählen. Es gab gegrillte Hummerkrabben, Lachs, Salate und warmes Weißbrot, was wohlhabende Ärzte halt so auf den Tisch bringen, wenn sie ihren sozialen und gourmetmäßigen Status demonstrieren wollen. Für mich war der frühsommerliche Abend wegen des dauerhaften Bröckchen-Beschusses von links aber schnell vorbei. Wie ein kleiner Meteoritenschwarm gingen die zerbissenen Krabbenteilchen auf meinem Unterarm und dem Teller nieder. Der Dame des Hauses sagte ich auf Nachfrage, dass ich wohl meine Fisch- und Meeresfrüchte-Allergie wegen meines berühmten Tischnachbarn ganz vergessen hätte.

»Wo sind die Mädels für deine Partys denn hergekommen? Aus Papas Münchner Läden?«, mampfte Ringo und versuchte, mit vollem Munde auch noch zu lächeln.

Drago sah ihn an. »Ja, zum Teil. Aber Papa hat auch in Salzburg eine gute Quelle, wenn ich dir da mal helfen kann.«

»Und die Jungs?«

Drago schloss kurz genervt die Augen. »Aus München. Und ja, bevor du weiterfragst, ich habe auch Hand angelegt. Oder, wenn's sein musste, den Mund. Sonst noch was?«

Stocker mischte sich ein. »Der Leopold Wittmann. Erzähl uns was von dem.«

Drago überlegte kurz. »Wir haben ihn den ›Kardinal‹ genannt. Das hat er mal mitgekriegt, aber es hat ihm gefallen. Er kam so alle zehn bis vierzehn Tage nach Prien. Der Walter, sein Fahrer und Bodyguard, hat alles telefonisch im Vorfeld geregelt. Wie viele Mädchen, was für Spezialitäten die draufhaben sollten, wie viele Jungs, wie alt, welche Hautfarbe. Ab und zu mussten wir Transen organisieren. Einmal sogar ein paar Zwergwüchsige. Kosten spielten keine Rolle. Der Walter hat auch die Getränke und das Catering vorgegeben. Meist wurde Kaviar in Fünfhundert-Gramm-Dosen verlangt. Alles auf viel Eis, dazu Roederer Cristal Brut. Oder Dom Pérignon. Koks, Speed, Downers, alles wurde vorher bestellt und am Abend nach Ende der Zusammenkunft in bar bezahlt. Ohne Rechnung, ohne Quittung. Es gab nie ein einziges Stück Papier.«

»Wer hat bezahlt?« Stocker beugte sich vor.

»Der Walter«, sagte Drago und nahm sich noch einen Schöpfer Gulasch aus dem Topf. »Der hat sich ja auch vorher alles angesehen, was wir dahatten. Der saß während des Abends meist im Eingangsbereich auf dem Stuhl, das habe ich ja schon erzählt. Wenn später alle zu den Autos torkelten oder getragen werden mussten, kam er noch mal zu mir, holte ein dickes Bündel Fünfhunderter aus der Tasche und zahlte. Es gab auch immer ein paar Tausender extra für die Mädels oder die Jungs, wenn die Kunden zufrieden waren. Pingelig war der Walter nie. Geld hat einfach überhaupt keine Rolle gespielt, versteht ihr? Ich hab mal gehört, dass der Kardinal zu ihm gesagt hat: ›Wenn unsere Kundschaft noch anspruchsvoller wird, müssen wir zweimal im Monat fliegen. Oder ein größeres Flugzeug kaufen.‹« Drago schüttelte lächelnd den Kopf, und Stocker fragte: »Wer muss wann wohin fliegen?«

Drago hob die Schultern. »Keine Ahnung. Echt nicht.«

»Wer war denn so die ›Kundschaft‹, von der er gesprochen hat?«

»Na die, für die er die Feten geschmissen hat. Da waren bekannte Gesichter aus der Politik dabei. Auch ab und zu mal ein bekannter Schauspieler oder eine Sängerin. Die waren aber nur Deko. Meist waren es Politiker, Geschäftsleute, Anwälte, Delegationen aus arabischen oder afrikanischen Ländern. Ich bin mir sicher, dass in der Sauna Riesendeals gemacht wurden. Denn nach der ganzen Vögelei haben sich immer ein paar in den Schwitzbereich zurückgezogen, und der Kardinal war immer mit dabei. Man hat durch die Glasscheibe gesehen, wie diskutiert, verhandelt, geschachert wurde. Aber irgendwie sind die immer zufrieden wieder rausmarschiert, haben vielleicht noch ein bisschen gekokst und gefickt, und so gegen fünf oder sechs Uhr in der Früh sind die alle geschlossen abgerauscht. Die Mädels, die Jungs und ich, wir haben dann meistens den restlichen Kaviar verputzt und mit Schampus nachgespült. Und vielleicht noch die eine oder andere Line gezogen. Dann wurden alle ausbezahlt, und ich habe den Laden abgeschlossen.«

»Sodom und Gomorra in Prien, mit eingebautem Chiemsee-Blick. Ganz wunderbar.«

Stocker legte dem kauenden Ringo eine Hand auf die Schulter. »Du musst gleich mal was für mich erledigen. Hast du dein Diensttelefon dabei?«

»Ja, hab ich. Wen soll ich anrufen?«

»Wer ist denn für den Bereich rund um Aying zuständig? Sagen wir mal Brunnthal, Taufkirchen, so um die Ecke rum?«

Ringo überlegte: »Das ist, warte mal … die PI 28 in Ottobrunn, warum?«

»Kennst du jemanden, den du was fragen kannst, ohne den Dienstweg zu gehen?«

Ringo grinste. »Und ob. Den Schober Hans, der ist für die Vereine zuständig. Wir haben mal zwei Nächte lang durchgesoffen. Ich weiß nicht einmal mehr genau, ob das bei der Ayinger Bräu-Kirta war oder beim Leonhardifest in Höhenkirchen-Siegertsbrunn oder bei beiden Festen. Ist ja auch egal. Ich war als Verbindungsbeamter für Rosenheim-Chiemsee abgestellt, und von der Münchner Kripo waren auch ein paar Kerle da. Die konnten am heftigsten saufen, mein lieber Mann.«

»Warum ist auf solchen Festen die Kripo?«

»Na ja«, meinte Ringo, »da in der Gegend produziert Airbus Defence, der Bölkow-Campus ist da und natürlich die Bundeswehr-Uni. Da darf auf den Dorffesten nichts schieflaufen. Also, warum soll ich den Schober anrufen?«

Stocker schrieb ein paar Zeilen auf einen Zettel und schob ihn zu Ringo über den Tisch. »Frag ihn, ob er die beiden Gebäude kennt. Ob da jemand wohnt oder ob die leer stehen, irgendwas, was ihm dazu einfällt.«

»Und wenn er fragt, warum?«

Stocker überlegte, aber Ringo kam ihm zuvor. »Passt schon. Ich sage, uns ist in der JVA Bernau einer von der Stange gegangen, und der hat Verwandtschaft im Raum Aying, auf einem der kleinen Dörfer. Wo der sich verstecken könnte, leer stehende Höfe, Schuppen und so. Lass mich nur machen.«

Bevor Stocker noch Einwände vorbringen konnte, scrollte der Ringo auf seinem Diensthandy die Polizeistationen durch, und bei »PI 28« drückte er auf die Wähltaste. Dann stellte er den Lautsprecher auf volle Leistung und legte das Telefon vor sich auf den Tisch.

Nach etwa zehn Sekunden kam eine Stimme aus dem Hörer: »Polizei Ottobrunn, POM Migler am Telefon.«

»Ja, servus, hier ist Prien. Ist der Hans Schober im Dienst?«

»Ja. Ich stelle Sie durch. Ihren Namen, bitte?«

»Sag ihm einfach, der Ringo aus Prien ist dran, Kollege. Dann springt er entweder aus dem Fenster, oder er redet mit mir.«

Es knackte zweimal in der Leitung, und eine volle, tiefe Stimme dröhnte aus dem Lautsprecher: »Ja, Ringo, du alte Saufnudel, du lebst ja auch noch! Kommst wieder einmal zu uns rüber? Meine Leber hat sich nämlich nach dem letzten Mal ziemlich lange tot gestellt. Aber jetzt tät sie wieder funktionieren.«

»Nein, Hans, ich brauch nur eine Auskunft. Pass auf, uns ist aus Bernau einer abgehauen. Schon vorgestern, und der hat Verwandtschaft um Aying rum. Da, also bei einem von denen, da ist er aber nicht, das haben wir schon überprüft.«

»Ja, so was. Was soll ich jetzt machen?«

»Gar nichts. Ich habe nur ein paar Fragen. Weil, ich bin ja nicht ganz unschuldig daran, dass der die Fliege gemacht hat. Wenn ich den jetzt sozusagen in Eigenregie wieder eintüte, dann ist alles halb so schlimm, verstehst?«

Ich sage mal so, das Grinsen von dem Schober, das hat man förmlich durch den Hörer gespürt. Aber wie du dir denken kannst, sind Polizisten wie eine Familie. Wenn da mal einer einen Scheiß macht, dann schauen die Kollegen natürlich, dass die den irgendwie decken. Meistens jedenfalls. Und so anerkannte Schluckspechte wie der Ringo und der Schober Hans, die lassen unter sich schon mal die Fünf gerade sein.

Noch ein fröhliches Glucksen, dann fragte der Schober: »Oiso, was willst genau?«

»Ich sag dir jetzt eine Adresse, du klopfst dir Google Earth auf deinen Bildschirm und sagst mir, was dir zu den Gebäuden einfällt. Ich glaube nämlich, das Anwesen gehört einem Spezl oder so von meinem Abgängigen. Wenn dem so wäre, dann tät ich da mal hinfahren und den Ausflügler möglicherweise einkassieren.«

Ringo gab die Anschrift durch, und der Schober lachte auf. »Da brauch ich kein Google Earth, Kollege. Wir haben nämlich den Auftrag, alle drei oder vier Tage mal da vorbeizufahren. Sicherheitskontrolle, verstehst? Also, da musst du was durcheinandergebracht haben.«

Der Ringo kann sich ja ziemlich dumm stellen, wenn er will. Dazu muss er sich auch nicht einmal groß anstrengen. Also kratzte er sich hörbar am Kopf und beugte sich etwas vor. »Durcheinandergebracht? Aber hier steht doch, wart einmal, wo ist es denn …?«

Der Schober lachte wieder. »Ringo, lass es sein. Ich weiß doch, wovon ich rede. Jetzt pass einmal auf: Das Haus und der Schuppen daneben sowie die lange Wiese davor und der Acker dahinter, die gehören einer Firma, die mal was für die Regierung gemacht hat. Früher, vor fünfzehn oder zwanzig Jahren, da wurden uns nächtliche Flüge gemeldet, so ein- oder zweimal im Monat. Das war natürlich geheim, weil die von dem Schuppen aus direkt in Richtung Österreich geflogen sind. Ziemlich tief, verstehst du, was ich meine?«

»Äh, ja, logisch. Besser gesagt: jein. Genau genommen: ganz nein.«

»Ringo, die sind so tief geflogen, weil die da bei Himmelreich direkt neben der A 8 nach Österreich reingeschrammt sind, sodass das Salzburger Flughafenradar das kleine Flugzeug erst gar nicht auf den Radarschirm gekriegt hat, verstehst du jetzt? Und danach sind die wahrscheinlich gleich weiter in den Osten. Jugoslawien, Slowakei, Ungarn, was weiß ich.«

»Warum?«

»Keine Ahnung. Aber das waren Flüge, von denen wir wussten. Was die da transportiert haben, natürlich nicht. Vielleicht haben die Spione ausgetauscht, Mädels durch die Gegend geflogen, keine Ahnung. Wir mussten nur schauen, dass das ungestört ablief. Manchmal haben Leute angerufen und sich über den Fluglärm beschwert oder so. Und wir haben dann gesagt, jaja, wir nehmen jetzt eine Anzeige auf, und dann melden wir uns bei Ihnen. So lief das damals.«

Stocker schnappte sich Ringos Zettel und schrieb hastig zwei Zeilen drauf. Dann schob er ihn rüber und machte mit Daumen und kleinem Finger das Telefonzeichen.

Ringo nickte und las ab: »Wenn die weggeflogen sind, wann kamen die denn wieder? Ich meine, hat man euch da auch vorgewarnt?«

Kurze Pause, dann kam die Stimme vom Schober Hans wieder, diesmal mit einem misstrauischen Unterton: »Was hat denn das mit deinem entflogenen Vögelchen zu tun?«

»Ah … nix. Du kennst mich ja. Ich brauch immer doppelt so

lange, bis ich was kapiere. Du sagst also, da, in dem Haus und dem Schupfen-Dingens daneben, da brauche ich gar nicht zu suchen, weil er da eigentlich nicht sein kann. Stimmt's oder hab ich recht?«

Ein zufriedener Seufzer vom Schober Hans. »Genau. Warum wir sogar jetzt noch da vorbeifahren müssen, das weiß keiner. Das Haus ist unbewohnt, es war schon lange keiner mehr da. Außerdem gibt es einen stillen Alarm, der direkt hier bei uns eingehen würde, wenn da was wäre. Keine Ahnung, warum, aber der ist noch immer aktiv. Was soll's, du kennst das ja: Da beschließt so ein überbezahlter, sesselfurzender Fachidiot in einem beheizten Bürostuhl mit Massagefunktion irgendwas, und das wird dann von Fußvolk wie uns beiden gemacht, bis zum Sankt-Nimmerleins-Tag.«

»Gut, dann weiß ich Bescheid. Danke dir, Hans. Halt, warte, eine Frage hab ich noch. Nur so, aus persönlicher Neugier. Fliegt da noch jemand? Und was tut ihr denn, wenn ihr da vorbeifahrt?«

Der Schober seufzte. »Du bist schon immer eine Nervensäge gewesen, besonders, wenn du besoffen warst. Also genau genommen fast immer. Noch mal für dich, zum Mitschreiben: Wir fahren da ab und zu hin. Brumm-brumm. Mit Auto.«

Und jetzt sprach der Schober ganz langsam und betonte ein jedes Wort. So, wie man einem Schäferhundwelpen erklärt, dass wenn er das nächste Mal wieder die ganze Kochsalami auffrisst, bloß weil keiner aufpasst, dann kommt er demnächst selber in die Wurst. »Dann steigen wir aus dem Auto. Wir gehen zum Haus, schauen, ob Fenster zu, obwohl Alarmanlage an. Warum? Nix wissen. Dann gehen wir zum Schuppen. Wackeln an Tor. Ist zu. Ist gut. Dann gehen wir zum Auto, fahren zum nächsten Metzger und erwerben käuflich ein paar Leberkäs-Semmeln. Du verstehn alles?«

Und Ringo sagte: »Nicht alles. Weil wir früher nie für die Leberkäs-Semmeln zahlen mussten. Die Polizei, dein Freund und Helfer. Du verstehn? Ende Gelände.«

Ringo trennte die Verbindung und meinte zum Stocker: »Da stimmt was nicht. Denkst du das, was ich denke?«

Stocker schob die Unterlippe vor. »Hast du heute Nacht, sagen wir, so um drei Uhr, schon was vor?«

Und der Ringo grinste. »Ich hol dich um halb drei hier ab. Wir fahren mit deinem Auto, oder? Und, ganz wichtig, vergiss nicht, dass ich immer noch Polizist bin. Also keine Verleitung zu Straftaten und so weiter, klar?«

Nellie sagte: »Lass das kleine Mädel doch daheim. Ich komme mit!«

Aber Stocker schüttelte den Kopf. »Oh nein. Du bleibst bei unserem Schmack, dem Meisterkoch hier, und passt auf ihn auf. Am besten, du legst ihn so gegen elf heute Abend ins Bett und platzierst dich genau über ihm. Dann besteht keine Fluchtgefahr.«

Sie schnaubte. »Manchmal bist du so was von blöd!« Und zu Ringo: »Stell das dämliche Grinsen ab, aber pronto. Sonst haben wir hier gleich einen Fall von Beamtenbeschädigung.«

»Weil du das grade so ansprichst ... Jetzt mal ganz ehrlich, ich frage euch als Freund: Bin ich wirklich eine Nervensäge?«

Stocker und Nellie pfiffen plötzlich leise und schauten in die Luft. Und als Ringo, krebsrot im Gesicht, den Drago anstarrte, sagte der: »Was guckst du mich so an? Ich kenne dich ja gar nicht.«

Ringo fauchte: »Spart euch die Sitting Ovations. Ich merke, wenn ich verarscht werde. Bis später. Und viel Spaß noch.«

15

Der Stocker hat mir mal erzählt, dass er schon vor Jahren eine Erfahrung im Umgang mit schwer kriminellen, abartigen Menschen gemacht hat. Nämlich, dass sie berechenbar sind. Man weiß meistens im Voraus, wie sie sich verhalten werden. Er sagte, wenn du einen von denen letztendlich erwischst, dann hat das nichts mit einem Mangel an Intelligenz oder Einfallsreichtum zu tun. Aber die leben ihr Leben alle wie die Motten, die sich in der Nähe einer Flamme oder einer hellen Lampe wohlfühlen und deswegen auch darin oder am Lampenglas umkommen. Diese Menschen werden von einer Besessenheit und einer Gier getrieben, die niemals gestillt werden kann.

Schau dir Joaquín Guzmán an, »El Chapo«, den Drogenkönig und unfassbar reichen Mann. Das amerikanische Forbes-Magazin hat ihn mal als die Nummer einundvierzig auf der Liste der vermögendsten Menschen auf diesem Planeten aufgelistet. Was hat El Chapo gemacht? Er hat eine Reihe von Wutanfällen bekommen und geschworen, dass er innerhalb eines Jahres in die Top Ten der Superreichen kommt. Aber das ist jetzt eine andere Geschichte.

Es hatte aufgehört zu regnen, als Stocker kurz vor Mitternacht über den Hof zu der alten Garage hinter der »Endstation« ging. Das Gras glitzerte nass, und es war wohl eine dieser Nächte, in denen jede Ahnung an die eigene Sterblichkeit hinter dem Leuchten der Sterne am Nachthimmel verschwindet.

Und falls du vergessen hast, was es mit der Garage auf sich hat: Man kann natürlich auch durch die Küche und die Vorratskammer dorthin gelangen. Aber dann wäre er an Dragos Zimmer vorbeimarschiert, der hätte vielleicht was gehört und nachgeschaut.

In der Garage befand sich eine Falltür. An die kam man aber erst, wenn man ein paar ölverschmierte Bohlen hochhob und zur

Seite legte. Stocker und Zeno haben damals mehr als eine Woche lang geschuftet, viele Stunden an jedem einzelnen Tag.

Ursprünglich war da eine Grube für einen Ölwechsel oder Reparaturen unter dem Auto, du weißt schon.

Aber die Grube wurde befestigt, ausgebaut und abgedeckt, der Boden neu zementiert und eine sehr stabile Falltür mit einem Zahlenschloss eingebaut. So entstand letztendlich eine lange, schmale Kammer, mit ausreichend Licht und einer automatischen Belüftung. In der ehemaligen Grube kann man nun aufrecht stehen, aber eng ist es schon, hier unten.

Die Wände waren mit Holz verkleidet, und an der linken Wand hingen die Waffen: ein halbes Dutzend Revolver, drei Automatik-Pistolen, drei abgesägte Schrotflinten, eine Pumpgun und ein tschechischer Nachbau einer MAC-10-Maschinenpistole mit Schalldämpfer.

An der rechten Wand war Platz für ein paar schusssichere Kevlar-Westen, Ersatzmagazine und Munition, Hand- und Blendgranaten und diverses Einbrecher-Werkzeug.

Was man halt so braucht, wenn man auf der anderen Seite des Zauns arbeitet.

Stocker entschied sich für einen Satz Dietriche, nahm eine Blendgranate aus dem Regal und schnappte sich von der linken Wand eine .22er-Automatik mit integrierter Schalldämpfung.

Jetzt sagst du, so ein kleines Kaliber, das ist ja lächerlich. Kann schon sein. Aber wenn du in einem geschlossenen Raum bist, dann ist eine .22er effektiver als eine .45er. Nicht nur, dass die große Waffe einen Höllenkrach macht, du kaufst dir auch gleich noch einen vernünftigen Tinnitus mit ein, ja, was glaubst du denn?

Nach einigem Überlegen nahm der Stocker noch eine Spraydose mit Bühnenstaub, wie sie beim Theater verwendet wird, wenn man Klamotten der Schauspieler auf alt macht und so weiter. Ich sage nur »Phantom der Oper«, du weißt schon.

Ach ja, beim Rausgehen fischte er noch einen Kompass von einem anderen Regal. So einen Kinderkompass, den man in jedem Ein-Euro-Laden kriegt. Und zwei kleine Maglite-Taschenlampen.

Er packte alles in eine handliche schwarze Sporttasche und legte diese in den Kofferraum seines alten Mercedes.

In Zenos ehemaligem Zimmer lief der Fernseher, das bläuliche Flackern des Bildschirms schien durch die zugezogene Gardine und zauberte kleine, blasse Farbtupfer auf das nasse Gras.

Stocker hörte die Nellie laut auflachen, gefolgt von einem Grunzgeräusch, das von Drago kam.

Lächelnd ging er zurück zum Hintereingang, huschte leise an der Tür vorbei, hinter der man nun ein unterdrücktes Stöhnen hörte, und ging über die alte Holztreppe hinauf in sein Zimmer.

Er legte sich aufs Bett, schloss die Augen und dachte an das, was er heute Nacht machen wollte. Kurz darauf fiel er in einen leichten, nervösen Schlaf.

16

Es war schon eine seltsame Nacht. Im Osten und nach Süden rüber war der Himmel fast schwarz, wie mit Tinte getüncht, doch die Wolkenstreifen über den zwei Männern waren von Westen her mit schweflig-gelben Lichtstreifen durchzogen.

»Das sind wahrscheinlich schon die Lichter von München«, meinte Ringo und wischte von innen über die Frontscheibe, als würden die eigenartigen Lichtspiele damit verschwinden.

Er war pünktlich wie abgemacht an der »Endstation« erschienen, trug dunkle Jeans, dunkelblaue Sneakers, einen schwarzen Rollkragenpulli und eine schwarze Windjacke. Auf dem Kopf hatte er eine dieser schwarzen Sturmhauben, zusammengerollt, sodass sie wie eine Seemannsmütze wirkte.

Über der Haube sah Stocker eine Stirnlampe, die dem Ringo aber immer wieder auf die Nase rutschte.

»Du siehst richtig cool aus.«

»Echt?« Ringo strahlte. »Der Alain Delon hatte so eine Kluft an. In diesem Film, wie hieß er noch gleich?«

»›Der eiskalte Engel‹? Aber da ist er so ziemlich am Ende erschossen worden, glaube ich.«

Ringo klappte die Sonnenblende herunter und besah sich in dem schmalen Schminkspiegel. »Im Ernst? Na ja, das war ja auch bloß ein Film. Hey, wir fahren grade durch Tuntenhausen. Möchtest du in einem Ort wohnen, der so heißt?«

»Warum nicht? Gleich kommen wir durch Pups, dahinter ist Unterlaus. Wie wär's denn damit?«

Lass mich kurz einflechten, dass es diese Orte alle wirklich gibt. Pups zum Beispiel ist ein wunderschöner kleiner Weiler, mit einem romantischen See, dem Lauser Weiher, und hat fünfzehn Einwohner. Und in Unterlaus gibt es den »Wirt vo Laus«, der berühmt ist für seine Bratenspezialitäten und den gemütlichen Biergarten.

Von Unterlaus fuhren sie weiter nach Oberlaus, und nach ein paar Minuten kamen sie auf die schmale Asphaltstraße, die zu dem Haus mit dem großen Holzschuppen führte.

Ringo saß vornübergebeugt und schaute sich die Äcker an. »Da vorne, auf der kleinen Anhöhe, das muss es sein. Und die Wiese rechts, die lange, schmale, das ist bestimmte die Landebahn. Bleib da drüben unter der Baumgruppe stehen, von dort aus können wir los.«

Stocker schaltete die Scheinwerfer aus, fuhr die letzten paar hundert Meter ohne Beleuchtung und in einer niedrigen Drehzahl. Dann stellte er den Motor ab und ließ den alten Benz die kurze Distanz von der Straße bis zu der Gruppe von sieben oder acht Laubbäumen ausrollen.

Im Haus brannte kein Licht, auch am Schuppen war alles dunkel. Ein Schatten, noch dunkler als die Nacht, strich an den Fliegengitterfenstern im Erdgeschoss vorbei.

»Fledermäuse«, sagte Stocker und versuchte, seine Augen an die Dunkelheit zu gewöhnen.

»Ich habe ein komisches Gefühl«, meinte Ringo, und kurz darauf: »Scheiß drauf. Wenn die uns erwischen und ich fliege aus dem Dienst, kann ich ja bei Nellie als Koch anfangen, oder?«

Stocker legte den Hebel für die Innenbeleuchtung auf »aus« und öffnete die Tür.

Den Kofferraumdeckel zog er geräuschlos hoch und öffnete seine kleine schwarze Sporttasche. Er steckte sich die .22er hinten in den Hosenbund und nahm den Kinderkompass, die Dietriche und den Nebelspray an sich.

»Auf geht's«, flüsterte er Ringo zu, der mittlerweile neben ihm stand und zum Haus hinüberstarrte.

Aber als Ringo losgehen wollte, hielt ihn der Stocker an der Schulter fest. »Ich glaube, es ist besser, wenn du hier beim Auto bleibst.«

»Was? Spinnst du jetzt?«

»Red leiser, Mann. Du sollst draußen aufpassen. Hier …« Stocker fasste in den Kofferraum und entnahm ihm zwei kleine schwarze Walkie-Talkies. »Wenn wer kommt, sagst du mir Bescheid. Es wird aber keiner kommen, denke ich mal. Also, bis gleich.«

Ringo flüsterte: »Wenn ich gewusst hätte, dass du mich bloß zum Schmierestehen brauchst, wäre ich daheim im Bett geblieben.«

Stocker lachte lautlos. »Das hab ich mir schon gedacht. Drum sage ich es dir jetzt. Bis gleich.«

Im Schatten der Baumgruppe rannte er die kleine Anhöhe hinauf. Die Luft war nachtkühl, es roch leicht nach Feuchtigkeit, Mist und Silage. Stocker blieb an der Seite der Eingangstür stehen, fuhr mit dem Kompass über den Türstock. Oben links schlug der Kompass aus, was bedeutete, dass dort auf der anderen Seite der Tür ein Kontakt für die Alarmanlage befestigt war. Stocker nickte zufrieden und ging um das Haus herum.

Auf der Rückseite gab es zwei weitere Fenster, die ebenfalls mit Kontakten versehen waren. Aber das kleine Toilettenfenster, das sich etwa zwei Meter über dem Kiesboden befand, war nicht verkabelt.

Stocker zog sich eine leere Regentonne heran, kippte sie um und stellte sie unter das Klofenster. Mit einem schmalen Draht und etwas Druck gelang es ihm, das alte Fenster auf Kippstellung zu öffnen. Am Ende des Drahtes befand sich eine Schlinge, mit der Stocker den Hebel des Fensters zu fassen bekam, und eine Minute später schwang es leise knarrend auf.

Er zog sich hoch, ließ sich kopfüber durch die schmale Öffnung gleiten, umfasste das Toilettenbecken mit den behandschuhten Händen und plumpste etwas ungeschickt auf den braun gefliesten Boden.

Ich werde wirklich zu steif für diesen Mist, dachte er sich und stand ächzend auf.

Vorsichtig öffnete er die alte Holztür und lauschte in den Flur. Nichts.

Stocker zog seine kleine Maglite aus der Tasche und schaltete sie ein. Der Gang war schmal, mit einem dunklen, muffig riechenden Teppichboden belegt und führte in ein Wohnzimmer, rechts ging eine schmale Holztreppe in das Obergeschoss.

Stocker nahm seinen Staubspray aus der Hüfttasche, sprühte einen breiten grauen Strahl kreuz und quer vor sich und schritt langsam durch das Zimmer.

Jetzt denkst du dir bestimmt: Das ist ja auch nicht die feine englische Art. Da bricht einer ein, und dann dreckt er auch noch absichtlich die Bude voll. Nein, es ist ja so: Wenn eine Alarmanlage da ist, wie zum Beispiel hier die elektrische, dann baut der Mann von Welt gerne noch eine zweite ein. »Infrarot-Lichtschranken« ist das Stichwort. Und die funktionieren meist erst richtig, wenn es ziemlich duster ist. Wenn man die aber einstaubt, sieht man anhand der Lichtstränge, wo die lang- oder quergehen, und kann sich überlegen, ob man sich da durchschlängelt oder eben nicht und lieber wieder nach Hause geht.

Auch der Staubtest verlief negativ. Stocker nahm sein Funkgerät und klickte den Ringo zweimal an. Der meldete sich sofort: »Adler zwei an Adler eins. Ich höre.«

»Toll. Alles ruhig da draußen?«

»Nein, ich rede ja mit dir. Wie schaut's da drinnen aus?«

»Viel sehe ich ja nicht, und Licht will ich keines anmachen. Hier war schon lange keiner mehr. Ich schaue mich kurz um, fünf Minuten oder so. Pass du weiter auf. Ende.«

Kopfschüttelnd steckte Stocker das Funkgerät weg und ging vorsichtig durch das Wohnzimmer. Ein Tisch, vier Stühle, rechts eine alte, zerschlissene Couch, davor ein nierenförmiger Glastisch. Zwei braune Holzkommoden.

An der Wand hingen einige Pinboards. Stocker trat näher und holte sein Handy aus der Brusttasche. Zu sehen waren ein paar mit Reißnägeln befestigte Flugkarten. Drei davon mit Wollfäden versehen, die wohl Flugrouten darstellten. Nach Prag, an Viechtach vorbei. Oder Moravice in Tschechien, Płock in Polen und so weiter. Flugstrecken durch lange Täler, über große Waldgebiete und kleine Ortschaften, weitab der gut überwachten Routen. Die Karten sahen aus wie von riesigen Spinnennetzen überzogen.

Stocker machte einige Fotos und ging durch die Tür unter der Holztreppe in die Küche. Im Kühlschrank standen ein paar Flaschen Pilsner Urquell, das Verfallsdatum längst abgelaufen. Weiter hinten: zwei angebrochene Packungen mit verschimmeltem, zusammengeschrumpftem Käse und mehrere Dosen Cola. Auf dem Tisch lag eine aufgeschlagene BILD-Zeitung aus dem letzten Jahr.

Stocker leuchtete über die Ränder, weil er dachte, vielleicht hat da einer was notiert, aber da war nichts.

Genau genommen war da schon was, nur nicht da, wo der Stocker schaute. In jedem Zimmer, sogar auf dem Flur, befand sich oben an der Decke einer von diesen runden, kleinen Rauchmeldern. Du weißt schon. Die sind sogar Pflicht, glaube ich.

Diese Rauchmelder waren aber keine, sondern im Inneren der unauffälligen Dinger befand sich je eine DOME-1-Infrarotkamera. Mit diesen Dingern bekommt man Bilder auf den Monitor, wie wenn man eins von diesen ultramodernen Nachtsichtgeräten auf dem Kopf hätte. Die Linse bewegt sich mit dem erfassten Objekt, sprich: dem Stocker, und folgt ihm, bis er in einen anderen Raum geht. Dann übernimmt die nächste Kamera. Das gibt es nicht, meinst du?

Du wirst dich wundern. Die DOME-1 blendet sich sogar aus, wenn sie zum Beispiel von einer Taschenlampe angeleuchtet wird. Die Aufnahmen gehen in Echtzeit an einen Computer, der überall auf diesem Planeten stehen kann.

In unserem Fall war der Mac-Laptop aber gar nicht so weit weg. Er befand sich in München-Grünwald, in der Bibliothek einer Millionenvilla mit Pool und einem riesigen, uneinsehbaren Garten, der mit Sicherheitsanlagen ausgerüstet war wie der Kassenraum einer Bank.

Der grauhaarige Mann, der mit einem schweren, handgeschliffenen Whiskyglas auf einem teuren englischen Ledersofa lümmelte, hatte den Mac auf den Knien und zoomte sich den Stocker ein bisschen näher heran.

Dann schnappte er sich ein schwarzes Sony-Mobiltelefon, das mit Krypto-Apps versehen war, und drückte eine Kurzwahltaste.

Jetzt überlegst du, was eine Krypto-App ist. Pass auf: Das ist eine Telefon-App, mit der du eine internationale Festnetznummer bekommst. Damit kannst du schon mal völlig ohne Roamingkosten rund um den Erdball telefonieren. Der eigentliche Gag ist aber, dass deine Gespräche perfekt verschlüsselt werden. Und zwar so nachhaltig, dass jeder, der dich abhört, das Gefühl hat, in einem Teller mit Buchstabensuppe zu schwimmen.

Nach dem zweiten Rufzeichen meldete sich der Teilnehmer. »Ja?«

»Unser Freund ist im Haus auf dem Lande.«

»Im Schuppen?«

»Nein. Er inspiziert das Haus. Sobald er an den Schuppen geht, meldet sich der stille Alarm bei den Uniformierten.«

»Gut. Was steht an?«

»Hast du rausbekommen, wo genau seine Wohnung in Rosenheim ist?«

»Ja. Die läuft zwar auf eine Firma, aber er wohnt im Penthouse. Fünf Wohneinheiten, Tiefgarage, direkt an der Hauptstraße. Das ist aber kein Problem, ab dem ersten Stock gibt es Feuertreppen, und seine Bude ist im zweiten. Soll ich rein?«

»Ja. Mach das Übliche. Wenn Wanzen möglich sind, auch das. Aber der Kerl ist nicht blöde, was das anbelangt. Was ist mit dem Kripo-Mann in Prien?«

»Liegt im Koma. Das wird auch ein paar Tage so bleiben. Ich kümmere mich um den, keine Sorge.«

Der Grauhaarige stieß zornig die Luft aus. »Du hast es jetzt schon zweimal verkackt, oder?«

»Ja. Aber das dritte Mal wird klappen.«

Der Mann in der Villa unterbrach die Verbindung ohne ein weiteres Wort und wendete sich wieder dem Bildschirm zu. Er sah, wie Stocker vorsichtig die Treppe zum ersten Stock hochging. Der milchige Schatten bewegte sich ganz am Rande der Stufen, sodass beim Gehen keine Geräusche entstanden.

Der Grauhaarige nippte an seinem Whisky und spürte, wie

sich eine wohlige Wärme auf seinem Gaumen ausbreitete. Seine Finger glitten über die Tastatur des Macs, und Stockers Oberkörper erschien bildschirmfüllend.

Nach einem weiteren Schluck lehnte sich der Mann auf dem braunen Ledersofa zurück, verschränkte die Arme hinter dem Kopf und lächelte.

17

Ein paar Minuten später. Rosenheim, die Kreuzung Heilig-Geist-Straße/Frühlingstraße.

In dem Moment, als die Ampel auf Grün schaltete, gaben die Biker fast gleichzeitig Gas. Die schweren Harleys, Hondas und BMWs schossen los. Die sechs oder sieben schwarz gekleideten Fahrer trugen Jeanswesten über der Lederkluft. Die Kutten waren über und über mit Stickern und Schriftzeichen versehen.

Anne machte einen schnellen Schritt in den Hauseingang, um dem Lärm etwas zu entkommen. Die Gruppe der schwarzen Ledermänner, die braune oder schwarze Wehrmachts-Stahlhelme trugen und ihre Schals bis zu den Augen hochgezogen hatten, donnerte über die Kreuzung, ohne die Frau vor der Haustür zu beachten.

Anne wartete, bis sich der Donnerlärm der schweren Motoren von ihr entfernte, und sprach wieder in ihr Handy: »Nein, das werde ich nicht machen, Helga. Ich geh jetzt hoch und hole meine restlichen Sachen. Was? Nein, ich will nicht zu dir ziehen. Aber danke für das Angebot. Wie?«

Sie hörte zu und drückte das Telefon fester ans Ohr. »Der spricht nicht nur im Schlaf. Er redet auch mit seinem toten Partner, und zwar so, als wäre der persönlich im Raum. Und er raucht wieder, glaube ich. Was? Nein, nicht gesehen, aber ich habe es deutlich gerochen, als ich neulich zu ihm ins Schlafzimmer ging. Wie, was meinst du?«

Sie fuhr sich mit der rechten Hand über das Gesicht und schüttelte den Kopf. »Nein, das hat keinen Sinn. Es ist ganz einfach kafkaesk. Ich habe schon ein paarmal versucht, mit ihm zu reden. Aber er hört mir nicht zu. Du, ich verstehe dich jetzt ganz schlecht. Was? Ja, ruf mich später noch mal an, wenn du zu Hause bist. In einer halben Stunde oder so bin ich im ›Hotel Hohenstein‹. Komm doch dahin, wenn du magst, dann trinken wir an der Bar noch ein Glas Wein. Wo bist du jetzt? Autobahnausfahrt Traunstein? Na, das passt doch, dann bist du in einer guten halben Stunde an der Bar. Und ich auch. Ich freue mich. Bis gleich.«

Anne sperrte lächelnd die Haustür auf und nahm die Treppe in den zweiten Stock. Weil sie mal irgendwo gelesen hatte, dass eine jede gegangene Treppenstufe das Leben um eine Sekunde verlängern soll.

Ich will ja nichts sagen, aber ich persönlich glaube nicht so recht an solche Weisheiten. Natürlich nehme ich trotzdem immer die Treppe, aber wenn der Spruch stimmen sollte, müsste ich um die zweihundert Jahre alt werden, bei den ganzen Treppen, die ich weltweit schon rauf- und runtergerannt bin.

Die Wohnungstür war nicht abgesperrt, was die Anne sehr verwunderte, war sie doch der Ansicht, den Schlüssel bei ihrem letzten Besuch am Nachmittag zweimal gedreht zu haben. Misstrauisch öffnete sie die schwere Sicherheitstür und trat in den dunklen Flur.

Den Mann hinter der Tür bemerkte sie nicht.

Setkau machte einen schnellen Schritt, packte sie unter dem Kinn und am Genick und drehte ihren Kopf so schnell und heftig nach links herum, dass Anne nicht einmal mehr die Zeit hatte, einen erschrockenen Gesichtsausdruck aufzusetzen.

Ein scharfes, halblautes Knacken ertönte, als ihr Genick brach. Es beendete ihr Leben, und sie sackte ohne einen Laut zusammen. Setkau fing sie ab, nahm sie unter den Schultern und schleifte sie ins Wohnzimmer. Dort ließ er sie achtlos fallen.

Schnell beendete er seine Arbeit und verfluchte sich innerlich, dass er die Wohnungstür von innen aufgeschlossen hatte, um später eventuell durch das Treppenhaus zu gehen.

Ein Mörder mit einem Gewissen, denkst du dir jetzt? Dass es ihm leidtut, dass er soeben das Leben einer jungen Frau beendet hat?

Nein, nicht bei Walter Setkau, der in seinem Leben schon so viele Menschen getötet hatte, dass sich ein Privatfriedhof, der ausschließlich mit seinen Opfern belegt war, ganz ansehnlich machen würde. Sein Herzschlag war nach wie vor bei etwa siebzig, und auch sein Blutdruck erhöhte sich wegen so einer Aktion nicht wesentlich.

Es ist natürlich schon so, dass gerade Profis vermeiden, Menschen zu töten. Nicht weil ihnen das irgendwie leidtäte, sondern weil so was meist die Polizei interessiert und möglicherweise viel Staub aufwirbelt. Und warum er die Wohnungstür aufschloss, damit er schnell über das Treppenhaus flüchten konnte? Ganz einfach, so ein Kerl denkt meist einen Schritt voraus. Weil er über die Feuerleiter und die Dachterrassentür reinkam, hätte es ja sein können, dass ihn irgendwer gesehen hat. Und wenn ein Zeuge die Polizei ruft, erscheinen die in so einem Fall mit zwei Mann. So, und die gehen entweder denselben Weg, nämlich über die Feuerleiter. Oder aber durch das Treppenhaus. Aber ein Zweierteam bleibt immer zusammen, wegen der Eigensicherung. Egal was die ganzen Superkommissar/-innen in den Fernsehkrimis machen. Gut, die haben ja auch nur maximal neunzig Minuten für so einen Mord, da kann man nicht nach Vorschrift vorgehen.

Setkau zog seine Chirurgen-Handschuhe stramm und schaute sich im Wohnzimmer um. Er schloss die Vorhänge und schaltete die Bogenlampe über der Couch ein. Seufzend begann er, die Schubladen der Kommode, die er vorhin schon durchsucht hatte, zu öffnen, und warf den Inhalt auf den Boden. Den gläsernen Wohnzimmertisch kippte er geräuschlos um, sodass er halb auf der Leiche lag.

Im Schlafzimmer knipste er die Nachttischlampen an, fuhr die Rollos runter, dann öffnete er die Kleiderschränke ein zweites Mal und begann, wahllos alles auf und neben das Bett zu werfen, was ihm in die Finger kam.

Zufrieden schaute er sich nach ein paar Minuten um und schlich lautlos durch das halbdunkle Treppenhaus nach unten.

Kein Mensch sah ihn, als er langsam, wie einer, der ein Bierchen zu viel intus hat, die Prinzregentenstraße in Richtung Park entlangschlenderte.

Am alten Hallenbad stand sein Auto, ein unscheinbarer, silbergrauer VW Golf. Setkau schaute sich um, stieg ein und fuhr in Richtung Brückenberg.

An der nächsten Ampel lenkte er den Wagen nach links und hielt am Straßenrand, in einer Parklücke zwischen zwei Kleinwagen.

Für etwa eine Minute beobachtete er im Rückspiegel seine Umgebung, dann holte er ein Handy aus dem Handschuhfach und tippte ohne zu überlegen eine Zahlenfolge ein.

Die Stimme des Mannes aus München kam umgehend aus dem Hörer: »Und?«

»Es gab ein Problem. Die Frau ist aufgetaucht. Ich hab sie neutralisiert.«

Leopold Wittmann seufzte. »Hast du wenigstens was gefunden?«

»Nein.«

»Auch gut. Wann gehst du wieder in die Klinik zu unserem Freund im Koma?«

»Das wollte ich vorhin noch mal machen. Bevor ich hierhergefahren bin. Aber da sind plötzlich professionelle Anstreicher aufgetaucht. Sechs Mann mindestens. Wahrscheinlich vom Gregorian. Ich konnte zwei von ihnen auf der Straße ganz gut sehen, es waren aber keine, von denen wir wissen.«

Bevor du jetzt weitergrübelst, was das mit den »Anstreichern« soll: Es ist so, dass im England der zwanziger und dreißiger Jahre speziell in den Großstädten wie London, Manchester und so weiter heftige Bandenkriege in Mode waren. Man erschoss sich, auch außerhalb der normalen Arbeitszeiten, gegenseitig und überwiegend auf der Straße. Gerne auch aus fahrenden Autos heraus, und natürlich mit großkalibrigen Maschinenpistolen. Wegen der Effizienz. Da solche Waffen viele Kugeln in schneller Folge versenden und besagte Kugeln geradezu obszöne Löcher in menschliche Körper stanzen, schauten manche Hauswände danach aus wie frisch gestrichen. In Rot. Wenn damals einer sagte: *»Let's go and paint houses«*, dann wussten seine Kumpel, dass es ein lauter Abend in Rot-Tönen wird. Ins Deutsche hat sich diese Ausdrucksweise aber erst in den Neunzigern übertragen. Klingt eben cool, oder?

»Dann halt die Füße still, Walter. Ich versuche rauszukriegen, was die vorhaben. Mein Informant sagt, dass der Gregorian momentan mindestens dreißig Mann auf seinem Grundstück hat. Im Garten, in der Villa, überall. Der Sohn ist aber nicht da. Die Polizei hat ihn auch nicht mehr. Weil ihn der Kommissar mitgenommen hat. Wo zum Teufel steckt der Bengel?«

Setkau meinte: »In der Wohnung grade eben war er nicht. Auch nicht vorher oder so. Warum zapfst du nicht alle an, die wir haben?«

»Mhm. Das mit dem Jungen muss unter der Decke bleiben. Je weniger davon wissen, desto besser. So eine Sache kann mich angreifbar machen. Und das Vertrauen unserer Geschäftsfreunde in uns erschüttern, das muss ich gerade dir doch nicht erklären, oder? Pass auf, du bleibst in Rosenheim und schaust dich um. Der Kneipenwirt ist immer noch im Haus auf dem Lande, ich hab ihn hier vor mir auf dem Schirm. Gleich ist da was los. Weil ich den stillen Alarm ausgelöst habe. Ich denke mal, in zehn Minuten sind die Streifenwagen vor Ort. Wäre schon ein Witz, wenn die ihn da drinnen verhaften. Hast du einen Platz zum Schlafen für heute Nacht?«

»Geht schon klar. Ich schaue mich erst am Krankenhaus noch mal um, dann penne ich ein bisschen. Wird ja schon bald wieder hell.«

Setkau legte das Handy auf den Beifahrersitz, startete den Motor und fuhr los.

18

Stocker tastete unter der Matratze des hässlichen braunen Doppelbetts, als sein Funkgerät knackte.

Ringo flüsterte: »Ich sehe Blaulicht. Von der Autobahn her. Ist noch etwa zwei bis drei Kilometer weit weg. Ich glaube, die kommen jetzt hierher in unsere Richtung.«

»Alles klar. Bin schon unterwegs.«

Stocker rannte in das Erdgeschoss, durch den Flur in die Toilette und sprang auf die Kloschüssel. Schnell zog er sich durch das schmale Fenster und landete draußen ziemlich unsanft auf der Regentonne, die umfiel und über ihn hinwegrollte. Fluchend stand er auf, spürte einen stechenden Schmerz im rechten Fuß und humpelte zu dem Holzschuppen. Er hielt die Taschenlampe an eine breite Ritze zwischen den alten Brettern und brachte sein Gesicht ganz nahe an den Schlitz über der Lampe.

Der dünne Strahl der Maglite fiel auf die weiße Tragfläche eines Flugzeugs. Dahinter konnte er den Rumpf mit dem breiten roten Farbstreifen ausmachen und sah Teile der Beschriftung.

Eine Cessna, kein Zweifel. Dafür sprachen die beiden typischen Seitenstreben unter den Tragflächen und die spezielle Verkleidung der Räder.

Schnell stieß er sich von den Brettern ab und rannte, hüpfte und humpelte lautlos fluchend zum Mercedes.

Ringo hatte den Motor gestartet und hielt die Beifahrertür auf. Stocker warf sich aufstöhnend auf den Sitz, zog die Beine nach und rief: »Aua, verflucht noch mal! Abfahrt!«

Der alte Benz machte einen Satz wie ein bockiges Pferd, weil Ringo die Kupplung zu schnell kommen ließ, nahm aber rasch Fahrt auf und rollte zurück auf die Straße.

Die Blaulichter näherten sich von links, also zog Ringo den Wagen nach rechts in Richtung des kleinen Birkenwäldchens.

»Ich verstehe nicht, warum die mit Blaulicht auftauchen, aber ohne Sirenen. Das Geflacker fällt ja auch von Weitem auf.«

Stocker drehte sich halb auf dem Sitz und schaute durch das Heckfenster. »Jetzt sind die am Haus, glaube ich. Die Lichter bewegen sich nicht mehr weiter. Fahr noch ein bisschen und mach die Scheinwerfer erst wieder an, wenn wir aus dem Wald raus sind.«

Ringo starrte konzentriert in die Dunkelheit vor ihm. »Was ist mit deinem Fuß? Was gebrochen?«

Stocker tastete sich ab. »Nein, ein bissel verstaucht, glaube ich. In dem Haus war nichts von Bedeutung. An der Wand im Wohnzimmer hängen ein paar alte Flugkarten, mit Routen draufgepinnt. Alle in den Osten. Muss aber schon eine Weile her sein, dass jemand in der Hütte war.«

»Warum? Wie kommst du drauf?«

»Auf dem Küchentisch lag eine BILD-Zeitung vom letzten Jahr. Und im Kühlschrank verschimmelter Käse und altes Bier. In den Zimmern war nichts Persönliches. Im Schuppen steht eine Einmotorige. Die sieht aber intakt aus, soweit ich das auf die Schnelle und durch den Spalt sehen konnte.«

»Was für eine?«

»Ich würde mal schätzen, eine Cessna. Solche hatte ein Bekannter in Spanien, eine ganze Flotte. Mit so einer kannst du auf jeder Wiese, die um die sechshundert Meter lang ist, starten und landen. Der Motor ist relativ leise, du kannst sie schnell oder sehr langsam fliegen, wenn es sein muss. Ein ideales Flugzeug für Schmuggler. Ist unkompliziert und zuverlässig, der VW Käfer der Lüfte, würde ich mal sagen.«

Ringo nickte, und Stocker holte sein Handy aus der Tasche. »Ich rufe mal in der Klinik an, vielleicht gibt es was Neues.«

Er wartete und ließ sich mit dem zweiten Stock verbinden. Eine der Schwestern holte einen Arzt. »Hallo, wer spricht da?«

»Mein Name ist Stocker. Wir haben uns heute Morgen unterhalten, erinnern Sie sich?«

»Nein, das war ein Kollege von mir. Aber ich weiß, wer Sie sind. Sie haben doch anschließend unsere Toilette umgebaut. Ist alles okay mit Ihnen?«

»Ja. Wie geht es dem Kommissar?«

Ein Seufzer kam durch den Hörer. »Stabil. Wenn wir die Hirnschwellung in den Griff kriegen, holen wir ihn in zwei Tagen oder so aus dem Koma. Die anderen Verletzungen sind heftig und umfangreich, aber der Kopf macht uns am meisten Sorgen. Sagen Sie, wissen Sie, was es mit den Männern auf sich hat, die am Vormittag gekommen sind?«

Stocker schaute den Ringo an, dann sagte er: »Ja, ich glaube schon. Was haben die zu Ihnen gesagt?«

»Dass sie von einem privaten Sicherheitsdienst aus München sind«, meinte der Arzt. »Der Kommissar Zuckerhahn hat wohl irgendwas mit dieser Security-Firma zu tun, und jetzt wurden ein paar Kollegen abgestellt, um ihn zu bewachen. Warum muss der Mann bewacht werden?«

»Das weiß ich im Moment auch nicht so genau«, meinte Stocker, »aber das wird schon seine Richtigkeit haben. Ihr Chef ist jedenfalls eingeweiht und hat die Sache abgesegnet. Fragen Sie ihn, wenn er wiederkommt. Bei mir ist übrigens jemand von der Polizei. Möchten Sie mit dem mal reden?«

»Ja, gerne.«

Der Stocker reichte dem Ringo das Handy rüber, der eine Grimasse zog und dann in den Hörer sprach: »Ja, guten Abend, oder besser gesagt, guten Morgen. Das mit den Sicherheitsleuten geht schon in Ordnung. Wir haben im Moment keine Kräfte frei, aber ich kläre das in ein paar Stunden ab. Lassen Sie die Männer auf dem Flur sitzen, das kann ja nichts schaden, okay? Wie viele sind da oben?«

Der Arzt schaute sich offenbar um. »Zwei hier im Flur. Noch zwei unten in der Halle, hat mir der Pförtner vorhin gesagt. Und zwei hat er auf dem Parkplatz gesehen. Na gut, dann warten wir mal ab, was Ihre Vorgesetzten morgen sagen. Sonst noch was? Ich muss nämlich wieder.«

»Nein, passt schon. Wiederhören, Doktor.«

Bevor der Arzt noch was sagen konnte, unterbrach Ringo die Verbindung und schaute zu Stocker rüber. »War es laut genug? Hast du alles gehört?«

Stocker nickte, und Ringo sprach weiter: »Warum zum Teufel

sagst du, dass ein Polizist bei dir ist? Bist du meschugge oder was? Wir haben grade eine Straftat begangen. Und jetzt sind wir am Fliehen.«

»Genau. Aber schalte bitte die Scheinwerfer ein, sonst ist unsere Flucht schnell zu Ende. Der Ausdruck ›Flucht‹ trifft auf uns allerdings eh nicht zu, weil keiner hinter uns her ist. Und dich habe ich ins Spiel gebracht, weil du mein Alibi bist, wenn uns jemand fragen sollte, wo wir in der Zeit zwischen soundso gewesen sind.«

»Ach ja? Wo waren wir denn?«

»Bei mir in der Kneipe. Wir haben ein paar Biere getrunken, saßen auf der Bühne und haben ein neues Stück durchgespielt. Geübt, sozusagen.«

Ringo erwiderte: »Pff. Ich übe nie. Dazu bin ich viel zu gut.«

Und Stocker sagte: »Ach ja? Da merkt man aber nix von. Fahr nicht auf die Autobahn, da sind zu viele Kameras.«

Nach ein paar Minuten meinte Stocker: »Ich schau mal, ob die Anne rangeht.«

Er wählte ihre Nummer, es meldete sich aber nur der Anrufbeantworter: »Ja, hallo, ich bin's. Sprich jetzt oder lass es sein.«

Stocker blickte sein Handy an, hielt es wieder ans Ohr und sagte: »Anne, lass uns doch miteinander reden. Ich hab viel Mist gemacht und mich dir gegenüber sehr unfair verhalten. Ich verstehe, dass du sauer bist. Aber schau mal, ich mag dich wirklich sehr, das musst du doch merken, oder? Lass dir ruhig deine Zeit, aber melde dich mal, einfach so. Du kannst mich auch beschimpfen, wenn du willst, ich meine –«

»Hört man so ein Telefonat auf?« Ringo grinste zu Stocker rüber.

»Nein, zum Teufel. Der Scheiß-AB hat mich einfach abgepfiffen und abgewürgt.«

»Geht mich ja nix an. Aber liebst du sie?«

»Geht dich als meinen Kumpel schon was an. Ja, es könnte sein. So genau weiß ich das nicht. Weil ich mich in Sachen Liebe und so nicht besonders gut auskenne, verstehst du?«

Und Ringo meinte: »Also, mal ganz unter uns: Auch da bin ich Profi. Wenn du also Fragen hast, der Onkel Ringo kennt das vollständige Kamasutra auswendig, und außerdem –«

»Ist er ziemlich blöd und hält jetzt mal zehn Minuten die Klappe«, sagte Stocker.

19

Die Anne fand man am nächsten Morgen. Der Mieter unter Stockers Penthouse wunderte sich, dass am späten Vormittag noch immer die Schlafzimmer-Rollos unten waren. Der Mann beugte sich rückwärts über sein Balkongeländer, beschirmte die Augen und sah, dass vor den anderen beiden Fenstern ebenfalls die Rollläden die Sicht in die Zimmer verdeckten. Er konnte sich nicht erinnern, dass der Stocker jemals am späten Vormittag noch alle Schotten dicht gehabt hätte.

Er ging die Treppe hoch und läutete mehrmals an der Wohnungstür, aber niemand öffnete.

Also lief er zurück in seine Wohnung und stieg über die Feuer-Wendeltreppe seiner Terrasse nach oben. Dort klopfte er an die große gläserne Schiebetür ins Wohnzimmer. Aber erst nachdem er seine Augen mit der linken Hand bedeckte und sein Gesicht nah an die Scheibe brachte, sah er das Durcheinander, zog sein Handy aus der Tasche und rief den Stocker an.

Warum den Stocker, warum nicht die Polizei, fragst du dich jetzt bestimmt, oder? In einer der letzten Geschichten habe ich erzählt, dass das ganze Haus mit den fünf Wohnungen einer Firma gehört und die wiederum dem Stocker und dem Zeno zu gleichen Teilen. In das Penthouse wollte ja der Zeno selber mal einziehen, deswegen hatte er es möblieren und so herrichten lassen, dass er jederzeit dort hätte wohnen können.

Die vier weiteren Wohnungen wurden an zuverlässige Leute vermietet, mit denen die beiden schon gearbeitet hatten und denen man vertraute.

»Fred, was ist?« Stocker setzte sich schlaftrunken im Bett auf.

Der Mann aus Rosenheim sprach schnell und nervös: »Albin, in das Penthouse ist eingebrochen worden. Ich stehe vor dem Wohnzimmer.«

»Ist die Tür offen?«

»Nein. Ich sehe auch nicht besonders viel, weil die Vorhänge zugezogen sind, da ist nur ein kleiner Spalt frei. An der Straßenseite sind alle Rollos runter. Aber es liegt allerhand Zeugs auf dem Boden, und ich glaube, der Glastisch ist umgekippt. Soll ich die Polizei rufen?«

Stocker, nun hellwach, überlegte kurz. »Ist wer in der Wohnung?«

»Was? Nein. Ich habe vorhin Sturm geläutet. Und hier sehe ich auch niemanden. Was soll ich tun?«

»Du hast doch einen Schlüssel, oder?«

»Ja, schon.«

»Sehr gut. Hol ihn und sperr die Tür auf. Ich bleibe dran. Mach schnell, okay?«

Fred sprach weiter, während er die eiserne Wendeltreppe hinuntereilte: »Jetzt bin ich bei mir. Ich gehe in die Küche. Der Schlüssel ist … wart mal … da. Ich renne wieder nach oben.«

Stocker hörte, wie der Mann seine Wohnungstür hinter sich zufallen ließ, hörte ihn die Stufen hochkeuchen und dann das Geräusch, wenn ein Schlüssel ins Schloss gesteckt und die Tür mit einem »Klack« aufgeschlossen wird. »Die Tür war nicht versperrt. Ich gehe jetzt rein, ich … Ach du Scheiße … Oh Gott … warte.«

Stocker hörte, wie Freds Telefon auf den Boden gelegt wurde, hörte, wie der Mann sagte: »Hallo … Hören Sie mich … Hallo …« Dann kam seine Stimme wieder: »Albin? Die Frau ist tot. Genickbruch, würde ich sagen. Und jetzt?«

Durch Stockers Adern fuhren Blitze und Eiskristalle gleichzeitig. »Wie sieht sie aus? Kennst du sie?«

»Na klar, das ist die Frau, die hier wohnt. Die Anne. Was soll ich tun?«

Stocker war schon aus dem Bett, angezogen und suchte seine Autoschlüssel. »Ruf die Polizei an. Erzähle ihnen genau das, was du mir erzählt hast. Auch alles haarklein, was wir grade gemacht haben, du und ich. In spätestens einer halben Stunde bin ich da.«

20

Vor dem Haus in der Prinzregentenstraße standen zwei Streifenwagen, halb auf dem Bürgersteig noch ein Zivilfahrzeug der Kripo und daneben ein glänzender schwarzer Mercedes-Kombi eines Beerdigungsinstitutes.

Die Heckklappe des Bestatterwagens war oben, die silberne Schiene, auf der der Zinksarg gelegen hatte, ragte halb aus dem Wageninneren.

Schräg hinter dem Leichenwagen parkte der Kleinbus der Spurensicherung.

An der Haustür lehnte ein Uniformierter. Der kam sofort auf Stocker zu und hob ihm die flache Hand entgegen. »Da können Sie jetzt nicht rein.«

Stocker schob die Hand weg. »Ich wohne da. In meiner Wohnung, der ganz oben, ist es passiert. Der Nachbar von der unteren Wohnung hat mich angerufen. Mein Name ist Albin Stocker.«

Der Polizist drückte auf einen Knopf am Funkgerät, das er an der linken Schulter hatte, und drehte den Kopf zum Mikro. »Hörst du mich? Ein Herr Albin Stocker ist hier. Er ist der Bewohner, sagt er. Was? Ja, gut. Ende.« Und zum Stocker: »Gehen Sie bitte rauf. Ein Kollege erwartet Sie an der Tür.«

Oben, vor der Wohnungstür, stand bereits ein Ziviler. Einer von denen, die du auf der Straße nie als Kripo-Mann eingeschätzt hättest. Der Mann war zaundürr, hatte vorstehende Zähne und wenig Haare auf dem Kopf, dafür erschien die riesige schwarze Hornbrille ein paar Nummern zu groß für so einen Hänfling.

»Können Sie sich ausweisen?« Der dünne Mann hatte eine erstaunlich tiefe und volle Stimme.

Stocker fischte seinen Ausweis aus dem Portemonnaie, hielt ihn dem Polizisten hin, und der nickte.

»Fassen Sie da drin nichts an. Wir sind zwar so gut wie fertig, aber die Spusi-Leute sind ziemlich pingelig. Bleiben Sie immer hinter mir.«

Damit drehte er sich um und ging ins Wohnzimmer. Als Erstes erblickte Stocker den offenen Zinksarg, in dem die Anne lag. Sie wirkte irgendwie ... gelöst, so, als wenn sie in einem tiefen und erholsamen Schlaf wäre. In seinem Kopf kribbelte es, als ob winzig kleine Glassplitter durch ihn flössen, sein Herz hämmerte wie wild, und Wut breitete sich aus seiner Brust in den gesamten Oberkörper aus wie eine schwarze Wolke.

Er wollte zum Sarg, aber ein anderer Kripo-Mann, ein bulliger Kerl in einem dunklen Regenmantel, stellte sich ihm in den Weg. »Nicht dahin. Nichts anfassen. Bleiben Sie da stehen und schauen Sie sich um. Fällt Ihnen was auf?«

»Ja. In der Zinkwanne liegt meine tote Freundin. Zu der gehe ich jetzt, ob Ihnen das passt oder nicht, klar?«

Der Bullige verzog den Mund und schaute den Dürren mit einem Gesichtsausdruck an, als wolle er sagen: »Da haben wir wieder mal einen echten Entertainer, nicht wahr?«

Aber er seufzte und sagte: »In Ordnung, Herr Stocker, Sie wissen, wie ich das gemeint habe. Aber beantworten Sie mir bitte vorher ein paar Fragen. Sie wohnen doch hier, oder?«

»Ja.«

»Gut. Fällt Ihnen auf, ob was fehlt? So auf den ersten Blick? Wir schauen erst mal hier im Wohnzimmer, dann gehen wir mit Ihnen in die anderen Räume. Falls es ein Einbruch war, was wir im Moment vermuten, müsste ja was fehlen, meinen Sie nicht auch? Haben Sie Wertgegenstände, teure Bilder, Antiquitäten, eine Uhrensammlung, einen Safe, Sie wissen schon?«

Stocker nickte und wollte losgehen, aber einer in einem weißen Papier-Ganzkörperoverall samt Kapuze und einem weißen Mundschutz rief: »Trampelt mir da bloß nicht durch, Mensch, geht doch außenrum.«

Der Bullige schaute Stocker an und meinte: »Ja dann, schleichen wir an der Wand lang. Bleiben Sie immer einen Schritt hinter mir. Wenn Ihnen was auffällt, sagen Sie es.«

Vorsichtig setzte er einen Fuß vor den anderen, und Stocker versuchte, dorthin zu treten, wo der Kripo-Mann ging.

Natürlich merkt einer wie der Stocker sofort, dass das ganze Durcheinander inszeniert war. Schubladen auf, Zeugs auf den Boden geworfen. Und noch dazu in der verkehrten Reihenfolge und Vorgehensweise.

Ja, wie jetzt, denkst du dir. Pass auf: weil so ein Profi-Klauer erstens immer im Schlafzimmer anfängt. Dort verstecken die meisten Leute Geld oder Wertsachen. Unter der Bettwäsche, in den Taschen der Kleider, in Schuhen. Die ganz Schlauen haben einen von diesen Safes, wie du sie in Hotels immer siehst. Und zwar im Kleiderschrank, in dem Regal hinter den Hemden und Blusen.

Über die Dinger würde sich ein Einbrecher kranklachen, wenn er Lärm machen dürfte. Die meisten von diesen Billig-Safes bekommst du mit dem Werkscode auf, und der ist fast immer gleich.

Gut, der Einbrecher, den ich meine, der hat jetzt alles, was ihn nicht interessiert, auf das Bett geworfen.

Warum? Weil es ihm da nicht im Wege rumliegt.

Was er mitnehmen will, das bringt er ins Wohnzimmer und legt es auf das Sofa.

So, jetzt sind die Schubladen der Kommoden im Schlafzimmer dran. Die öffnet man von unten nach oben. Wenn man das in umgekehrter Reihenfolge macht, muss man jede Schublade zweimal anfassen.

Und auch jetzt wieder: das Gute ins Töpfchen (Couch im Wohnzimmer), das Schlechte ins Kröpfchen (aufs Bett werfen).

So, und zu guter Letzt schaut man hinter Bilder und unter das Bett. Dort begutachtet man den Gitterrost, ob da was versteckt ist.

Jetzt geht's ab ins Bad: Deckel vom Spülkasten hoch, schauen, ob eine Fliese hohl klingt (Wände und Wannen-Verkleidung). Nun unter und auf den Spiegelschrank über dem Waschbecken gucken.

Für jedes Zimmer gibt es ein besonderes Prozedere, das will ich damit sagen. Und für den Stocker schaute das, was er sah, sehr hastig und inszeniert aus.

Auf dem rechten Nachttischschrank lag auf einem kleinen weißen Hotelblock ein blauer, ziemlich teurer Cartier-Kugelschreiber. Den lässt kein Dieb, der auf seinen Beruf stolz ist, liegen.

Das behielt der Stocker aber für sich.

Außerdem hatte er bei dem Blick auf Anne gesehen, dass sie ihre kleine Rolex und die dünne Bulgari-Halskette noch am Körper trug. Kein Profi-Einbrecher lässt so was freiwillig zurück.

»Wie ist sie gestorben?«, fragte er den Mann im Mantel.

»Warum? Sie sollen sich umschauen, ob was fehlt. Und? Vermissen Sie Wertgegenstände?«

Stocker schüttelte den Kopf. »Ich habe hier auch nichts Wertvolles. Weil ich noch eine Wohnung in Atzdorf in meiner Kneipe habe. Dort bin ich die meiste Zeit.«

Der Kripo-Mann breitete die Arme aus. »Und für was dann den ganzen Luxus hier? Wohnte die Verstorbene in dieser Wohnung und Sie in der anderen in … Wo war das gleich noch mal?«

»Atzdorf. Das ist in der Nähe von Prien. Nein, die Frau ist eine gute Bekannte von mir, sie hat ab und zu hier geschlafen, wenn sie zu Hause Stress hatte.«

»Und hatte einen Schlüssel?«

»Ja, natürlich.«

»Die Wohnung gehört doch Ihnen, oder habe ich das falsch verstanden?«

»Die gehört mir. Richtig.«

Der Ton des Polizisten wurde etwas schärfer: »Und warum steht dann ›R. Schmidt‹ auf den Klingelschildern unten und hier oben?«

»Das ist eine längere Geschichte.«

»Das glaube ich so langsam auch. Wissen Sie was? Ich höre gerne längere Geschichten. Deswegen werden Sie uns dann aufs Revier begleiten.«

Stocker drehte sich ihm zu. »Meinen Sie damit, dass ich verhaftet bin?«

Der Bullige breitete die Arme aus. »Eine Befragung, Herr Stocker, lediglich eine Befragung. Sie müssen jetzt auch nicht mitkommen, wenn Sie nicht wollen. Aber dann werden wir Sie vorladen oder abholen. Möchten Sie mit Ihrem Anwalt telefonieren?«

»Ja, ich glaube, das sollte ich tun. Mein Telefon liegt aber unten im Auto.«

»Dann machen wir das für Sie. Vor allen Dingen, weil wir ein Problem mit der Gesamtsituation haben. Wenn Sie mich fragen, dann ist hier einiges nicht so, wie es bei einem normalen Einbruch sein sollte.«

Der Mann kratzte sich am Kopf und schaute Stocker fest in die Augen. »Wir sind hier fast fertig, mein Kollege und ich. Anschließend fahren wir ins Revier, und da unterhalten wir uns ein bisschen. Ich rufe Ihren Anwalt jetzt schon an, dann kann der gleich zu uns rüberkommen. Denn so, wie ich Sie einschätze, werden Sie uns ohne Anwalt an Ihrer Seite nicht viel erzählen, oder?«

Stocker setzte ein müdes Lächeln auf. »Es ist mir so was von egal, was Sie denken. Aber das, was ich zu dieser Sache hier weiß, das teile ich Ihnen sehr gerne mit. Nur die Besitzverhältnisse der Wohnung und dieses ganzen Hauses, das soll Ihnen mein Anwalt, der Dr. Becker, erzählen. Seine Kanzlei verwaltet nämlich unsere Immobilien.«

Der Polizist verließ wortlos das Schlafzimmer und ging, wieder an der Wand entlang, zu seinem Kollegen, der mit der Hand am Kinn vor der Zinkwanne stand und Anne nachdenklich betrachtete. »Der Dr. Becker vertritt unseren Herrn Stocker hier. Lass ihn vom Büro aus anrufen, der Herr Stocker, der hat kein Handy dabei. Aber er begleitet uns jetzt freiwillig aufs Revier zu einem Plauderstündchen.«

Der Dürre schob die Hände in die Hosentaschen und blickte von der Leiche auf. »Hat schon jemand den Stadtrat angerufen, ihren Mann? Vielleicht sollten wir das machen, was meinst du, Eugen?«

»Lass das mal die Chefin erledigen. Du bestellst den Anwalt aufs Revier.«

Der Dürre zog ein Mobiltelefon aus der Innentasche seiner braunen Jacke und drückte eine Kurzwahltaste. Er hob das Handy ans Ohr, wartete ein bisschen und sagte dann: »Silvy?

Ja, ich bin's. Such dir die Nummer vom Dr. Becker raus. Was? Nein, ich habe keine Zahnschmerzen. Ich meine den Anwalt Dr. Becker. Einer seiner Mandanten, ein Herr Stocker, ist unser freiwilliger Gast, will aber, dass der Anwalt dabei ist. Wie? Du bist gut. Bei einem wie dem Dr. Becker kannst du gar nicht schnell genug einen Kaffee aufsetzen, bevor der da ist. Was du verkehrt gemacht hast? Gar nix. Aber du bist unsere Sekretärin, und der ist der teuerste Anwalt Rosenheims. Also, bis gleich.«

Eugen klopfte dem Stocker leicht auf die Schulter. »Na, dann wollen wir mal.«

Aus der Küche hörte man eine Männerstimme: »Können wir sie dann verladen?«

Und einer der weißen Overalls richtete sich aus seiner knienden Stellung etwas auf und rief: »Noch fünf Minuten, dann kann sie weg!«

Eugen und der Dürre schauten den Stocker betreten an. »Entschuldigen Sie den Ton, aber …«

Stocker nickte. »Darf ich mich jetzt von ihr verabschieden?«

Die beiden Kripo-Männer sahen zu den beiden weißen Overalls, die guckten sich kurz an, einer zuckte mit den Schultern, und der andere nickte.

»Ja, bitte, tun Sie das, Herr Stocker. Wir bleiben aber alle im Raum.«

Stocker kniete sich vor die offene Zinkwanne und strich eine Haarsträhne, die der Anne halb über das linke Auge hing, mit einer vorsichtigen, zärtlichen Bewegung zur Seite.

Dann beugte er sich über sie, küsste sanft ihre Nasenspitze und flüsterte: »Jetzt finden wir es nie mehr raus, das mit uns beiden.«

Im Aufstehen fragte er: »Wie ist es denn passiert?«

Eugen entgegnete: »Das dürfen wir Ihnen zum jetzigen Zeitpunkt nicht sagen. Auch weil uns erst die Obduktion die endgültige Todesursache bringt. Aber falls Ihnen das was hilft: Sie hat nicht gelitten. Sie hat es wahrscheinlich nicht einmal so richtig bemerkt.«

Stocker fuhr sich über die Augen. »Na dann, gehen wir.«

21

Der Dürre machte sich den Spaß, sich hinter dem Steuer umzudrehen und Stocker, der neben dem Bulligen auf der rechten Seite saß, zu fragen: »Wohin darf's denn gehen?«

Worauf sein Kollege feixte: »Kaiserstraße 32, Lieferanteneingang. Aber schnell, wir haben Frischfleisch.«

Stocker schloss die Augen, atmete tief durch und sagte dann: »Habt ihr beide es schon mal beim Fernsehen versucht? Ihr seid ja so was von spontan komisch, dagegen ist der Dieter Nuhr ein Beerdigungsredner.«

Der Dürre schaute in den Rückspiegel. »An unseren Humor wirst du dich für einige Zeit gewöhnen müssen.«

»Wie heißt ihr beiden eigentlich? Ich habe eure Namen nicht so richtig verstanden.«

»Der Kollege am Steuer ist KHK Steinberg, ich bin KHK Bentlow. Alles, was du ab jetzt sagst, kann und wird gegen dich und so weiter und so fort. Das waren deine Rechte. Hast du die verstanden? Ich glaube ja nicht, dass du den Spruch heute zum ersten Mal hörst, wie?«

Steinberg streckte die Hand aus dem Fenster, um in den laufenden Verkehr einzuscheren. Dann schaute er wieder in den Rückspiegel. »Hey, Stocker, das war auch nur ein Spaß. Du kommst ja als Zeuge mit und nicht als Beschuldigter. Die nächste Frage ist inoffiziell. Wer ist Dieter Nuhr? Auch so einer wie du?«

Stocker schüttelte den Kopf, lehnte sich auf der Sitzbank zurück und beschloss, kein Wort mehr zu sagen, bis der Dr. Becker anwesend war.

Entsprechend schweigsam verlief die kurze Fahrt. Es sind ja nur vier Ampeln und ein paar Kurven von der Prinzregenten- in die Kaiserstraße.

Das Gebäude, in dem das Polizeipräsidium untergebracht ist, sieht eigentlich ausgesprochen hässlich aus. Ein alter Backsteinbau, dessen Ziegelblöcke im Lauf der Jahre eine graue, aber eigentlich undefinierbare Farbe angenommen haben.

Die beiden Kripo-Männer nahmen Stocker in die Mitte, schnell ging es in den zweiten Stock, wo Bentlow eine der Türen öffnete und dann zur Seite trat. »Wir haben vor unserem Plauschen ein bissel Papierkram, einchecken und so. Das machen wir aber alles für dich. Setz dich auf den Stuhl vor dem Schreibtisch, wir sind gleich wieder da. Rentiert sich also gar nicht, dass du schnell noch wo hingehst, okay?«

Die beiden lachten über den Spruch, und Stocker trat ein. Hinter ihm fiel die Tür ins Schloss, dann hörte er, wie der Schlüssel von außen zweimal umgedreht wurde.

Wenn du dir die Verhörzimmer in den Fernsehkrimis so anschaust, dann sehen die alle gleich aus: große, stylishe Räume mit dunklen Wänden. Keine Fenster, das Licht kommt von Neonröhren oder Spots von oben.

Der Tisch ist mindestens zwei oder drei Meter lang, einen Meter breit, und außer eventuell einem Mikro sowie einem Aufnahmegerät steht da nichts drauf. Und natürlich ist die Tischplatte mattglänzend und blitzesauber.

Die obere Hälfte einer Wand ist über die ganze Länge verspiegelt, und es ist natürlich immer einer von diesen Einwegspiegeln, du weißt schon.

Hinter diesem Spiegel ist dann noch ein zweiter Raum, der ebenfalls mystisch abgedunkelt ist. Da drinnen sitzen an einer Tischplatte, die ebenso lang ist wie der Spiegel, die Psychologen, vielleicht der örtliche Polizeichef oder ein paar junge, wunderschöne Profilerinnen. Und natürlich ist an den Wänden jede Menge Technik. Es blinkt und funkelt wie in der Zentrale vom Raumschiff Orion. Und meistens ist auf Kopfhöhe eine Digitaluhr in Bahnhofsuhrengröße, die die Sekunden und Minuten runterzählt, bis der Schurke auf der anderen Seite des Spiegels unter dem Verhördruck zusammenbricht und alles gesteht, auch dass er als Kind zum Weißen Riesen mal »Drecksack« gesagt hat.

Im Verhörraum selber: zwei clevere Kriminaler, einer jung,

einer mittelalt, gut aussehend, aber beide mit psychischen Problemen. Das heißt, einer ist meist geschieden, während der andere ein Verhältnis mit dessen Ex-Frau hat, was beide wissen. Aber harte Hunde wie die lassen sich nichts anmerken. An der Tür steht eine uniformierte, sexy Polizistin, die mit beiden was hat.

Die Wirklichkeit ist eher so: ein alter, verschrammter Büroschreibtisch mit zwei Stühlen. Dahinter, links und rechts in dem eher länglichen und schmalen Zimmer, sind zwei Fenster mit halb durchsichtigen, ehemals weißen Vorhängen. Man sieht über die Straße auf das gegenüberliegende Haus, in dem ein Bestatter residiert.

In der linken Ecke stirbt ein Ficus benjamina, so um die eins vierzig, vor sich hin.

Unter den Fenstern hängen zwei Radiatoren, mit unzähligen weißen Farbschichten versehen, aber solide Nachkriegsware, das muss man jetzt schon einmal sagen.

Der Boden ist von einer Linoleum-Auflage bedeckt, auf der man Kratzer, Flecken, kleine Brandlöcher und einige platt getretene Stubenfliegen bewundern kann.

Stocker versuchte, auf dem Stuhl eine bequeme Haltung einzunehmen, da er mit einer längeren Wartezeit rechnete.

Vor ihm, auf der Schreibtischplatte, stand ein älteres schwarzes Telefon. Er beugte sich vor, nahm den Hörer ab und lauschte: Kein Ton oder Freizeichen war zu hören.

Just in dem Moment drehte sich der Schlüssel sehr schnell im Schloss, und bevor Stocker den Bakelit-Hörer wieder auflegen konnte, betraten die zwei Komiker den Raum.

Der dürre Steinberg klatschte bedauernd in die Hände und grinste: »Der Zimmerservice ist heute nicht da. Ruhetag. Was wolltest du denn bestellen?«

Und Bentlow schob sich an seinem Kollegen vorbei, setzte sich auf einen der Stühle am Fenster und klopfte mit der rechten Hand auf den anderen neben sich. »Auf geht's.«

Er beugte sich vor, betätigte einen Druckknopf an dem alten

Telefon, nahm den Hörer ab und sagte: »Ist er schon da? Ja? Na, da hat er sich aber beeilt. Schick ihn hoch. In die Sieben.«

Steinberg setzte sich, und Bentlow beugte sich zu ihm: *»Elvis just came into the building.«*

Und zu Stocker: »Ab jetzt müssen wir dich siezen. Eigentlich schade, weil wir uns ja im Prinzip mögen, oder? Dein Star-Anwalt wird jeden Moment durch diese Tür hier schweben, dann fangen wir an.«

Wie auf ein geheimes Stichwort hin klopfte es an der Tür. Steinberg rief mit hoher Stimme: »Herei-hein!«

Dr. Becker, der Anwalt, sah genau so aus, wie man sich einen Anwalt vorstellt. Groß, schlank, kleines Bäuchlein, graue Haare, schwarze Brille, teurer grauer Anzug, weißes Hemd, Krawatte.

Er schaute sich im Raum um, stellte dann seine Aktentasche neben der Tür auf den Boden und sagte: »Guten Tag. Dr. Becker. Ich hole mir selber einen Stuhl, machen Sie sich keine Umstände. Herr Stocker, wie geht es Ihnen?«

Steinberg beugte sich über den Tisch und schaute Stocker an. »Berechnet der das mit dem Stuhl jetzt extra?«

Dr. Becker stellte seinen Stuhl neben dem von Stocker ab, setzte sich und sagte: »Ich vertrete Herrn Stocker anwaltlich. Ist dies eine Verhaftung?«

Worauf Steinberg in die Hände klatschte und mit empörter Miene ausrief: »Aber nein! Eine rein formelle Befragung. Ihr Mandant ist freiwillig hier, das haben wir ihm gesagt. Er kann jederzeit gehen. Stimmt doch so, Herr Stocker, oder?«

Stocker nickte, und Dr. Becker sagte: »Sehr schön. Können wir anfangen?«

»Aber ja. Gerne.«

Bentlow nahm ein digitales Aufnahmegerät aus seiner Jackentasche, starrte es an und drückte auf ein paar Knöpfe. »Ich steh auf Kriegsfuß mit dem technischen Kram. Aber ich glaube, so ist es okay.«

Er legte das schwarze Kästchen mitten auf den Tisch, beugte sich etwas vor und leierte: »Datum und Uhrzeit werden automatisch erfasst. Ich bin KHK Bentlow, neben mir ist KHK Steinberg. Befragung Albin Stocker zum Todesfall Anne Weinlinger in seiner Wohnung in der Prinzregentenstraße in Rosenheim. Genaue Anschrift, Personaldaten und so weiter sind bekannt. Ebenso wurde Herr Stocker über sein Aussage- und Zeugnisverweigerungsrecht aufgeklärt. Mit elektronischen Aufnahmen der Befragung ist Herr Stocker einverstanden, es handelt sich hier um keine Beschuldigtenvernehmung. Mit anwesend im Raum ist der Anwalt von Herrn Stocker, Herr Dr. Becker.« Bentlow holte tief Luft. »Herr Stocker, würden Sie uns den ungefähren Ablauf aus Ihrer Sicht schildern?«

Dr. Becker nickte, und Stocker beugte sich ebenfalls etwas vor. »Ja, gerne. Nach dem Anruf meines Nachbarn, dass in meiner Wohnung möglicherweise eine Person verletzt am Boden liegt, bin ich sofort von Atzdorf nach Rosenheim gefahren. Dort habe ich die Polizeiautos vor dem Haus gesehen und mit dem Polizisten unten am Eingang gesprochen. Sie beide haben mich oben in Empfang genommen. Ich habe die Leiche von Frau Weinlinger gesehen.«

»Woher wussten Sie, dass sie tot ist?«

»Weil sie in der Zinkwanne lag. Und weil ein Bestatter-Fahrzeug unten auf der Straße stand. Und weil Sie es mir gesagt haben.«

Die beiden Polizisten schauten sich an. Steinberg meinte: »Und dann?«

»Dann bin ich zusammen mit Ihnen durch die Wohnung gegangen. Sie wollten wissen, ob was fehlt.«

»Und, fehlte was?«

»Nein. Ich hatte den Eindruck, dass die Unordnung absichtlich gemacht wurde, um einen Einbruch vorzutäuschen.«

»Warum denn das?«, fragte Bentlow.

»Weil nichts fehlt?«

»Überlassen Sie die Schlussfolgerungen uns«, sagte Steinberg. »Warum war Ihr Nachbar auf der Terrasse vor der Wohnung?«

»Weil er bemerkte, dass was nicht stimmt. Die Rollos auf der Straßenseite waren am späten Vormittag noch unten. Ich stehe meist früh auf, auch wenn ich spät ins Bett komme. Also ist er über die Feuerleiter hoch und hat versucht, von der Dachterrasse aus in das Wohnzimmer zu schauen. Aber auch die Vorhänge vor der Schiebetür waren bis auf einen Spalt zugezogen. Dann hat er mich angerufen und gefragt, was er tun soll. Er hat einen Schlüssel, also habe ich ihn gebeten, reinzugehen. Er hat meine Bekannte auf dem Boden liegen sehen, ist zu ihr und versuchte, einen Puls zu ertasten. Sie war tot. Ich sagte ihm, er solle die Polizei informieren und vor das Haus gehen, um auf ihr Eintreffen zu warten. Und ich habe ihm gesagt, dass ich so schnell wie möglich da sein werde.«

»Warum hat er zuerst Sie angerufen und nicht gleich uns?« Bentlow versuchte, gelangweilt zu klingen.

»Weil er wusste, dass Anne, ich meine, Frau Weinlinger, seit ein paar Tagen bei mir aus und ein geht. Deswegen wollte er erst von mir wissen, was er machen soll.«

»Ah ja. Und Sie? Was haben Sie gesagt?« Steinberg lächelte maliziös.

Stocker atmete ein. »Das wissen Sie. Das habe ich Ihnen grade gesagt. Ich habe ihm aufgetragen, sofort die Polizei zu rufen, und gesagt, dass ich so schnell wie möglich komme.«

»Wo waren Sie zu diesem Zeitpunkt?«

»Im Bett.«

»Alleine?«

Stocker seufzte. »Ja, alleine.«

Bentlow erwiderte: »Um diese Zeit noch im Bett? Grade haben Sie erzählt, dass Sie immer früh aufstehen. Was also haben Sie denn da gemacht?«

»Gelesen und mich ausgeruht. Ich habe mich erst in den frühen Morgenstunden hingelegt.«

»Warum denn?«

Stocker lehnte sich zurück. »Weil ich mit einem Kollegen von Ihnen zusammen war. Von ein Uhr früh bis fünf oder sechs Uhr.«

»Interessant«, meinte Steinberg, »mit wem denn?«

»Ringo Müller. Polizei Prien.«

Steinberg starrte seinen Kollegen an. »Der meint den Ringo.

Weißt schon, den Gitarren-Würger. Aber der ist doch verheiratet. Sogar mit einer Frau. Oh Mann, wenn das seine Alte rauskriegt.«

Stocker lachte. »Leute, wir haben in meiner Kneipe eine Bühne mit Musikinstrumenten drauf. Wir üben manchmal. Und ja, auch nachts. Weil da die Kneipe zu ist und wir unsere Ruhe haben. Rufen Sie Ihren Kollegen Müller doch bitte an.«

»Alles zu seiner Zeit. In welcher Beziehung standen Sie zu Frau Weinlinger?«

Der Anwalt sagte: »Kein Kommentar. Nächste Frage.«

Bentlow verzog den Mund. »Haben Sie Frau Weinlinger getötet?«

Der Anwalt öffnete den Mund, aber Stocker sagte: »Nein, zum Teufel. Warum sollte ich?«

Steinberg setzte ein schiefes Grinsen auf. »Weil sie eine verheiratete Frau war? Weil sie nicht nur das, sondern die Frau eines allseits bekannten Stadtrates dieser Stadt war? Weil Sie ein Verhältnis mit ihr hatten, aber sie wollte das nicht mehr, sondern zurück zu ihrem Mann? Weil Sie den Ruf haben, schnell mal vom Verbalen ins Nonverbale zu fallen, wenn Sie mir folgen können?«

Dr. Becker legte eine Hand auf den Tisch. »Danke, meine Herren. Das war's für heute. Herr Stocker wird jetzt gehen, oder ist er schon zum Beschuldigten geworden?«

Pat und Patachon schauten sich wieder an, dann erwiderte Bentlow, der in dem Duo anscheinend das Sagen hatte: »Aber nein, aber nein. Sie können gehen, wann immer es Ihnen danach ist. Nur noch eines, Herr Stocker: Bitte halten Sie sich bis auf Weiteres zu unserer Verfügung. Wo können wir Sie antreffen, falls wir noch Fragen haben?«

»In meiner Kneipe, der ›Endstation‹ in Atzdorf. Da werde ich in nächster Zeit sein. War mir eine Freude, Ihren Humor genießen zu dürfen. Guten Tag.«

Stocker und der Anwalt erhoben sich fast zeitgleich und verließen ohne ein weiteres Wort das Zimmer.

22

Ungefähr eine halbe Stunde später saß Stocker in seinem alten Benz. Die Ampel am Ende der Innbrücke, wo es den Schlossberg hochgeht, du weißt schon, war auf Rot.

Im Auto vor ihm, einem schwarzen Mini, zog sich eine Frau den Lippenstift nach. Dabei schaute sie in den Rückspiegel, und ihre Blicke trafen sich kurz.

Hinter ihm, in einem weißen Passat, bewegten sich die Köpfe zweier junger Männer unisono zu einer Musik, die Stocker nicht hören konnte. Beide hatten kahl rasierte Köpfe und Holzfällerbärte.

Stocker wurde vom Summen seines Telefons aus seinen Grübeleien gerissen. Schnell drückte er auf den Knopf zur Aktivierung der Freisprechanlage. Eine quäkende, zornige Stimme kam aus den Lautsprechern: »Wissen Sie, wer ich bin?«

»Will ich das wissen?«

Die Ampel sprang auf Gelb und dann auf Grün. Stocker, der die Lautstärke runterregelte, reagierte nicht sofort, dafür aber die beiden Holzfäller hinter ihm. Der Fahrer hupte und schlug auf das Armaturenbrett. Der Beifahrer brüllte mir hochrotem Kopf Flüche, die der Stocker nicht hören konnte, und fuchtelte dabei mit seinen beiden Mittelfingern hinter der Frontscheibe herum.

Stocker grinste und formte mit Daumen und Zeigefinger einen Kreis, den er in Kopfhöhe hielt: Arschlöcher.

Das regte die beiden Trottel hinter ihm noch mehr auf. Stocker fuhr an, aber der weiße Passat hinter ihm machte ein paar Bocksprünge und blieb stehen, weil der Fahrer in seiner Wut wohl Gaspedal und Bremse gleichzeitig getreten hatte.

Die Stimme aus der Freisprechanlage ertönte wieder, diesmal etwas verunsichert: »Hallo? Sind Sie noch da? Hallo?«

»Ja.«

Sofort wurde der Ton wieder schneidender. »Mein Name ist

Jochen Weinlinger. Stadtrat Weinlinger. Sie sind schuld am Tod meiner Frau. Dafür werden Sie mir bitter bezahlen. Was haben Sie mit ihr gemacht?«

»Das, was du schon lange hättest machen sollen, dann wäre sie dir nicht davongelaufen.«

»Was erlauben Sie sich? Sie Dreckskerl!« Weinlingers Stimme überschlug sich fast. »Wenn ich Sie in die Finger kriege, sind Sie tot. Tot. Haben Sie mich verstanden?«

»Klar und deutlich. Wir beide haben da nur ein Problem.«

»Ach ja? Als da wäre?«

»Du musst dich weit hinten anstellen. Es sind schon ein paar andere Interessenten an der Sache dran. Mich umzubringen, meine ich. Auch wenn du ein verschissener Stadtrat bist, Vordrängeln läuft nicht. Hast du sie geschlagen? So was in der Art erzählte sie mir nämlich. Und ich weiß, dass Frauenschläger im Grunde jämmerliche Feiglinge sind.«

Die Stimme ging in ein hohes Jaulen über. »Was bildest du dir überhaupt ein, hä? Mit Ganoven wie dir machen wir kurzen Pro–«

Stocker drückte den Mann weg und schaltete sein Telefon aus.

Ich selber hab ja auch schon mal gesagt, den oder die könnte ich umbringen, ja was glaubst du? Jeder haut solche Sprüche raus, wenn ihm der Kragen platzt. Du bestimmt auch, oder?

Aber denkst du, dass du dazu in der Lage wärst? Jemanden zu töten, meine ich?

Es sagt sich leicht, aber es dann auch zu tun?

Dabei ist das Sterben an und für sich gar nicht so das Problem und kann auch nicht schwierig sein. Denn bis jetzt hat es noch jeder geschafft.

Aber das gewaltsame Nachhelfen, also, ich möchte da gar nicht drüber nachdenken.

Der Stocker, der hat damit eigentlich schon seit jeher wenig Probleme. Jemanden ins Jenseits zu befördern, meine ich. Bei dem war es beim ersten Mal schon so, dass es hieß, er oder der andere.

Und rein beruflich gesehen war er ja auch immer schon in einer, wie soll ich sagen, Hochrisiko-Berufsgruppe. Wenn dann einer wie der Weinlinger loskläfft, regt sich jemand wie der Stocker nicht groß auf. Sondern er überlegt nur kurz, wie ernst die Bedrohungslage werden könnte.

In diesem Fall: gleich null.

Menschen wie der Weinlinger, die sammeln Auszeichnungen, Urkunden, Titel, die belegen sollen, wer und wie wichtig man ist. Wer man aber wirklich ist, das verraten andere Dinge.

Wahrscheinlich wird er manchmal wach in seinem Bett liegen und drüber nachdenken, welches Leben er gelebt haben möchte. Und an was sich die anderen eines fernen Tages erinnern sollen, wenn sie an ihn denken.

Aber wie es eben so ist: Man versteht das Leben rückwärts, muss es aber vorwärts leben.

23

Ein paar Tage später las Stocker an der Theke im Gastraum die Todesanzeige von Anne Weinlinger in der Zeitung: Viel zu früh, edler Mensch, in tiefer Trauer, wirst immer in unseren Gedanken bleiben, bla, bla, bla, Beerdigung am soundsovielten auf dem Rosenheimer Friedhof. Von Beileidsbekundungen möge man bitte absehen.

Stocker legte die Zeitung zur Seite, biss sich auf die Unterlippe und rief zum x-ten Mal in der Klinik an. Man hatte ihm erzählt, der Kommissar würde heute im Lauf des Tages aus dem künstlichen Koma geholt, weil sich die Gehirnschwellung auf ein Maß rückgebildet hatte, das dieses Risiko zuließ.

Und zum x-ten Mal sagte ihm die Stationsschwester mit einer Engelsgeduld, dass man ihn schon anrufen würde, wenn es so weit sei. Ganz bestimmt.

In der Küche benahmen sich Nellie und der Drago wie zwei Teenies. Sie bestäubten sich mit Mehl, steckten sich gegenseitig Petersilie in die Ohren und warfen sich Spültücher an den Kopf.

Der alte Gregorian schickte alle acht Stunden eine neue Schicht seiner Männer nach Prien, um den Zuckerhahn zu bewachen.

Von Walter Setkau und seinem Boss, dem Wittmann, war nichts zu hören. Keiner wusste was.

Stocker war nach wie vor auf der Hut. Seine Erfahrung sagte ihm, dass sich da was zusammenbraute. Er sicherte die immer noch geschlossene »Endstation« jede Nacht ab wie eine Festung, stand in den Morgenstunden auf und machte seine Runde durch das alte Haus.

Der Anwalt Dr. Becker meinte, vonseiten der Polizei habe Stocker nichts mehr zu befürchten. Er habe für die Tatzeit, die nun feststand, ein wasserdichtes Alibi. Dank Aussage eines Polizeibeamten aus Prien.

Aber interessant sei die Sache schon, denn die Dinge hätten plötzlich eine Wendung genommen, die alle sehr verwirrte. Und den Polizeipräsidenten dazu brachte, flugs die »Soko Anne« ins Leben zu rufen. Einerseits, weil er mit dem Stadtrat Weinlinger und ein paar Rosenheimer Meinungsbildnern regelmäßig Golf spielte. Alle achtzehn Löcher, einmal die Woche in Höslwang. Und andererseits, weil man einfach nicht mehr weiterwusste.

In der Industrie und in der Politik macht man das ja ähnlich: Wenn du nicht mehr weiterweißt, bilde einen Arbeitskreis.

Aber zurück zum Fall: Man habe nämlich nicht zuordenbare DNA-Spuren im Penthouse entdeckt, erzählte der Anwalt. Dann jedoch festgestellt, dass sie einem Mann gehörten, der unter dem Namen Walter Settler für eine nicht näher genannte Behörde tätig war.

Nur: Besagter Walter Settler war seit einigen Jahren laut Aktenlage tot. Gestorben bei einem Zimmerbrand nach einer Explosion während Feindbeschusses der deutschen Botschaft im Jemen, in Sanaa, genau genommen. Eine verirrte Brandgranate hatte im ersten Stock der Botschaft eingeschlagen.

Und die wurde im Februar 2015 sowieso geschlossen. Das war in den Tagen der Machtübernahme der schiitischen Huthi-Miliz. Die Amerikaner, Briten, Franzosen und Italiener zogen ihre Botschafter und das gesamte Personal ebenfalls ab. In diesen Tagen ging es in dem Land auf der Arabischen Halbinsel zu wie in einem Tollhaus. Staatschef Abd Rabbo Mansur Hadi sowie die gesamte jemenitische Regierung traten zurück und standen unter Hausarrest.

Leute wie Wittmann und Setkau waren im Auftrag des MAD dort, und für beide ergab sich die eine oder andere Gelegenheit, zusammen mit amerikanischen Söldnern die eine oder andere Bank nebst Inhalt zu konfiszieren.

Bei so einer Gelegenheit kannst du natürlich, wenn es sein muss und du die richtigen Connections hast, schnell mal offiziell sterben.

Und sobald du wieder zu Hause bist, bekommst du von dankbaren Freunden deinen Tod amtlich quittiert und eine neue Identität.

Nur wird halt überall geschludert, auch bei den Geheimdiensten, denn sonst hätte man mit der DNA in den Akten auch was geändert.

Ergo: *Shit happens*, sagte das Glühwürmchen, als es versuchte, eine glimmende Zigarettenkippe zu begatten.

Jetzt wirst du sagen, Moment einmal: Settler, Setkau, das klingt doch eh schon gleich, was soll das?

Aber es ist so: Alias-Namen für Leute, die für die Regierung arbeiten, werden immer so angelegt, dass sie dem eigentlichen Namen ähneln. Da muss man sich als Namensträger dann nicht groß an die neue Identität gewöhnen.

Nehmen wir einmal an, du heißt Müller. Und du brauchst einen anderen Namen, für ein paar, sagen wir mal, delikate Aufgaben. Irgendwo auf der Welt, wo dich eh keiner persönlich kennt. Und die, die dich kennenlernen, die enden meist als Kollateralschaden.

Wenn in deinem neuen Pass jetzt »Wolpertsberger« oder »Schrammelhuber« steht, und du musst schnell was unterschreiben, oder dich ruft einer aus der Menge, dann reagierst du nicht so natürlich, wie wenn du Sepp Müller heißt, und dein Alias-Name ist Stefan Wühler oder so ähnlich.

Egal, auf jeden Fall ergab sich jetzt eine völlig neue Lage, das siehst du doch auch so, oder?

Drago kam, dicht gefolgt von Nellie, in die Gaststube. Die beiden gingen hinter die Theke, ohne den Stocker zu beachten.

Der schlug mit der flachen Hand auf die Zeitung und sagte: »Kinder, jetzt seid mal nicht so albern. Drago, hat dein Vater genug Leute? Weil ich denke, dass man auch versuchen wird, über ihn an dich ranzukommen.«

Drago riss eine Cola-light-Dose auf, nahm einen Schluck und rülpste. »Ich denke mal, mein Vater hat um die fünfzig Leute um sich rum. Und wenn es sein muss, kriegt er ganz schnell weitere fünfzig auf die Matratzen.«

Nellie, die sich den ersten Gin Tonic des Tages mixte, blickte erstaunt auf. »Auf welche Matratzen denn?«

»Meine Nachtblume«, meinte Drago und grinste Stocker augenzwinkernd an, »das sagen wir, wenn wir mobilisieren. Alle Männer, die mein Vater einteilt, verlassen ihre Familien und sammeln sich in Wohnungen. Die werden vorher ausgesucht und mit Matratzen, Waffen und Lebensmitteln ausgestattet. Nehmen wir mal an, jemand hat es auf meinen Vater abgesehen, und der hat Lunte gerochen. Je nachdem, wer und wie stark der Angreifer ist, wird reagiert.«

»Hoppala, das klingt ja nach Krieg«, sagte Nellie und trank. »Ja, der erste Schluck des Tages. Das perlt gut runter.«

Drago küsste sie auf die Stirn. »Vor ein paar Jahren hatten wir Ärger mit der Münchner Niederlassung der Nigeria-Connection. Die wohnen meist im Bahnhofsviertel, da hat sich nicht viel geändert. Aber damals wollten die unsere Plätze in der Innenstadt übernehmen und gleichzeitig die Villa in Grünwald angreifen.«

Drago lehnte sich mit dem Rücken an die Regale mit den Gläsern. »Wir hatten aber einen Informanten, deshalb wusste mein Vater in groben Zügen Bescheid. Also hat er dreißig Männer in und um die Villa postiert und im Bahnhofsviertel ein paar Hotelzimmer und eine Wohnung organisiert. In der Wohnung waren fünfzehn Männer und haben nur auf das Signal zum Losschlagen gewartet. In den Hotelzimmern jeweils bis zu vier Leute. Alle bewaffnet und rund um die Uhr einsatzfähig. Drei Tage lang ist nichts passiert. Dann bekamen wir den Anruf, dass zwei VW-Busse, rappelvoll mit Nigerianern, auf dem Weg nach Grünwald sind.«

»Wow, und dann?« Nellie beugte sich vor, während Stocker wieder in seiner Zeitung blätterte.

»Na ja, der Koordinator hat die Leute in der Villa alarmiert, und mein Vater hat die Trupps in den Hotelzimmern und die aus der Wohnung losgeschickt. Während die Kerle in den Bussen auf das Grünwalder Grundstück kamen und glaubten, keiner hätte sie bemerkt, griffen zeitgleich fünf Trupps von uns die Gangster-Boys an den Plätzen an.«

Nellie bekam große Augen, und Stocker meinte: »Jetzt erzähl ihr das Ende der Räubergeschichte aber auch, ja?«

Drago grinste. »Die in Grünwald kamen bis auf fünfzig Meter an das Haus ran, dann wurden sie von zwei Seiten aus unter Feuer genommen. Die am Bahnhof und auf den Verkaufsplätzen wurden vollkommen überrumpelt, weil mit so einer zeitgleichen Operation keiner von denen gerechnet hat. Und das Ende der Geschichte? Mein Vater hat sich mit dem Oberhäuptling der Gang in einem Hotel getroffen. Man hat sich auf Reviere geeinigt. Das heißt, wir haben denen zwei Drittel ihrer Plätze abgenommen und klargemacht, dass es beim nächsten Mal so ist, dass wohl keiner mehr übrig bleibt, der sich mit uns anlegen kann. In den Zeitungen wurde tagelang von einem Bandenkrieg in München geschrieben. Aber nach einer Weile wurden in diese Zeitungen der Fisch und das Gemüse vom Viktualienmarkt eingewickelt, und keiner hat mehr davon geredet.«

»Weil wir gerade vom Reden reden«, meinte Stocker und schaute den Drago an. »Was gibt es heute Abend zum Essen? Soll ich was mitbringen?«

Der schüttelte den Kopf. »Wenn euch das passt, was ich vorhabe, dann ist alles im Haus. Sind ja nur wir drei, heute Abend, oder?«

Nellie erwiderte: »Genau, wir drei. Was willst du denn machen?«

»Eines der Lieblingsgerichte meines Vaters. Und zwar genau nach seinem Rezept: gefüllte Hacksteaks, dazu einen warmen Kartoffelsalat mit Schwarzer-Knoblauch-Mayo. Wie klingt das?«

Stocker und Nellie nickten fast gleichzeitig, und du willst jetzt sicher auch wissen, wie das geht. Pass auf:

Ivos Hacksteaks mit Kartoffelsalat und Schwarzer-Knoblauch-Mayo

Für drei oder vier Leute brauchst du circa 800 g gemischtes Hack, aber frisch durchgedreht. Zwei Zwiebeln, vier Knoblauchzehen, 100 g geräucherten Bauchspeck, Räuchersalz, guten schwarzen Pfeffer, je 1 TL Paprikapulver süß und scharf und ein Händchen voll Semmelbrösel.

Die Zwiebeln und den Knoblauch hacken, den Bauchspeck in kleine Würfel schneiden, alles in der Pfanne mit etwas Öl anbraten. Zuerst den Speck, wenn der Farbe angenommen hat, die Zwiebeln dazu, am Schluss den Knoblauch.
Das Hackfleisch kommt in eine Schüssel, dann gibst du die Semmelbrösel hinzu. (Ich nehme ja immer Brezenbrösel, die sind würziger. Dein Bäcker macht dir bestimmt welche, wenn du nachfragst.)
Jetzt drei Viertel von dem Gemisch aus der Pfanne drüber, die beiden Paprikasorten und das geräucherte Salz. (Da habe ich welches, das mit Buchenholz geräuchert wurde und einen wunderbaren Geschmack gibt. Auch der schwarze Pfeffer sollte sehr hochwertig sein.)
Den Pfeffer mörsern und auch in die Schüssel.
Alles locker durchkneten und abgedeckt ruhen lassen.

Kartoffelsalat: Festkochende, gute Kartoffeln in der Schale kochen, etwas abkühlen lassen und warm schälen, in Scheiben schneiden und in eine Schüssel geben. Falls du noch ein gekochtes Ei mit reinschneidest, schadet das auch nichts und macht den Geschmack runder.
Jetzt kommt das, was noch von der angebratenen Speck-Zwiebel-Knoblauch-Öl-Mischung übrig ist, über die Kartoffelscheiben.

Falls du keinen schwarzen Knoblauch hast (das ist eigentlich frischer Knoblauch, der fermentiert wird und dadurch die schwarze Farbe bekommt und natürlich einen ganz aparten Geschmack), schau mal in die Regale für Salatsoßen. Da gibt es ein paar sehr gute mit schwarzem Knoblauch.
Wenn du aber welchen ergattern kannst, mach eine Mayo selber: Zimmerwarmes Olivenöl in ein hohes Gefäß, mit dem Küchenstab schlagen und langsam ein oder zwei Ei-

gelb (ebenfalls Zimmertemperatur) hinzufügen, du kennst das ja.
Jetzt vier bis sechs von den Schwarzer-Knoblauch-Zehen mitpürieren.
Dreh das Gefäß auf den Kopf. Wenn die Knoblauchmayo drinnen bleibt, ist sie perfekt. Wenn sie rausfließt und auf den Boden klatscht, dann such dir jemanden, der die Sauerei wieder aufwischt.
Die fertige Mayo (nicht die vom Boden) vorsichtig unter die Kartoffeln mischen. Eventuell mit Salz und Pfeffer nachwürzen.

Die ruhende Hackmischung aufwecken, in drei oder vier Portionen aufteilen. Mit dem Handballen zu rechteckigen Platten flach drücken, Käse deiner Wahl drauf (Mozzarella, Greyerzer, was immer du dahast), zuklappen, sodass der Käse nicht mehr zu sehen ist.
Von beiden Seiten bei großer Hitze anbraten, sodass deine Hacksteaks außen knusprig und innen noch schön saftig sind.
Dazu ein schönes kaltes Bier oder einen samtigen trockenen Rotwein.
Voilà!

24

Nellie legte den Kopf schief, hob einen Finger und schaute den Stocker an. »Pscht. Bei dir piept was!«

»Hast du noch alle?«

»Nein, ich meine, oben bei dir in der Bude. Ein Handy, glaube ich. Hörst du das nicht?«

Stocker schob sich vom Hocker und ging mit schnellen Schritten die Treppe hoch.

Drago rief ihm hinterher: »Diese Frau hört sogar Sachen, die nie einer gesagt hat.«

Oben angekommen, schaute sich der Stocker hastig im Zimmer um, und das Piepsen, gepaart mit einem Summton, ertönte wieder. Es war eines der Prepaid-Handys, die auf dem niedrigen Tisch bei der Sitzecke lagen.

»Ja?«

Die Stimme von Ivo Gregorian ertönte: »Da sind Sie ja, mein Freund. Wie geht's meinem Jungen?«

»Gut. Er hat sich hervorragend eingelebt, würde ich mal sagen.«

Gregorian seufzte. »Na wunderbar. Hören Sie, ich habe da was. Der Kerl, mit dem Sie sich auf der Krankenhaustoilette so nett unterhalten haben, haben Sie ihn schon gekriegt?«

»Nein. Ich denke, der ist zu seinem Boss nach München gefahren.«

»Ist er nicht. Wir wissen, wo der Bursche wohnt, der Walter Setkau, so heißt der.«

»Ich weiß.«

»Ach was. Hatten Sie während Ihrer nonverbalen Unterhaltung Zeit, Visitenkarten auszutauschen?«

Stocker grinste. »Nein, das haben wir doch glatt vergessen. Aber wissen Sie was, mein Lieber? Wir haben auch unsere Möglichkeiten, nicht nur Sie.«

Gregorian kicherte. »Na, so was. Dann wissen Sie bestimmt auch schon, wo der Graue wohnt. Leopold Wittmann, ja?«

Stocker spürte, wie es ihm kalt den Rücken runterlief und er eine Gänsehaut bekam. »Nein, das nicht. Wo wohnt er denn?«

»Sie werden lachen, aber der Herr residiert keine zwei Kilometer Luftlinie von mir entfernt. Wer hätte das gedacht? Ich jedenfalls nicht.«

»Wie haben Sie das rausbekommen?«

»Ganz einfach. Ich habe meine Leute losgeschickt. Einer von denen war in einer Eisdiele an der Tölzer Straße, um zu telefonieren. Für gewisse Gespräche müssen meine Jungs das Festnetz benutzen, verstehen Sie? Auf jeden Fall, unser Mann legte das Bild auf die Theke neben dem Telefon, und der Kerl, der ein paar Hocker weiter saß, stand auf, ging an dem Bild vorbei und sagte zu meinem Mann: ›Was willst du von dem?‹ Mein Mann sagt: ›Kennst du den Burschen?‹ Und der Kerl: ›Ja klar, der hätte in der letzten Woche beinahe meinen Hund überfahren. Nicht mal angehalten hat der Schnösel mit seinem dicken Benz, wie er da so aus seiner Ausfahrt rausgerauscht ist.‹ Und was soll ich Ihnen sagen, Herr Stocker, nach einer Minute wussten wir, wo der Wittmann sein Haus hat. Was sagen Sie jetzt?«

»Super. Und weiter?«

Es entstand eine kurze Pause, dann sagte Gregorian mit leicht heiserer Stimme: »Nichts weiter. Wir warten, bis er nach Hause kommt, und beobachten ihn. Sobald wir genug über seine Gewohnheiten wissen, statten wir ihm einen Besuch ab.«

Stocker räusperte sich. »Erinnern Sie sich an unser erstes Telefonat? Wir haben über den Preis meiner Hilfeleistungen gesprochen.«

Gregorian lachte auf. »Sie wollten doch kein Geld. Haben Sie das schon vergessen?«

»Will ich auch nicht. Aber Sie sagten, Sie würden mir einen Gefallen schulden. Egal welchen.«

Wieder eine Pause.

»Das verstehe ich jetzt nicht. Der Graue wird unseren Besuch wohl kaum überstehen.«

»Das meine ich ja. Ich will ihn haben. Er hat meinen Partner getötet. Deswegen will ich ihn. Das ist mein Preis. Und der Gefallen, den ich hiermit von Ihnen einfordere.«

Gregorian dachte nach, dann sagte er: »Wie soll das ablaufen? Sollen wir ihn schnappen und zu Ihnen bringen, oder wie haben Sie sich das vorgestellt?«

»Das weiß ich noch nicht. Überwachen Sie ihn. Sonst machen Sie nichts weiter, okay?«

»Von mir aus. Wie geht es dem Kommissar?«

Stocker stieß hörbar den Atem aus. »Schlecht. Wenn wir Glück haben, überlebt er. Dass er immer noch im Koma liegt, das wissen Sie bestimmt von Ihren Leuten, oder?«

»Ja. Und die werden übrigens in drei Schichten in und um die Klinik sein, so lange, bis der Mann aus dem Krankenhaus rauskann. Machen Sie sich da mal keine Gedanken. Das ist eine Ehrensache für mich. Schließlich hat er meinen Sohn in Sicherheit gebracht.«

Stocker lächelte. »Bei allem Respekt, aber es ist schon merkwürdig, wenn Sie von Ehre sprechen, ich meine, bei Ihrem Beruf.«

Gregorians Stimme wurde schärfer. »Ich sage Ihnen mal was. Mein Großvater kam in den frühen fünfziger Jahren nach München. Er verlor aber schnell seinen Job, weil er ein bisschen, wie soll ich sagen, heißblütig war. Aber in jenen Jahren konnte man viel Geld mit Schmuggel aller Art verdienen. Also gründete er mit ein paar Verwandten, die er aus der alten Heimat holte, eine Import-Export-Firma. Nebenbei verlieh er Geld an unsere Landsleute hier in München. Er kümmerte sich um die großen und kleinen Sorgen der Menschen in der Straße, später im ganzen Viertel. Als mein Vater die Geschäfte übernahm, ging schon keiner mehr von denen zur Polizei, wenn was schieflief. Die Menschen kamen zu uns, verstehen Sie?«

»Was ist aus Ihrem Vater geworden?«

»Den haben sie uns eines Nachts im Kofferraum eines geklauten Opel Kapitän vor die Tür gestellt. In vierzig oder fünfzig Stücke geschnitten, jedes einzelne davon säuberlich in Gefriertüten verpackt und mit Klebeband umwickelt.«

»Wer ist ›sie‹?«

»Oh, die? Die gibt es schon lange nicht mehr. Das war ein Tschetschenen-Clan mit Erweiterungsplänen. Ein halbes Jahr später habe ich unsere Firmengeschäfte übernommen.«

»Verstehe. Und irgendwann soll der Drago auf Ihrem Stuhl sitzen, so haben Sie es sich doch gedacht, oder?«

Gregorians Stimme wurde leiser. »Nein, das wird wohl nicht passieren. Schade. Aber der Junge will was anderes machen. Ich werde noch verrückt mit dem Kerl. Vor einem Jahr kam er an und wollte Koch werden. Ich konnte ihm das ausreden und habe ihm Geld gegeben, damit er mit seinem schwulen Freund den Saunaclub in Prien aufziehen kann. Seitdem lasse ich ihn machen, was er will. Vielleicht kommt er ja doch in den Schoß der Familie zurück, trotz seiner Veranlagung. Wissen Sie, in der alten Heimat hat man noch geglaubt, dass Homosexuelle so was wie Kranke sind. Dass man das heilen kann wie eine Lungenentzündung oder was weiß ich. Als mein Vater noch lebte, hat er mal vorgeschlagen, es mit einem Exorzisten bei dem Jungen zu versuchen. Damals war der Drago zwölf Jahre alt, und wir haben ihn mit einem Mann in einem Hotel erwischt.«

Er stieß ein bitteres Lachen aus, und Stocker sagte: »Na ja, wenn das mit der Krankheit stimmen würde, dann möchte ich behaupten, Ihr Sohn ist auf dem Wege der Heilung angekommen.«

»Und wie wirkt sich das aus? Hat er jetzt eine Transe? Das wäre schon mal besser als sein schrecklich schwuchteliger Freund.«

»Noch besser. Drago hat eine Frau kennengelernt. Jedenfalls ist sie anatomisch gesehen und rein äußerlich genau das.«

Ein trockenes Hüsteln kam aus dem Hörer. »Würden Sie das etwas näher erklären?«

»Ich bin selber erstaunt. Meine Geschäftspartnerin und liebe Freundin ist, seit ich sie kenne, dem Gleichgeschlechtlichen verfallen. Sie lebt mit ihrer Frau zusammen, und ich bin völlig erstaunt, wie sie und Ihr Sohn rumturteln.«

»Das sagt noch gar nichts, glauben Sie mir.«

»So? Dann habe ich mich falsch ausgedrückt. Die turteln nicht nur, die vögeln wie die Steinadler in der Brunftzeit.«

»Ihr Ernst?«

»Da ist kein Ernst im Spiel. Sie heißt Nellie, und die beiden benehmen sich wie Teenager.«

»Oblizvam zadnika nemski!«

»Bitte?«

»Nichts, entschuldigen Sie. Ich glaube, Ihre Nachricht macht mich glücklich.«

Stocker sagte: »Und was ist mit unserem Deal? Wegen dem Wittmann?«

»Der Deal steht, Herr Stocker. Sie sagen mir, wann Sie den Kerl haben wollen und wo, und wir liefern ihn frei Haus, okay?«

»Das ist schon mal ein guter Anfang. Was ist mit dem anderen, dem Setkau, dieser Rotblonde?«

»Der ist wie vom Erdboden verschluckt. Wir wissen ja mittlerweile auch, wo der wohnt, aber an der Adresse war er seit zwei Tagen nicht mehr. Wollen Sie den vielleicht auch mit im Deal haben?«

Stocker überlegt kurz. »Nein, passt schon. Ich habe eh so das Gefühl, dass der mir hier über den Weg laufen wird. Wenn Sie ihn eher kriegen: Waidmannsheil. Und viel Glück.«

»Danke, aber mit Glück hatte ich bis jetzt immer Pech. Noch was, Herr Stocker.«

»Ja?«

»Ich weiß, für was Sie mich halten. Aber wissen Sie was? Von den Bösen sind wir die Guten.«

»Hören Sie, es geht mich nichts –«

»Lassen Sie mich ausreden, ja? Natürlich verdiene ich mein Geld auf, sagen wir mal, diskussionswürdige Weise und durchaus im strafbaren Bereich. Da bin ich reingewachsen, und wenn es nach mir ginge, würde mein Sohn jetzt hier im Büro sitzen und lernen, wie das alles abläuft. Was ich Ihnen sagen will: In unseren Revieren, die wir ›Plätze‹ nennen, herrscht relative Ruhe. Wenn da irgendwelche Jugendgangs oder afrikanische Clans auftauchen und Drogen an Kids verkaufen, dann sind die schnell wieder weg, das können Sie mir glauben. Und die alten Menschen, die in den Vierteln, in unseren Plätzen, aufgewachsen sind und seit vielen Jahren dort wohnen? Die können abends mit dem Hund Gassi gehen, auch in den Parks. Denen passiert nichts, solange meine Leute da sind.«

»Was wird das? Sind Sie so was wie ein Robin Hood 2.0?«

Gregorian lachte auf. »Wir beide, wir könnten bei einer guten Flasche Wein viel Spaß haben, glaube ich. Ein letztes Wort, dann lasse ich Sie: Ich arbeite öfter mit der Polizei zusammen, als Sie vielleicht denken. Wenn neue Gesichter in der Stadt auftauchen oder wenn plötzlich Meth auf der Straße ist, dass die Dealer und Konsumenten reihenweise verrecken, dann kriege ich schon mal einen Anruf von meinem Mann bei der Drogenfahndung, um nur ein Beispiel zu nennen. Geben und nehmen, so läuft das.«

»Und Ihr Sohn wollte tatsächlich Koch werden?«

»Ja, und ich würde es ihm jetzt sogar durchgehen lassen, wenn er noch mal damit ankäme.«

Stocker überlegte einen Moment. »Und wenn er das jetzt tatsächlich machen will? Das Kochen, meine ich? Wäre Ihnen das nicht lieber als, sagen wir mal, eine Drogen-Sauna im Schwulenmilieu?«

»Ich weiß genau, worauf Sie hinauswollen. Wissen Sie was? Von mir aus kann er machen, was immer er will, solange er glücklich ist und am Leben bleibt. Guten Tag, Herr Stocker.«

25

Nellie stand unten an der Treppe und rief: »Albin, kommst du mal?«

»Was ist?«

»Der Moses hat angerufen. Seine Leute haben den Rotblonden gesehen. Wie heißt er doch gleich?«

Stocker trampelte die Stufen runter und packte Nellie an den Schultern. »Der heißt Setkau, das weißt du doch. Wo haben sie ihn gesehen?«

»Er kam aus dem Netto-Laden am Salinplatz und hatte zwei große Plastiktüten dabei. Lebensmittel, Getränke, so was in der Art.«

»Und dann?«

»Einer von Moses' Männern ist ihm gefolgt. Der Setkau ist in eine Wirtschaft in der Münchener Straße gegangen. Mit den Tüten. Der Kerl von Moses hat ein bisschen gewartet und ist dann auch rein. Da war der Setkau aber schon weg. Wahrscheinlich ist er hinten bei den Toiletten wieder raus und über die Bahnhofstraße verschwunden, sagt Moses. Die Kneipe hat nämlich einen Hintereingang. Die Truppe vom Salinpark, insgesamt sechs Mann, ist dann ausgeschwärmt, aber der Setkau war wie vom Erdboden verschwunden. Mitsamt seinen Plastiktüten.«

Stocker ging zur Theke, setzte sich auf einen der Hocker und kratzte sich am Kinn. »Einer wie der rechnet immer damit, dass er verfolgt wird. Deswegen macht er prinzipiell solche Manöver, das ist dem in Fleisch und Blut übergegangen. Wo wollte er hin? Mit zwei Tüten voller Lebensmittel?«

Nellie hob die Schultern, und Stocker sprach weiter: »Der muss ja irgendwo schlafen, sich waschen, essen, trinken, aufs Klo gehen und so weiter. Der hat sich entweder ein Zimmer gesucht, oder er kennt jemanden hier. Nein, hier kennt er niemanden, sonst müsste er nicht selber einkaufen gehen. Aber er hat einen Platz zum Schlafen.«

Drago kam aus der Küche. Die letzten Sätze hatte er mitgehört. »Da fallen mir drei Möglichkeiten ein: eine Pension, wo nicht lange gefragt wird. Solche gibt es in München rund um den Bahnhof in Hülle und Fülle. Hier in Rosenheim aber eher selten, glaube ich, dazu ist diese Stadt zu klein. Und er kann sich denken, dass man ihm auf den Fersen ist. Möglichkeit zwei: Er ist in einem Puff. Weil er da nur genug Geld auf den Tisch legen muss, dann kann er sich ein paar Tage verkriechen. Das glaube ich aber auch nicht, denn in so einem Bordell, da ist immer gut was los. Er müsste sich buchstäblich verstecken, sodass ihn keiner der Besucher zu Gesicht bekommt. Und ihr wisst ja, manche der Mädels verkaufen Informationen an Bullen, Gangs oder an Biker wie die Hells Angels. Nein, wenn, dann Möglichkeit drei: Er pennt im Auto, im Wald oder in einem Heuschober, einem leer stehenden Haus, so was würde ich machen.«

Stocker nickte. »Klingt gut. Übrigens, ich habe vorhin mit deinem Vater gesprochen.«

»Ach ja? Was sagt er?«

»Dass du eigentlich Koch werden willst.«

Nellie schaute den Drago ungläubig an, und der wurde rot wie eine Tomate. »Äh, ja, das stimmt so ungefähr. Weil ich von Tante Vaska viel gelernt habe, und das Kochen macht mir unheimlich viel Spaß. Aber der Alte hat gemeint …«

Drago schaute Nellie an, die ein breites, unverschämtes Grinsen im Gesicht hatte.

Er fauchte: »Da brauchst du gar nicht so blöd zu grinsen, Torte.«

Worauf sie ihm blitzschnell zwischen die Beine fasste, leicht zudrückte und meinte: »Jetzt sag noch ein einziges Mal ›Torte‹ zu mir, Süßer. Bitte. Weil du dann nämlich eine kometenhafte Karriere bei den Wiener Sängerknaben starten wirst.«

Drago befreite sich, ging in Richtung Küche und sagte über die Schulter, allerdings mit einem gewissen Sicherheitsabstand zwischen ihnen: »Ich mach uns schnell einen kleinen Happen. Wie magst du die Eier am liebsten, Torte?«

Und Nellie rief ihm hinterher: »Rasiert!«

26

Es muss so gegen neun Uhr abends gewesen sein, da kam der Anruf aus der Klinik: »Er erwacht aus dem Koma. Sie können zu ihm rein, wenn Sie möchten.«

Eine knappe Viertelstunde später stand Stocker mit einem jungen Arzt auf dem Flur. Der Doktor hatte beide Hände in den Seitentaschen seines weißen Mantels. Er hatte müde Augen und ein Vierundzwanzig-Stunden-Stoppelfeld um den Mund und am Kinn, weil man da bei so was nicht schon von »Bart« sprechen kann. »Er ist wach, aber er hat eine Fazialisparese. Idiopathisch, würde ich sagen. Bei ungefähr fünfundachtzig Prozent der Patienten legt sich die aber innerhalb von drei Wochen. Bei geeigneter Therapie, natürlich.«

»Von was genau sprechen Sie da jetzt, bitte?«

Der Arzt lächelte leicht. »Ach so, entschuldigen Sie. Ihr Freund hat eine Gesichtslähmung, aufgrund des Schädel-Hirn-Traumas, nehmen wir an. Sie müssen sich das so vorstellen: Der Fazialnerv ist der Gesichtsnerv. Er entspringt dem Gehirn und ist für die Bewegung von Augen- und Stirnmuskulatur verantwortlich. Ebenso wie für die Wangen-, Nasen- und Mundmuskeln. So was wird durch eine Verletzung, wie sie hier vorliegt, also ein heftiger Aufprall, Schläge auf den Kopf, aber auch durch einen Schlaganfall verursacht.«

»Kann er sprechen?«

»Nein, weil er ja die Mundmuskulatur nicht bewegen kann. Er wird wahrscheinlich nicht mal mit den Augen zwinkern können. Man ist in sich selbst, in seinem Körper eingesperrt, verstehen Sie? Vielleicht ist er in der Lage, etwas zu schreiben, wenn er vollkommen wach ist. Das wissen wir aber noch nicht. Wir wissen auch nicht, was er jetzt fühlt. Eine Gesichtslähmung bringt oft noch Symptome wie Gefühlsstörungen in vielen anderen Körpermuskeln mit sich, zusammen mit großen Missempfindungen und Kribbeln oder Brennen in Armen, Händen und Beinen. Er wird auch für einige Zeit wahrscheinlich Berührungen, Hitze oder Kälte nicht oder nur teilweise wahrnehmen können.«

»Danke, jetzt begreife ich so langsam. Hören Sie, Doktor, wenn ich jetzt zu ihm da reingehe«, Stocker deutete auf die Tür, »merkt er dann überhaupt, dass ich hier bin? Dass jemand im Zimmer ist?«

Der Arzt zuckte mit den Schultern, und in dem Moment summte das kleine schwarze Handy, das er in der Brusttasche seines Kittels hatte. »Ja? Nein, ich bin sofort da. Geben Sie mehr Sauerstoff. Was? Ja, das auch. Bis gleich.«

Er steckte sein Handy weg und legte Stocker eine Hand auf den Arm. »Ich muss weg. Gehen Sie rein, nehmen Sie einen der Schutzanzüge, eine Haube und einen Mundschutz aus dem Vorraum und ziehen Sie das an. Ach ja, und die weißen Überzieher für die Schuhe nicht vergessen. Dann können Sie ans Bett. Erzählen Sie ihm was. Bestimmt kann er Sie hören. Wir tun, was wir können.«

Der Arzt ging mit schnellen Schritten den Flur hinunter, und Stocker betrat das Vorzimmer, das nur von einer Neonröhre aus dem Raum, in dem der Zuckerhahn lag, durch die dicke Glasscheibe hindurch beleuchtet wurde.

Stocker stieg in den Overall, streifte die wie Tüten aussehenden Beutel über seine Schuhe, setzte sich die weiße Haube auf und zog die Halter des Mundschutzes hinter die Ohren. Dann betrat er das andere Zimmer.

In dem breiten, hohen Bett lag eine mumienähnliche Gestalt. Schläuche verbanden sie mit einem verchromten Ständer auf Rädern, an dem drei durchsichtige, flache Beutel hingen, aus denen glasklare Flüssigkeit tropfte.

Über dem Stirnende des Bettes sah Stocker sechs Monitore, die flackerten, leuchteten, summten und piepten. Aus dem Mund des Kommissars verlief ein zentimeterdicker, weißer, gerippter Schlauch, der zu einer Beatmungsmaschine führte, die Geräusche machte, die an einen Tiefseetaucher erinnerten.

Teile der rasierten Schädeldecke waren sichtbar, aber mit einem

Dutzend Elektroden beklebt, deren Kabel zu einem fernseherähnlichen Gerät führten, das auf einem Rollwagen am Kopfende des Bettes stand.

Stocker zog sich einen Stuhl heran und setzte sich nahe an die fast vollständig bandagierte Gestalt.

Fast im Flüsterton sagte er: »Zorro, kannst du mich hören?«

Keine Reaktion.

»Ich habe draußen mit dem Arzt gesprochen. Er meint, wir sollten heute nicht im Garten spazieren gehen, weil es gleich regnen wird.«

Keine Reaktion.

»Pass auf, wenn du mich hören kannst, dann mach was mit den Augenlidern, wackel mit einem Ohr, tu irgendwas. Ich beobachte dich ganz genau, okay?«

Wieder: keine Reaktion. Weder die Augen hinter den geschlossenen Lidern noch einer von den wenigen Gesichtsmuskeln, die man unter den weißen Gaze-Bandagen sehen konnte, bewegten sich. Und beide Ohren waren sowieso bis auf das untere Drittel unter Mull.

»Zuckerhahn, ich hab mal eine gekannt, die konnte mit den Ohrläppchen wackeln. Das kannst du aber eher nicht, oder? Diese Frau, die war sowieso ein wenig merkwürdig. Stell dir vor, ihre Kleider und die Unterwäsche hat sie nicht nach Farben oder so was sortiert. Nein, die hatte drei Abteilungen im Kleiderschrank: Passt. Könnte mit viel Glück mal wieder passen. Und als Drittes: Vergiss es. Da kannst du jetzt nicht drüber lachen, was? Auch gut, dann erzähle ich dir was anderes. Pass auf: Der Kerl, der dich umlegen wollte, der hat es auch bei mir versucht. Hätte auch beinahe geklappt. Aber ich lebe noch, und er ist mir dummerweise entkommen. Oder ich ihm, je nachdem, wie man das sehen will. Wir wissen aber jetzt, wer er ist. Und auch, wer sein Boss ist und wo beide wohnen, wie sie heißen und so weiter. Das ist doch schon allerhand, was meinst du dazu?«

Stocker starrte auf das, was man von Zuckerhahns Gesicht sehen konnte: die Augenpartie, Nase, einen Teil der Wangen und den Mund. Nichts bewegte sich. Nur der Schlauch der Atemmaschine hob und senkte sich bei jedem Ein- oder Ausatmen zitternd um ein paar Millimeter.

Um sich besser zu konzentrieren, hielt Stocker die Luft an, beugte sich vor und starrte auf Zuckerhahns geschlossene Augen.

Plötzlich fühlte er an seinem Arm, der dicht an der linken Hand des Kommissars lag, eine federleichte Berührung. Er schaute nach unten und sah, dass sich der kleine Finger des Manns etwa einen Zentimeter nach links und dann wieder zurück nach rechts bewegte.

»Du elender Simulant. Du hast ja Moves drauf wie ein Balletttänzer. Verstehst du, was ich sage? Wenn ja, bewege den kleinen Finger.«

Stocker beobachtete die Hand. Ganz langsam glitt der Finger nach links, verharrte und bewegte sich anschließend in schildkrötenartigem Tempo etwa einen Zentimeter nach rechts.

»Hab ich mir doch gedacht, dass du hier nur eine Show abziehst. Wir probieren jetzt mal was: Ich frage dich, und wenn die Antwort ein klares Ja ist, dann machst du den krassen Finger-Trick. Wenn du Nein sagen willst, dann hältst du dich still, auch wenn's dir schwerfällt. Okay? Hast du das kapiert? Dann antworte klar und deutlich.«

Der kleine Finger kroch sehr langsam zur Seite und wieder zurück.

»Sehr gut. Aber wenn's geht, etwas leiser. Hier kommt Frage eins: Hast du starke Schmerzen?«

Der Finger bewegte sich.

»Ja, hast du. Willst du mehr Schmerzmittel? Soll ich jemanden holen?«

Keine Bewegung.

»Zuckerhahn, du musst hier nicht auf Clint Eastwood machen. Hey, weißt du überhaupt, warum der immer, fast rund um die Uhr, ein kaltes, halb gerauchtes Zigarillo seitlich im Mund hatte? So eines von der ganz dünnen, schwarzen Sorte? Komm schon, sag was!«

Aber der Finger bewegte sich nicht.

»Ich sehe schon, selbst das weißt du nicht. Das hat er aber eh nur ganz wenigen Menschen verraten. Er machte das mit dem Zigarillo wegen seiner coolen tiefen und knarrenden Stimme. Wenn er das Zigarillo rausnahm, klang der alte Clint wie Donald Duck.«

Der Finger zuckte.

»Aha, so sieht das also aus, wenn du lachst. Dann gefällt dir auch das: Draußen im Flur, unten in der Halle und vor dem Krankenhaus sind Leute vom alten Gregorian. Die bewachen dich rund um die Uhr. In drei Schichten. Hast du das gehört?«

Der Finger bewegte sich seitlich und zurück.

»Sehr gut. Der Rotblonde, der hier in der Klinik versucht hat, dir noch ein paar überzubraten, heißt Walter Setkau, arbeitet für den Wittmann und ist wahrscheinlich noch in Rosenheim. So weit verstanden?«

Wieder bewegte sich der Finger.

»Der hat dich verfolgt, als du auf dem Heimweg warst, hat dich von der Straße gedrängt und wollte dir dann den Rest geben. Dabei ist er aber wahrscheinlich gestört worden. Die Ermittlungen sind dem örtlichen Schützenverein aus der Hand genommen worden, alles ist unter Verschluss. Dafür haben die Freunde vom Wittmann gesorgt, denke ich mal. Was meinst du?«

Wieder kam das Finger-Ja.

»Vorhin hab ich mit einem der Ärzte gesprochen. Der sagte, das, was ihnen noch ein bisschen Probleme macht, das ist dein Schädel-Hirn-Trauma. Er meint, das mit der Lähmung geht wieder weg. Du wirst dich noch ein paar Tage ziemlich beschissen fühlen, aber die anderen Verletzungen sind nicht so tragisch. Schlimm ist das, was du jetzt gerade durchmachst. Hältst du das noch ein paar Tage lang aus, was meinst du?«

Stocker schaute wie gebannt auf den kleinen Finger. Doch der bewegte sich nicht.

»Also, ich finde das sehr unhöflich. Wenn man gefragt wird, dann gibt man eine Antwort. Zuckerhahn, du musst das durchhalten. Ich brauche dich. Es sind noch ein paar Dinge passiert, die nicht schön sind. Alleine packe ich das nicht. Noch mal die Frage: Hältst du das durch?«

Jetzt bewegte sich der Finger: erst einmal, dann zurück, dann noch einmal und zurück.

»Aha, das heißt: Ja, ja. Und du willst sagen, ich nerve dich, ich weiß. Wir machen jetzt ein anderes Experiment: Ich sage Buchstaben auf. A, B, C und so weiter. Wenn du mir was sagen willst, dann bewege beim entsprechenden Buchstaben den Finger. Aber komm mir nicht mit Wörtern wie Bundesbahndirektorenjahresbonusvergütung oder so, okay? Ich fange jetzt an, konzentrier dich. A … B …«

Schon glitt der Finger des Kommissars zur Seite und zurück.

»Also ein B. Super. Ich fange immer wieder von vorne an, sonst funktioniert das nicht. Ich hoffe, du hast noch ein bisschen Zeit. Also, A … B … C …«

Bei dem Buchstaben »I« bewegte sich Zuckerhahns Finger wieder.

»Also ›Bi‹, schon mal gut. Hoffentlich wird das nicht ›Bielefeld‹, weil ja viele im Netz behaupten, die Stadt gäbe es gar nicht. Weiter geht's: A … B … C …«

Bei »E« kam Bewegung in den Finger.

»›Bie‹, verstehe. Wir machen weiter: A … B … C …«

Diesmal dauerte es ziemlich lange, denn erst bei dem Buchstaben »R« machte der kleine Finger wieder seine Bewegung.

»BIER. Ich glaube, ich spinne. Aber wenn du willst, dann fülle ich einen der Infusionsbeutel mit einem halben Liter kaltem Hefeweizen auf. Das würde dir doch gefallen, oder?«

Wieder kam das Finger-Ja, diesmal sogar ziemlich schnell.

»Na, so was. Pass auf, du Plappermäulchen, ich gehe jetzt wieder. Hat mich sehr gefreut, mit dir so angeregt zu plaudern. Morgen komme ich wieder. Lauf also nicht weg. Versprichst du mir das?«

Der Finger signalisierte ein eindeutiges »Ja«, und Stocker tätschelte den Arm und verließ grinsend das Zimmer.

Auf dem Flur traf er den Arzt von vorhin wieder an. Der Mann lehnte an der Wand und unterhielt sich leise mit einer Schwester. Stocker gesellte sich zu den beiden und erzählte von seinem Finger-Experiment.

»Tja, ob wir ihm ein kaltes Bier in die Adern jagen, das weiß ich jetzt nicht so genau. Dazu gibt es im Moment sehr wenig wissenschaftliche Erkenntnisse. Aber wir werden die Dosis der Schmerzmittel erhöhen und ihn wieder in den Schlaf versetzen«, sagte der Arzt lächelnd. »Ihnen muss ich ein Kompliment machen, Herr Stocker. Wenn Sie mal einen Job als Übersetzer für schwierige Patienten brauchen, kommen Sie zu uns.«

Dann ging er in Zuckerhahns Zimmer, gefolgt von der Schwester.

Stocker nickte den beiden Leuten zu, die neben dem Getränkeautomaten auf den braunen Ledersofas saßen und ihn mit wachen Augen beobachteten. »Danke für alles, was ihr für meinen Freund da drinnen tut, Jungs.«

Dann öffnete sich die Aufzugstür, und Stocker blinzelte sich im Spiegel in der Kabine zu, während er auf »E« drückte.

27

Stocker fuhr langsam auf die »Endstation« zu und beobachtete die Umgebung. Rechts von der Straße lag bewaldetes Gebiet. Links standen neue Einfamilienhäuser, hinter den meisten Fenstern war es dunkel. Aus einigen Wohnzimmern sah man durch die geschlossenen Gardinen das bläuliche Flackern von Fernsehbildschirmen.

Nach der Eisenbahnbrücke bog er links ab in die schmale Teerstraße, die zu der Kneipe führte. Im fahlen Licht der zwei Straßenlaternen huschten zwei Katzen über die Fahrbahn.

Der Biergarten vor der »Endstation« war durch die Strahler in den alten Kastanienbäumen erleuchtet, und nur aus den beiden Küchenfenstern drang Licht.

Stocker bemerkte, dass die Vorhänge nicht ganz geschlossen waren, und als er auf den Eingang zur Gaststätte zuging, konnte er durch den schmalen Schlitz zwischen den blau geblümten Vorhängen Nellie und den Drago sehen.

Sie saßen am Küchentisch, vor sich eine Flasche Wein, zwei Gläser und einen Teller mit geschnittenem Käse.

Nellie redete auf Drago ein, der, eine Hand unter dem Kinn, mit ungläubigem Gesichtsausdruck zuhörte.

Stocker betrat die Gaststube, rief: »Ich bin's!«, zapfte sich hinter der Theke ein kleines Bier und marschierte damit in die Küche.

Drago winkte ihn heran. »Setz dich bitte zu uns. Das musst du dir anhören. Diese Frau hier meint allen Ernstes, dass ich noch nicht erwachsen bin.« Kopfschüttelnd und grinsend schenkte Drago Wein in die beiden Gläser nach.

Stocker sagte: »Wie alt bist du?«

»Neunundzwanzig.«

Nellie schlug triumphierend mit der flachen Hand auf den Tisch. »Bitte! Bitte! Meine Worte. Der Kerl ist noch nicht so weit.« Dann schaute sie den Stocker ernst an. »Das erzähle ich dir gleich. Wie geht es dem Kommissar?«

Stocker trank einen Schluck und stellte das Glas ab. »Schwer zu sagen. Die Ärzte meinen, er könnte es schaffen. Allerdings ist er nicht ansprechbar. Die Gehirnschwellung nimmt ab, und ich konnte mit ihm kommunizieren. Mit Fragen und Fingerzeichen. Er hat Schmerzen und ist teilweise gelähmt. Das verschwindet aber wieder, sagen die Ärzte. Um was geht es bei euch?«

Nellie lachte. »Der Kerl hier macht Dinge, und wenn ich ihn frage, warum er das macht, dann sagt er, er hat sich nichts dabei gedacht. Womit er recht hat. Weil er noch gar nicht richtig denken kann.«

»Was?« Stocker schaute von Nellie zu Drago und zurück.

»Pass auf«, sagte sie, »ab achtzehn darfst du als Mann zwar wählen, Auto fahren, wild in der Gegend rumvögeln, komasaufen und was weiß ich noch. Aber du bist noch nicht erwachsen.«

»Das kapier ich jetzt nicht«, meinte Stocker.

»Na ja, du bist ja auch schon jenseits der vierzig. Es ist so: Bei Männern braucht das eigentliche Gehirn, der präfrontale Cortex, an die dreißig Jahre, bis es voll entwickelt ist. Dementsprechend ist die Kommunikation zwischen den verschiedenen Hirnbereichen erst mit circa dreißig voll ausgebildet. Sprich: Normales, vernunftbegabtes Denken vor dem dreißigsten Lebensjahr ist bei einem Mann reine Glückssache.«

Stocker hob die Hand, aber Nellie ließ ihn nicht zu Wort kommen. »Gleich bist du dran. Weiter im Vortrag: Laut dieser Tatsache, die ich übrigens gegoogelt habe, hat der Penis einen Vorsprung von fünfzehn Jahren gegenüber dem Gehirn. Was wiederum im Umkehrschluss bedeutet, dass die meisten Männer unter dreißig fast ausschließlich mit dem Schwanz denken und von diesem Unterleibsdenken auch entsprechend gesteuert werden.«

Sie deutete mit dem Zeigefinger auf den grinsenden Drago. »So wie dieses Exemplar eines sprechenden Pimmels.«

»Warum sagst du so was, mein Törtchen?«

»Weil du endlich mal den intellektuellen Unterschied zwischen Männern und Frauen kennen und akzeptieren musst. Und daraus möglicherweise lernst, wie man ein weibliches Wesen behandelt.«

»Ich dachte, du liebst mich so, wie ich bin?«

»Die Frage ist nicht das Problem, sondern die Antwort. Und die lautet: Ich habe keine Ahnung. Frag mich das in ein paar Monaten noch mal. Dann bist du dreißig und kannst die Konsequenzen deiner Frage erfassen und durchdenken.«

Stocker lehnte sich zurück. »Wie kommt ihr eigentlich auf so ein Thema?«

Nellie funkelte den Drago an. »Weil er hier immer seine frauenfeindlichen Witze bringt. Und wenn ich ihn frage, was der Scheiß soll, dann meint er, er habe sich nichts dabei gedacht.«

»Welche Witze?«

Nellie ahmte Dragos tiefe Stimme nach: »Kennst du den Unterschied zwischen einem Mops und dir? Hunde tragen auch bei starkem Übergewicht keine Leggins.«

Sie schaute den Stocker an. »Verzieh jetzt auch nur einen Gesichtsmuskel, und ich haue dir diese Weinflasche über die Rübe!«

Stocker hob die Hände, stand auf und ging zur Schwingtür. »Ich muss eh noch mal schnell telefonieren, fällt mir grade ein. Und den Witz finde ich abscheulich. Echt jetzt.«

Zu lachen traute er sich aber erst auf der Treppe.

28

Den alten Gregorian erwischte er erst mit dem zweiten Versuch.

»Ich wollte Sie auch anrufen, Herr Stocker. Wir haben uns das Haus vom Wittmann angesehen. Das wird schwieriger als gedacht.«

»Warum?«

»Alleine auf dem Grundstück sind acht bewegliche Kameras. Vielleicht sogar noch mehr. Ich habe die Aufnahmen hier, und die schicke ich Ihnen gleich auf den Computer.«

»Welche Aufnahmen?«

»Von der Drohne.« Stocker konnte hören, wie sich Gregorian am Kinn kratzte. »Kurz bevor es dunkel wurde, haben sich zwei meiner Jungs mit einer Mini-Drohne das Grundstück und die Villa angesehen.«

»So ein Ding macht doch einen Höllenkrach!«

Gregorian lachte auf. »Dachte ich auch. Aber das Gerät ist nicht größer als eine Streichholzschachtel. Gut, es kann nur knappe zehn Minuten in der Luft bleiben, aber dafür hört und sieht man es nicht. Die beiden Männer sind mit einem Kleintransporter einer Klempnerfirma bis zum Nachbarhaus gefahren, die Drohne haben sie vom Autofenster aus gestartet, und der Mann im Laderaum hat sie über einen Laptop gesteuert und alles aufgenommen.«

»Die Überwachungskameras? Damit habe ich gerechnet. Was noch?«

»Wir haben sehr gute Aufnahmen vom Inneren des Hauses. Die Drohne ist nahe an verschiedene Fenster gesteuert worden. Passen Sie auf: In der Villa wohnen mindestens drei weitere Männer. Bodyguards wahrscheinlich. In einem der oberen Räume kann man einen Tisch mit Waffen sehen. Zwei Maschinenpistolen mit Schalldämpfern, ein Scharfschützengewehr mit einem Stativ, drei Nachtsichtgeräte, alles gute Ware. Von da oben aus hat man ein sehr gutes Schussfeld. Wenn die Kameras oder Bewegungsmelder was erfassen, gibt das der Mann in dem Raum mit den Monitoren an den oder die oben im Zimmer weiter, mit den Koordinaten natürlich. Dann wird zur Jagd geblasen, und den oder die Eindringlinge erwischt es auf dem Weg von der Mauer zum Haus.«

»Okay, was noch?«

»Schauen Sie sich das Konferenzzimmer an. Den Raum im ersten Stock, die rechten drei Fenster. Es stehen zwei große Flipcharts am Ende des Tisches. Auf dem einen sind Zahlen, Berechnungen, so was eben. Auf dem anderen Flipchart ist eine Landkarte. Eingezeichnet sind eine Flugroute und mehrere Straßenstrecken, die zu verschiedenen Städten im Bayerischen Wald führen. Alle in Grenznähe. Und alle eingezeichneten Routen kommen aus Prag.«

»Und die Flugstrecke?«

»Die zeigt eine Linie. Sie beginnt unterhalb von München, würde ich sagen, und führt ebenfalls nach Prag.«

»Was konnten Ihre Leute noch sehen?«

»Keine Personen, wenn Sie das meinen. Wenn von der Security wer im Haus war, dann bestimmt in dem Raum, von dem aus die Kameras drinnen und draußen überwacht werden. Unter der Villa ist eine Tiefgarage. Das Tor war offen. Darin stehen ein Porsche, ein Range Rover und ein unauffälliger alter Golf. Wittmanns Mercedes war nicht da. Das Haus und das Grundstück sind sehr gut abgesichert. Wir kämen da schon rein, kein Thema, aber das würde eine ziemliche Ballerei geben, denke ich. Und in unserer Gegend ist die Polizei ruckzuck vor Ort. Wir können ihn also nur angreifen, wenn er im Auto unterwegs ist.«

Stocker überlegte. »So wie ich den Wittmann einschätze, wird der nicht an jedem Tag die gleiche Strecke fahren. Und wahrscheinlich hat er auch für unterwegs ein Sicherheitssystem.«

»Sie meinen, ein Wagen vor ihm, einer dahinter? Das wäre kein Problem für uns.«

»Nein, das meine ich nicht«, sagte Stocker. »Der Wittmann ist ein absoluter Profi, sonst wäre er schon lange tot. So einfach wird er es Ihnen nicht machen. Wissen wir was Neues über seinen Kerl, den Setkau?«

»Nein. Und das wollte ich Sie auch fragen. Wie geht es meinem Sohn?«

»Etwas zu gut, glaube ich. Wollen Sie mit ihm reden? Dann hole ich ihn ans Telefon.«

»Nein, lassen Sie nur. Grüßen Sie ihn bitte von mir. Die geschäftliche Kommunikation klappt zwar, aber im privaten Bereich gibt es noch Aufholbedarf. Das ist so ein typisches Vater-Sohn-Ding, glaube ich. Wie geht's dem Kommissar?«

»Unverändert.«

»Dann hoffen wir auf schnelle Besserung. In ein paar Minuten haben Sie die Drohnen-Aufnahmen. Wenn Ihnen was auffällt, das wir vielleicht übersehen haben, rufen Sie mich an, ja?«

»Ja. Danke und eine gute Nacht.«

Stocker legte das Handy wieder auf den Tisch und klappte seinen Laptop auf.

Nach etwa einer Minute hatte er den Film im Posteingang und konzentrierte sich auf die Aufnahmen. Die Villa war von einem riesigen, parkähnlichen Grundstück umgeben. Um die zehn- bis fünfzehntausend Quadratmeter, schätzte er.

Drei kleine Baumgruppen, allesamt hochstämmige Birken, standen neben einem Teich. Ansonsten hatte man freie Sicht und, wenn es sein musste, ein gutes Schussfeld nach allen Seiten.

Die drei Meter hohe Betonmauer verlief ohne Unterbrechungen entlang der Grenzlinien zu den Nachbarn. Stocker zoomte sich das Gebiet hinter dem Haus heran: Dort sah er eine kleine Pforte, die zu einer der Seitenstraßen führte. Ansonsten konnte man das Grundstück nur über das Haupttor betreten oder befahren.

Die Drohne wurde nun an die Fenster gesteuert, und Stocker stoppte den Film mehrmals, um sich die Fenster-Ausschnitte zu vergrößern.

Die Räume, in die er sehen konnte, waren gut, aber nicht luxuriös eingerichtet. Keine Pflanzen in der Eingangshalle oder den Zimmern, das war das Einzige, was auffiel.

Den Konferenzraum, den Gregorian angesprochen hatte, nahm er sich intensiver vor. Aber auch dort sah er nichts, was ihn weiterbrachte. Die Stühle um den Tisch herum waren aus Plexiglas. Ohne uneinsehbare Hohlräume, was das Anbringen von Wanzen vereitelte.

Die Fenster der Villa waren aus einer speziellen Dreierverglasung gefertigt, und der eigenartige Glanz verriet ihm, dass sie wohl mit einer dieser neuen, hauchdünnen und mehrschichtigen Polyesterfolien überzogen waren, was sie abhörsicher machte.

Stocker versuchte, eine der Wände heranzuzoomen. Das Bild wurde zwar leicht undeutlich, er konnte aber erkennen, dass die Tapeten ein Wabenmuster aufwiesen, das auf eingewebte Metallgitter hindeutete, die den Raum in eine Art Faradayscher Käfig verwandelten und somit eine Abschirmung gegen elektromagnetische Angriffe bildeten.

Anders gesagt, der Raum war einerseits absolut abhörsicher, andererseits konnte auch niemand aus dem Zimmer nach draußen telefonieren, weder über Mobilnetz, Bluetoothgeräte noch WLAN.

Sehr clever.

In einer Ecke stand eine schuhschachtelgroße Wärmebildkamera auf einem Dreier-Stativ.

Wenn man durch so eine Kameralinse nachts das Gelände beobachtete, konnte man aufgrund der Körperwärme, die jeder lebende Organismus ausstrahlt, sofort erkennen, ob und wo sich Eindringlinge auf dem Grundstück befanden.

Bestimmt hatten sie in allen strategisch wichtigen Räumen solche Kameras stehen. Was im Umkehrschluss bedeutete, dass die Wachposten im und um das Haus mit Sicherheit Infrarot-Zielsysteme auf ihren Gewehren hatten.

Es würde also tatsächlich sehr schwer sein, Leopold Wittmann in seinem Haus anzugreifen oder ihn zu entführen.

Und von einem Überfall oder Kidnapping auf offener Straße hielt Stocker überhaupt nichts, weil die Gesamtsituation zu unberechenbar war, egal wie man das anging.

Er klappte seufzend den Laptop zu und legte sich auf sein

Bett, um nachzudenken. Dabei musste er eingeschlafen sein, denn als ihn ein klirrender, zischender Knall weckte, ging sein erster, erschrockener Blick zur Uhr: zwei Uhr dreißig.

Vielleicht sollte ich dir jetzt erklären, warum die meisten Menschen, die sich mit Eigentumsübertragungen aller Art beschäftigen, also Einbrecher und Schlimmeres, diese Zeit aussuchen. »Wolfsstunde«, so nannte man schon früher diesen Teil der Nacht zwischen zwei und drei Uhr. In den Stunden nach Mitternacht ist es nicht nur am dunkelsten, die meisten Menschen schlafen dann auch am tiefsten.

Ausgenommen davon sind natürlich geübte Trinker. Die werden regelmäßig in dieser Stunde wach, weil man sie in Schlucker-Kreisen und in der alternativen Medizin die »Stunde der Leber« nennt. Ab ein Uhr nachts bis circa drei Uhr hat unsere Leber ihre Hauptarbeitszeit. Und so gegen drei Uhr zirkulieren besonders viele Zellgifte im Körper.

So, und wenn einer wie der Stocker gerne mal ein Glas zu viel erwischt, dann hat seine Leber halt um diese Zeit Showtime. Da schläft man sehr leicht und wird beim geringsten Geräusch oder auch einfach mal so wach. Ob man das will oder nicht.

Gleich darauf hörte er die Nellie schreien, und im Biergarten sowie an der Straße ging die Flutlichtbeleuchtung neben den Strahlern an, die mit der Alarmanlage gekoppelt waren.

Stocker stürzte zum Fenster und schaute nach unten. Bei den Kastanienbäumen stand ein silberfarbener, älterer Passat.

Ein schlanker, rotblonder Mann rannte, aus Richtung der Küchenfenster kommend, auf das Auto zu.

Stocker vernahm einen lauten, dumpfen Schuss, wie aus einer Schrotflinte, und der Mann stolperte, wirbelte einmal um seine eigene Achse, fiel der Länge nach hin und kroch unbeholfen hinter das Auto.

Ein zweiter Schuss ertönte, und der vordere Reifen auf der Beifahrerseite verlor schlagartig Luft. Das Glas des Scheinwerfers löste sich in tausend kleine Splitter auf, die wie Diamanten durch die Nacht sprühten. Gleichzeitig tauchte auf der Frontscheibe des Passats ein raumfüllendes Spinnennetz auf, und das Glas wurde weiß und undurchsichtig. Auch der Kotflügel wies plötzlich eine Vielzahl von kleinen Dellen und Lackabsplitterungen auf, wie nach einem heftigen Hagelschauer.

Es ist ja so, dass eine Schrotflinte mit normalem Lauf ihre vielen kleinen Kugeln bis zu zweihundert Meter weit schießen kann, je nach Kaliber. Die optimale Aufprall-Energie entwickelt so eine Waffe aber auf eine Distanz von circa dreißig plus ein paar Meter.

Wenn man die Läufe kurz hinter dem Schaft absägt, hat man natürlich sehr viel weniger Reichweite, dafür mehr Streuung.

Und auf eine Distanz von zehn oder zwölf Metern, wie in unserem Fall, da sind die Verletzungen beim Getroffenen auch nicht tödlich, und die Kugeln durchschlagen kein Autoblech mehr.

Der Walter Setkau hat sich also genau genommen eine sehr schmerzhafte Panade der Oberschenkel-Rückseite zugezogen und dürfte auf Sicht gesehen demzufolge eher an einer Bleivergiftung als an den Folgen dieser Schussverletzung versterben.

Aber das weißt du in dem Moment natürlich nicht. Du hast nur das Gefühl, dass dich was von den Beinen geschubst hat, du fliegst hin, blutest wie verrückt aus vielen kleinen Wunden und hast vielleicht einen kleinen Schock.

Dann kommen die Schmerzen. Du fährst mit der Hand über den blutenden Körperteil und überlegst, wie schwer es dich erwischt hat.

Stocker rannte nach unten und stürmte in die Küche. Drago lag unter dem Küchentisch und drückte seine rechte Hand gegen das linke Schlüsselbein. Blut sickerte durch das weiße T-Shirt und durch die Spalten zwischen seinen Fingern.

Nellie stand schräg neben dem Küchenfenster und lugte vorsichtig nach draußen. Als Stocker durch die Küchentür kam, schwang der abgesägte Lauf der fünfschüssigen Schrotflinte in ihren Händen blitzschnell herum.

»Hoho, langsam, Mädel.« Stocker hob die Hände vor die Brust. »Was geht ab?«

Nellie schniefte, warf einen schnellen Blick auf Drago und schaute wieder nach draußen. »Er steckt hinter seinem Auto. Ich hab ihn am Bein erwischt, glaube ich. Vielleicht aber auch weiter oben.«

»Wen?«

»Na, unser rotblondes Herzchen. Sobald er die Rübe rausstreckt, blas ich sie ihm weg.«

»Ganz kurz: Was war?«

»Wir sitzen da am Tisch, reden. Ich geh schnell raus, plötzlich knallt es. Er hat durch das Fenster geschossen, den kleinen Spalt zwischen den Vorhängen, verflucht noch mal. Mach das Licht aus, los.«

Ihr Atem ging schnell und keuchend. Während sie sehr schnell redete, ließ sie keinen Blick von dem Passat. Die Schrotflinte hatte sie wieder auf den zerschossenen Fensterrahmen gelegt, der Lauf zeigte zum Passat hinüber. »Komm schon, schau zur Nellie. Die hat hier was für dich.«

Stocker drosch auf den Lichtschalter, und es wurde dunkel in der Küche. Dann rannte er zurück zum Treppenabsatz und stellte den Alarm ab. Sofort war es totenstill.

All dies spielte sich innerhalb von ein paar Sekunden ab.

»Hast du deine kleine Pistole irgendwo?«

Nellie schniefte wieder. »Den Derringer? Der liegt auf dem Kühlschrank, neben dem Petersilientopf. Geladen. Ich war grade in der Kneipe drüben, weil ich mir einen Drink holen wollte, als ich das Klirren und Zischen hörte. Da hab ich mir die Pumpgun unter dem Tresen geschnappt und bin hier einmarschiert. Der da draußen hat ein kleines Kaliber, mit Schalldämpfer, glaube ich. Eine .22er, würde ich mal raten. Was machen wir jetzt?«

Stocker schaute sich um, ging zum Kühlschrank und schnappte sich den Derringer. Schnell klappte er den Doppellauf nach vorne, ertastete die Böden der beiden Neun-Millimeter-Patronen und klappte die Waffe wieder zu. »Ich geh außenrum. Du lässt ihn nicht hinter dem Auto vor. Vielleicht krieg ich ihn von hinten.«

Draußen ertönte das Klirren von Glas, dann fielen zwei der Strahler und die Flutlichter in den Bäumen aus.

»Er schießt die Lampen aus. Soll er. Das Licht der Straßenlaternen oben an der Einfahrt ist zu weit entfernt für sein kleines Kaliber. Ich bin dann mal weg.«

Drago bewegte sich unter dem Tisch. »Interessiert es jemanden, wie es mir geht? Ich bin verletzt. Der hat mich oben in die Schulter erwischt. Tut tierisch weh.«

Nellie drehte schnell den Kopf. »Gleich ist Mami bei dir, mein Kleiner. Genieß solange den Schmerz.«

Stocker schlich grinsend aus der Hintertür und drückte sich mit dem Rücken an die kalte Außenwand.

Schnell glitt er an der Hinterseite des Gebäudes entlang. An der Ecke legte er sich auf den Bauch, schaute zum Passat rüber und zog den Kopf gleich wieder zurück.

Nach ein paar Sekunden ging er hoch auf die Knie und spähte wieder um die Hausecke, diesmal langsamer.

Der Rotblonde saß mit angezogenen Beinen an das Heck des Passats gelehnt und betrachtete seine linke Hand, von der Blut tropfte. In der Rechten hielt er eine kleine Automatik-Pistole mit einem aufgeschraubten Schalldämpfer.

Der Mann schien vor sich hinzumurmeln und nickte mehrmals hintereinander mit dem Kopf.

Stocker stand auf, nahm den Derringer in beide Hände und hielt ihn in Gesichtshöhe, die Läufe zeigten nach oben.

Er atmete tief ein und aus und schaute wieder um die Ecke.

Setkau hatte sich mittlerweile aufgerappelt und lehnte gebückt an der Heckklappe. Als er den Kopf schräg legte und am Heckfenster vorbei zur Kneipe lugte, kam aus dem Küchenfenster ein Feuerblitz, gefolgt von einem lauten Knall.

Setkau zog den Kopf zur Schulter, schloss die Augen und verzog den Mund. Möglicherweise hatte ihn ein Splitter getroffen.

Stocker rannte in fünf oder sechs Riesensätzen über das kurze Gras. Setkau hörte ihn erst, als Stocker die letzten zwei Meter über den bekiesten Platz angerauscht kam.

Er hob die Automatik, aber Stocker schoss ihm auf kurze

Distanz in die rechte Schulter. Die Wucht des Einschlags warf Setkau an die Hecktür des Autos zurück.

Er ließ die Waffe fallen und rutschte am Heck entlang nach unten, bis er mit ausgestreckten Beinen auf dem grauen Kies saß.

Stocker kickte die Pistole weg, trat Setkau mit dem linken Fuß hart an die Stirn, sodass dessen Kopf mit einem lauten Knall gegen das Blech des Passats schlug, dann kippte der Mann bewusstlos zur Seite weg.

Stocker ging vor ihm auf die Knie, hielt ihm dabei den Derringer an den Kopf und tastete den Bewusstlosen ab.

In einer Hosentasche fand er ein volles Magazin sowie ein schwarzes Klappmesser mit kurzer, aber breiter Klinge.

Keine Geldbörse, kein Handy, nichts.

Er legte dem Kerl zwei Finger an die Halsschlagader und fühlte einen schnellen, regelmäßigen Puls.

Dann richtete er sich auf und rief zum Haus: »Ich hab ihn! Alles klar. Komm raus und hilf mir.«

»Worauf du dich verlassen kannst!«, tönte es aus dem Küchenfenster.

29

Nachdem sie den immer noch bewusstlosen Setkau in die Gaststube geschleppt und mit einem Verlängerungskabel die Hände hinter dem Rücken zusammengebunden hatten, schaute sich Nellie die Schulter an.

Dann drehte sie den Kerl seitlich. »Glatter Durchschuss. Die Austrittswunde sieht hässlich aus, aber der geht heute eh zu keinem Schönheitswettbewerb mehr.«

Sie schlug mit der Hand auf das Einschussloch, und der bewusstlose Mann stöhnte auf.

»Drehen wir ihn auf den Bauch«, sagte sie, und dann: »Das da unter dem Arsch, das sind maximal zwanzig Schrotkugeln. Sieht schlimm aus, ist es aber nicht. Der versaut mir hier bloß die Dielen, wenn er so weitermacht. Warte mal.«

Sie stand auf, rannte in die Küche und kam mit einem großen Plastik-Tischtuch zurück, auf dem viele kleine rote Marienkäfer aufgedruckt waren. »Guck mal, sogar die Farbe passt. Los, auf das Plastikzeug mit ihm.«

Stocker packte Setkau unter den Schultern, Nellie nahm die Beine. »Eins, zwei und …«

Sie wuchteten den Mann auf das Tischtuch, worauf der wieder aufstöhnte.

»Was ist der Kerl empfindlich, wenn es um ihn selber geht«, sagte Nellie.

Drago kam mit schmerzverzerrtem Gesicht aus der Küche, hielt sich die Schulter, und sein T-Shirt hatte mittlerweile einen großen roten Flecken. »Darf ich ihm den Gnadenschuss geben? Bitte?«

Stocker schüttelte den Kopf: »Erst muss er uns was erzählen. Nellie, hol das Ammoniak aus dem Verbandskasten. Das ist so ein blauer Riechstift, du weißt schon. Und ein paar Handtücher.«

»Noch was? Vielleicht ein Hühnersandwich oder ein Bounty-Eis? Wer bin ich denn hier eigentlich?« Sie stand breitbeinig da, stemmte die geballten Fäuste in die Hüften, und ihre Augen funkelten vor Zorn.

Stocker schaute grinsend zu ihr auf. »Du bist die, die uns allen den Arsch gerettet hat. Zuallererst natürlich deinem Zukünftigen hier.«

Und der Zukünftige maulte: »Kümmert sich dann vielleicht mal einer um mich, ja? Was ist, wenn ich sterbe?«

Nellie sagte im Weggehen: »Das würde dir noch leidtun, wenn du erst mal tot bist. Gleich komme ich zu dir, mein Süßer.«

Nachdem sie Setkaus Schulterwunden mit Hilfe von Handtüchern und breitem, silbernem Klebeband mit einer Art Pressverband versorgt hatten, sodass er ihnen nicht mehr unter den Händen verbluten konnte, hielt ihm Stocker den Riechstift unter die Nase.

Man kann sagen, dass so ein Ammoniak-Riechstift zwar einen verstärkten Atemreflex erzeugt, der zu einer besseren Sauerstoffversorgung führt und sogar ein Nilpferd aus einer Ohnmacht holen könnte.

Fakt ist aber auch, dass das Zeug höllische Nebenwirkungen hat. Du denkst, deine Nase, dein Gehirn, dein ganzer Schädel fliegt dir gleich von den Schultern, ganz zu schweigen von dem ätzend-scharfen Geruch, den das Zeug in dir verbreitet.

Wie dem auch sei. Nach zwei Atemzügen riss der Setkau die Augen so weit auf, dass er wie ein Teletubbie aussah.

Aus seinem Mund kamen gurgelnde Geräusche, er stöhnte laut auf und schloss die Augen wieder.

Stocker versetzte ihm daraufhin eine heftige Ohrfeige. »Jedes Mal, wenn du die Augen wieder zumachst, hau ich dir eine rein.«

Setkau öffnete gehorsam die Augen, schloss sie aber, mehr reflexartig, sofort wieder.

Stocker verpasste ihm einen kräftigen Schlag auf die andere Wange, und Setkau machte stöhnend die Augen wieder auf.

»So ist er brav, der Kleine. Pass auf, wir beide unterhalten uns jetzt ein bisschen. Ich frage, du antwortest, okay?«

Der Mann grinste böse, spuckte Blut aus und sagte mit etwas undeutlicher Aussprache: »Du kannst mich mal am Arsch lecken. Wenn du mich wegräumst, kommen andere.«

Stocker schüttelte den Kopf. »Weißt du was, Junge? Da kommen keine anderen. Erstens, weil ja nur dein Herr und Meister weiß, wo du bist. Wenn überhaupt. Weil, wenn ich mir das so überlege, dann hast du die Sache im Krankenhaus ziemlich verkackt. Also wird der Wittmann zu dir gesagt haben: Mach das Ding jetzt endlich klar. Vorher brauchst du dich gar nicht blicken zu lassen. Hab ich recht oder ja?«

Bei dem Namen »Wittmann« wurden Setkaus Augen für einen Moment noch größer, und Stocker wusste, dass er auf der richtigen Spur war. »Das Problem hier mit uns Hinterwäldlern ist nämlich eine Sache, die dein Boss nicht so gerne an die große Glocke hängen will. Wenn man in höheren Etagen erfährt, was ihr Burschen in eurer Freizeit so treibt und was ihr für einen Scheiß anstellt, dann habt ihr ein echtes Problem an der Backe.«

Stocker wechselte von einem Knie auf das andere und tippte mit seinem Zeigefinger an die Stelle, an der er Setkau mit der Kugel erwischt hatte. »Tut's weh? Ich sag dir was: Wenn ich dich jetzt was frage, und ich kriege die falsche Antwort, dann wirst du für sehr lange Zeit Höllenschmerzen haben und wahrscheinlich nie mehr reden können. Also?«

Setkau versuchte ein Grinsen, das ihm aber ziemlich misslang. »Was? Willst du mir die Zunge rausschneiden, wie in einem Scheiß-Mafiafilm? Das ist im echten Leben aber schwierig, ich hab's nämlich schon ein paarmal versucht.«

Stocker setzte ein mitleidiges Lächeln auf, beugte sich nach unten, bis er ganz nahe an Setkaus Gesicht war. Dann holte er tief Luft und flüsterte: »Wenn du dich mit solchen Filmen auskennst, dann weißt du ja, was auf einen zukommt, der sich an einer Frau aus der Familie vergreift. Du hast meine Partnerin getötet. Deswegen wird das jetzt eine lange Nacht für dich. Sehr lang und sehr schmerzhaft. Also, tu mir den Gefallen und spiel weiter den Harten. Dann haben wir beide unseren Spaß daran.«

Drago bückte sich über Stockers Schulter und meinte: »Lass

mich das machen. Als talentierter Koch weiß ich, wie man Schweinezungen auslöst. Törtchen, bringst du mir mal das kleine Filetiermesser?«

Nellie ging hinter die Theke. »Diese Flüsterei geht mir echt auf den Zeiger. Gibt es was, das ich nicht hören darf? Auch gut, aber ich brauch jetzt erst einen Drink. Und du, Bekloppter, hör auf, mich schon wieder zu vertorten. So schlecht kann es dir ja nicht gehen, wenn du schon wieder solche Sprüche raushaust. Übrigens, soll ich deine Löcher verpflastern oder so?«

»Später vielleicht, sieht schlimmer aus, als es ist. Meine Oma hat immer gesagt: Frische Luft ranlassen und ein paar Schnäpse in den Hals, dann wird es schon wieder.«

Stocker stand auf und sagte zu Setkau: »Da hat er mich auf eine nette Idee gebracht. ›Hals‹ ist das Stichwort. Ich komm gleich wieder. Geh nicht weg und sei nett zu meinen Freunden, ja? Weil wir nämlich eine Menge Spaß zusammen haben werden.« Und zu Nellie und Drago: »Lasst den Burschen keine Sekunde aus den Augen.«

Nellie legte die Schrotflinte auf die Theke und hielt Stocker die offene Hand hin. »Gib mir meinen Derringer wieder. Wenn ich mit der Flinte auf den Kerl schieße, dann gibt das eine Riesensauerei hier drinnen, und das Aufwischen bleibt sowieso wieder an mir hängen.«

Stocker legte ihr die kleine silberglänzende Waffe auf die Hand. »Ist noch ein Schuss drin.«

Nellie steckte den Derringer in ihre Hosentasche, griff sich ein Schnapsglas aus dem Regal und sagte zu Drago: »Dann schenk ich dir mal einen schönen Wodka gegen die Schmerzen ein, mein Stierchen.«

Stocker lief die Treppe nach oben, sie hörten ihn im Badezimmer rumoren, dann kam er mit einem schwarzen Föhn in der Hand wieder in die Gaststube. »Wo ist denn hier eine Verlängerung?«

Drago ging in die Küche und kehrte mit einem Fünf-Meter-Kabel zurück, reichte den Stecker der Nellie hinter die Theke und gab dem Stocker das andere Ende.

Setkau machte wieder große Augen und verdrehte mühsam den Kopf, um alles mitzubekommen, sagte aber nichts.

Stocker verband die Kabel, stellte den Föhn an, hielt die Hand davor und schaltete das Gerät wieder aus. »Mann, macht der einen Krach, was? Der muss aber sowieso weg. Er wird schnell zu heiß, ich meine, das glüht richtig da drinnen. Neulich hab ich mir die Haare damit verbrannt. Hat das gestunken.«

Er beugte sich über Setkau, der sich am Boden wand wie eine Schlange. »Sch, sch. Bleib ruhig, dann sind wir eher fertig. Es läuft jetzt so: Ich fange mit einer einfachen Frage an. Erzähl mir aber keinen Mist. Die Villa und das Grundstück haben wir uns genau angesehen. Wir wissen, welche Autos er fährt. Auch das Flugzeug habe ich mir angeschaut. Frage eins: Hat er einen Flugschein, oder fliegt außer dir noch jemand aus der Truppe?«

»Fick dich!«

Stocker schüttelte betrübt den Kopf. »Setkau, du dummer Hund, weißt du, was passiert, wenn ich dir den Föhn ins Maul stecke und auf Stufe drei schalte? Ich sag es dir: Dir wird's den hinteren Rachenbereich, die Luftröhre, Speiseröhre und die Stimmbänder verbrühen, und zwar so, dass du vielleicht nie mehr reden kannst. Ach so, ja, mit fester Nahrung und so ist es dann für lange Zeit auch vorbei.«

Setkau spuckte Blut aus, verschluckte sich und sagte mir rauer Stimme: »Du bringst mich eh um, also fick dich.«

»Du wiederholst dich. Pass auf, sag mir, wie ich den Wittmann erreichen kann, dann werde ich ihm ein Geschäft vorschlagen. Nämlich, dass er mir erzählt, wer genau meinen Partner in die Luft gejagt hat. Und ich will, dass der Kleine hier«, damit deutete Stocker mit dem Kopf auf Drago, der immer noch hinter ihm stand, »seine Ruhe hat.«

Setkau versuchte zu lachen und zeigte seine blutigen Zähne. »Glaubst du, ich bin blöd?«

Stocker überlegte. »Ja, das glaube ich wirklich. Aber abgesehen davon, können wir ein Tauschgeschäft machen. Ich erfahre, was ich wissen will, und bekomme die Garantie dafür, dass der Drago nicht mehr aufpassen muss, wer hinter ihm geht, und dafür lassen wir dich am Leben. Ich gebe dir ein Handy, fahre dich nach Prien, und dann musst du schauen, wie du weiterkommst.«

Setkau wand sich wieder und spuckte erneut aus. »Du bringst mich doch eh um.«

»Das brauche ich nicht zu tun, das macht der Wittmann, wenn er dich findet. Du hast es zweimal verbockt. So was lässt man einem wie dir nicht durchgehen, und das weißt du. Ich glaube, dass du irgendwo Pässe und Bargeld gebunkert hast, für den Fall der Fälle. Nun, der ist hiermit eingetreten. Mach dich aus dem Staub. Geh irgendwohin, wo die Sonne scheint. Ein Mann mit deinen Fähigkeiten findet immer was zu tun, oder? Warum zuckst du denn so?«

Nellie kam um die Theke herum. »Gib mir den Föhn, Albin.«

Stocker schaute auf die Uhr über der Theke und dann in Setkaus Augen. »So, die Bedenkzeit ist um, und du hast auch keinen Publikumsjoker mehr. Also?«

»Ich fliege immer, aber der Chef hat auch einen Pilotenschein.«

»Sehr gut. Danke. Wie kannst du ihn jetzt erreichen?«

»Woher weiß ich, dass du mich gehen lässt?«

Nellie beugte sich vor. »Das weißt du überhaupt nicht, du Kackhaufen. Ich würde dich am liebsten kopfüber in die Fritteuse stecken.«

Setkau murmelte: »Im Handschuhfach ist ein Handy. Seine Nummer ist auf der Kurzwahltaste eins. Er wird aber nicht mit jemandem reden, dessen Stimme er nicht kennt.«

Stocker stand ächzend auf. »Dann machen wir es eben anders. Ich hole das Telefon. Ich drücke die Taste und halte dir das Handy an den Mund. Du wirst ihn fragen, was du jetzt tun sollst.«

»Was ich jetzt tun soll?« Setkau schaute ungläubig auf.

»Genau. Du erzählst ihm, dass du mich und den Drago kalt erwischt hast. Durch das Küchenfenster. Immer schön nahe bei der Wahrheit bleiben, dann klingt es glaubhaft. Warum sind auf den Flugkarten in beiden Häusern die Ost-Routen eingezeichnet?«

Setkau verzog das Gesicht. »Das ist so ein Spleen von ihm. Ich habe ihm immer gesagt: Die Kurse fliege ich blind, wenn es sein muss.«

»Was ist in Prag?«

»Wir sind da früher öfters hin- und hergeflogen. Ware rüber, Geld raus – oder umgekehrt. Wir haben in der Vorstadt eine sichere Wohnung, mit Geld, Papieren und so weiter.«

»Warum? Dein Boss ist doch ein hohes Tier, warum braucht der eine Fluchtwohnung?«

Jetzt grinste Setkau wirklich, wenn auch unter Schmerzen. »Mann Gottes, gerade deswegen. Weißt du, was die mit hohen Tieren machen, wenn was schiefläuft? Hast du von den sechsunddreißigtausend SIGs gehört, die nach Mexiko gingen? Und den Maschinenpistolen aus dem Spätzle-Land? Wenn bei so einem Geschäft was hochkocht, dann kriegen ein paar Sekretärinnen, die nix wissen, eine Bewährungsstrafe, aber den einen oder anderen hohen Beamten, den erwischt es.«

»Erwischt es?«, fragte Stocker spöttisch.

»Bist du ein Papagei? Schon mal von Barschel, Möllemann und Co. gehört? Die sind offiziell suizidgefährdet gewesen.«

»Verstehe.« Stocker kratzte sich mit dem Föhn an der Stirn. »Deswegen macht der Wittmann so ein Theater um den Drago. Deswegen wolltest du den Kommissar kaltstellen und mich als Zugabe. Weil der Wittmann wegen eines versauten Geschäftes eh auf der schwarzen Liste steht und sich keinen Mist mehr erlauben darf. Hab ich recht?«

Setkau versuchte, den Kopf zu schütteln, es kam aber nur ein schmerzverzerrtes Gesicht dabei raus. »Nein, stimmt nicht, es geht genau um das Gegenteil. Er ist auf ein Geschäft angesetzt. Ein Riesending. Eine Schiffsladung Sturmgewehre für ein Land in Nahost. Und das läuft ziemlich unrund. Wenn er das versägt, dann ist er der nächste Selbstmordkandidat.«

»Und du?«

»Ich? Bin nur ein Angestellter. Wenn die Sache hier erledigt ist, soll ich nach Kairo fliegen und von dort aus weiter. Vorher aber mit der Cessna noch einmal nach Prag. Da liegen Papiere, die dem Wittmann das Überleben sichern, wenn irgendwas richtig schiefgeht.«

Stocker legte den Föhn auf den Boden. »Ich hole das Handy.

Dann machen wir unser Telefonat. Tust du, was ich dir gesagt habe?«

Setkau nickte. »Ich hab höllische Schmerzen. Die Schulter ist taub, das Bein brennt wie verrückt. Kannst du mir was geben?«

Nellie sagte: »Albin, hol das verdammte Telefon. Ich gebe ihm Tropfen. Die hab ich in der Küche. Soll ich mir seine Schulter mal genauer ansehen?«

Stocker war schon fast an der Tür. »Von mir aus. Aber pass auf, der Kerl ist gefährlich wie eine Natter.«

30

Die vielen kleinen Splitter des Scheinwerfer-Glases, die im Umkreis von etwa einem Meter im Halbkreis über den grauen Kies verstreut lagen, schimmerten im Licht des letzten verbliebenen Strahlers wie kleine Diamanten, die eine gute Fee im Flug verstreut hatte. In der Luft hing immer noch ein leicht schwefliger Geruch von den Schüssen.

Die Beifahrertür des Passats klemmte ein bisschen, im Inneren des Wagens roch es merkwürdig säuerlich und schal. Stocker beugte sich über den Sitz und öffnete das Handschuhfach.

Zwischen Schokoriegeln, Zigaretten, einem Teleskop-Schlagstock und einem alten Schreibblock entdeckte er das Handy.

Er schaute auf den Rücksitz. Am Boden lag eine Literflasche aus Plastik, in der mal Cola gewesen war. Im Moment war sie aber zu etwa einem Viertel mit einer gelblichen Flüssigkeit gefüllt.

Mein Gott, natürlich muss der Mensch auch mal was trinken, denkst du dir vielleicht jetzt. Aber ich würde aus der Flasche nicht trinken, ja, was glaubst du denn? Ist dir in Fernsehkrimis noch nie aufgefallen, dass Beobachtungen und Beschattungen vom Auto aus fast immer von Männern durchgeführt werden?

Das ist nicht etwa deswegen, weil die schärfere Augen haben. Nein, wenn eine Frau schnell mal muss, dann geht das nur, wenn sie den Wagen verlässt.

Bei einem Mann ist das so, dass das Geschäft zur Not mittels einer Flasche abgewickelt werden kann.

Natürlich nahm sich Stocker auch die mittlere Ablage und die beiden Seitenfächer in den Türverkleidungen vor. Auf der Fahrerseite fand er ein kleines, aber starkes Fernglas, eine Mappe mit Kfz-Papieren und einen Führerschein, auf dem zwar Setkaus Foto war, aber ein anderer Name: Waldemar Sittler.

Und der Passat war auf eine Firma Frittberg mit Sitz in Schwäbisch Gmünd zugelassen.

Stocker wischte alles, was er angefasst hatte, sorgfältig mit einem Scheibenreiniger-Tuch ab, das er sich um die Handfläche wickelte, um damit auch den Türgriff zu behandeln.

Das Handy steckte er ein, die anderen Dinge beließ er im Auto.

In dem Moment, als er die Beifahrertür zuschlug, hörte er aus der Gastwirtschaft einen Knall.

Schnell wischte er über die Türteile, die er möglicherweise berührt hatte, und rannte zurück in die »Endstation«.

Drago lehnte mit schmerzverzerrtem Gesicht an der Theke, Nellie stand breitbeinig und schwer atmend über dem am Boden liegenden Setkau. Und dem fehlte der halbe Hinterkopf, während das Einschussloch direkt unter dem linken Auge wie gestanzt aussah. Eine Lache tiefroten Blutes verbreitete sich wie ein kleiner See rund um die obere Kopfhälfte des Toten, der mit einem erstaunten Ausdruck im Gesicht nach oben an die Decke starrte.

»Er hat sich wieder gewunden. Plötzlich hatte er die Hände frei und griff mir in die Hose, wo der Derringer war.« Nellie zielte mit der Pistole immer noch auf Setkau und schaute den Stocker nicht an, während sie weitersprach: »Der Drago hat ihm einen Tritt an den Kopf gegeben. Das Mistvieh hat meine Waffe schon in der Hand gehabt. Mann, der Typ ist schnell wie der Blitz.«

»Jetzt nicht mehr ganz so«, sagte Stocker und nahm ihr vorsichtig den Derringer weg. »Komm, gib her. Der Kerl ist tot und die Pistole leer geschossen.«

Sie nickte geistesabwesend. »Er wollte auf den Drago schießen, da hab ich ihm, ich weiß auch nicht, irgendwie den Arm verdreht. Es ist alles so schnell gegangen. Auf einmal hatte ich die Pistole in der Hand, den Hahn zurückgerissen und geschossen. Was machen wir jetzt?«

Stocker überlegte. »Wir rufen seinen Vater an.«

Nellie verzog das Gesicht und deutete auf den Toten am Boden. »Seinen Vater? Spinnst du jetzt ganz?«

Stocker schüttelte den Kopf. »Dragos Vater, Mädel. Atme erst mal durch, trink einen Schluck und hör auf zu zittern.«

»Ich zittere nicht, ich stehe unter Strom und eskaliere gleich!«

Drago legte den Arm um Nellie. »Komm, Schatz, setz dich da hin. Danke, dass du mir geholfen hast.« Er küsste ihre Stirn und schob sie zu einem Stuhl.

Stocker schnappte sich sein Gregorian-Handy und drückte die Kurzwahltaste. Nach dem zweiten Klingeln meldete sich der Mann: »Ja?«

»Es hat sich hier ein Problem aufgetan. Auf Ihren Sohn wurde geschossen.«

»Was? Verflucht noch mal! Ist ihm was passiert?«

»Ihm nichts. Aber der Kerl, der uns angegriffen hat, ist tot.«

»Das ist doch eine gute Nachricht. Und wo ist da das Problem?«

»Das liegt hier am Boden. Und sein Auto ist nicht fahrfähig. Wissen Sie, wo meine Kneipe ist?«

»Natürlich.«

»Sehr gut. Der Wagen muss weg und der tote Kerl auch. Wollen Sie denn gar nicht wissen, wer er war?«

Gregorian stieß zischend die Luft aus. »Nein. Also gut, wer war er?«

»Der rotblonde Herr Walter Setkau.«

»Na super. Einer weniger. Geben Sie mir meinen Sohn.«

Stocker reichte das Handy an Drago weiter. Der sagte: »Hallo, Papa. Wie geht es dir?«

Dann hörte er eine Zeit lang zu, meinte zwischendurch: »Nein, mir fehlt wirklich nichts. Echt nicht.« Und etwas später: »Nein, ich werde hierbleiben. Was? Weil ich hier eine Stelle habe. Als Koch. Was? Das kannst du dir wohin stecken. Genau. Ja, ich geb dir den Stocker wieder.«

Damit reichte er das Handy zurück und ging zu Nellie.

Gregorian fragte: »Herr Stocker? Gut. Über die blödsinnigen Ideen meines Sohnes reden wir später. Wer hat den Setkau denn nun plattgemacht?«

Stocker erzählte in schnellen, kurzen Sätzen den Ablauf und

auch, dass es Nellie war, die zum zweiten Mal innerhalb einer Stunde Dragos Leben gerettet hatte.

»Wow. Wenn diese Frau mal einen gut bezahlten Job braucht, dann ist sie bei mir immer willkommen. Also, und Sie möchten jetzt, dass der lästige Mann verschwindet?«

Stocker fuhr sich mit der flachen Hand über den Kopf. »Nein, eigentlich nicht. Meine Idee wäre, dass der Wagen mit dem Setkau im Kofferraum vor der Villa vom Wittmann geparkt wird. Aber so, dass die vielen Kameras auf der Mauer an der Straße nichts mitbekommen. Was meinen Sie dazu?«

Nach einer kurzen Pause sagte Gregorian: »Das sollte kein Problem sein. Einer meiner Cousins hat einen Schrottplatz nebst Abschleppdienst in der Nähe von Holzkirchen. Der könnte in, sagen wir mal, einer guten Stunde bei Ihnen sein. Legen Sie das Paket in den Kofferraum und überlassen Sie alles andere uns. Gehen Sie nicht aus dem Haus, wenn Sie den Abschleppwagen hören. Noch was?«

»Ja. Ich glaube, es wäre gut, wenn wir das Gesamtpaket nicht gleich ausliefern, sondern erst, nachdem ich wieder mit Ihnen telefoniert habe. Lässt sich das machen?«

Wieder eine kurze Pause. »Hm, ja, klar doch. Wenn Sie mir dann die endgültige Auslieferung mit einer Vorlaufzeit von mindestens zwei Stunden mitteilen, machen wir das so. Was haben Sie vor?«

»Ich will den Wittmann aus dem Haus locken. Aus der Villa kriegen wir ihn nie raus, ohne einen Krieg anzufangen. Auf der Straße wird es auch nicht einfach, weil er sicherlich meist mit zwei Autos unterwegs sein wird, und die Routen ändern sich täglich, so wie ich den einschätze. Nein, ich will ihn an einen bestimmten Ort locken, und da kriege ich ihn vielleicht. Mal sehen.«

»Brauchen Sie Unterstützung? Ein paar gute Männer von mir? Irgendwas?«

»Nein, danke. Alles, was ich gerne hätte, haben wir besprochen.«

»Gut, Herr Stocker. Viel Glück dabei. Obwohl, wir haben da

ein Sprichwort: ›Es ist ein Trick des Glücks, dass es nie verrät, wie es weitergeht.‹«

Stocker steckte das Handy ein, schaute sich um und sagte: »Also dann. Wer packt mit an?«

31

An Schlaf war natürlich nicht mehr zu denken. Nellie verband Dragos Streifschuss, Stocker duschte und zog eine andere Jeans und ein T-Shirt an, dann saßen sie in der Küche, tranken einen Kaffee und versuchten, das Adrenalin, das immer noch in ihnen tobte, abzubauen.

Der Abschleppwagen fuhr vor die »Endstation«, Stocker schaute aus dem Küchenfenster und sah in der Morgendämmerung drei Männer aus dem Fahrerhaus springen.

Einer ließ die Hebevorrichtung des Wagens herunter, der Fahrer schaute aus dem Fenster und hob den Arm. Das gesamte Heck senkte sich, und der dritte legte sich unter die Motorhaube des Passats und befestigte ein Stahlseil. Die Winde jaulte leise, und der Wagen bewegte sich wie von Geisterhand geschoben auf die Ladefläche.

Der Passat wurde gesichert, das Heck fuhr brummend wieder hoch, und nach insgesamt circa vier Minuten war der Spuk vorbei, und der Abschleppwagen bog oben an der Einfahrt auf die Hauptstraße ab.

»Ich leg mich ein bisschen aufs Ohr«, meinte Stocker.

Nellie und Drago nickten, ohne ihn anzuschauen. Die beiden hielten sich an den Händen und blickten sich tief in die Augen.

Stocker hatte vielleicht drei Stunden geschlafen, als Nellie ihn wach rüttelte. »Das Krankenhaus hat angerufen. Der Zuckerhahn ist wach und ansprechbar. Er hat nach dir gefragt.«

»Ist gut, danke. Ich fahre gleich rüber. Hast du noch Kaffee?«

Sie nickte und sagte im Gehen: »Willst du was essen?«

»Mach mir ein Brot mit irgendwas, bitte. Ich esse das im Auto.«

Keine halbe Stunde später war er in der Klinik. Eine der Schwestern im zweiten Stock erkannte ihn und kam auf ihn zu. »Guten

Morgen. Ihr Freund hat ein bisschen Wasser getrunken. Es geht alles noch sehr mühsam. Aber er ist wach, und wir glauben, dass er das Schlimmste überstanden hat. Sie können zu ihm rein.«

»Danke.«

Stocker betrat das Zimmer und ging zum Bett. Der Kommissar lag mit geschlossenen Augen auf dem Rücken. Der Schlauch des Atemgeräts war weg, und das, was man von seinem Gesicht sehen konnte, war mit blauen und roten Flecken, Schrammen und Kratzern überzogen. Die Augenlider des Mannes flatterten leicht, aber seine Brust hob und senkte sich regelmäßig.

Stocker schaute auf die Monitore, die Blutdruck und Pulsschlag anzeigten.

Puls 92, Blutdruck 128 zu 86, Sauerstoffgehalt im Blut: 96 Prozent.

Stocker berührte den Kommissar vorsichtig an der Schulter. »Hey, Zorro, mach die Gucker auf.«

Der Kommissar reagierte nicht.

Stocker schaute sich hilflos um und sagte dann: »Sie haben mir erzählt, dass du wach bist. Anscheinend bist du aber nicht wach. Scheiße. Pass auf: Erinnerst du dich an den Finger-Trick, den wir gemacht haben? Kleinen Finger bewegen heißt ›ja‹. Also, kannst du mich hören?«

Stocker schaute auf Zuckerhahns Hände. Eine gefühlte Ewigkeit lang passierte nichts, dann zitterte der kleine Finger langsam nach links und wieder zurück.

»Puh, Gott sei Dank. Machen wir weiter. Ich buchstabiere wieder. Jeden einzelnen Buchstaben, wie gehabt. Also: A … B …«

Er kam bis zum Buchstaben »Ä«, dann fing er wieder von vorne an, diesmal bis »T«, dann bis zum »S«, als dem Stocker ein Verdacht kam. »Sag mal, wenn das jetzt das Wort ›Ätsch‹ wird, dann stirbst du hier wirklich noch, und zwar durch meine Hände.«

Zuckerhahn öffnete die Augen, versuchte ein Grinsen, was ihm aber ziemlich misslang. Mit rauer Stimme flüsterte er: »War gut, was? Ich hab dich voll verarscht.«

»Oh Mann. Wie geht es dir?«

»Der war auch gut. Hast du noch so einen?« Ein trockener Husten kam aus seiner Kehle, und er verzog schmerzhaft das Gesicht. »Reden tut weh.«

»Schon klar, die haben ja diverse Rohrleitungen in deinem Schlund verlegt. Halt einfach mal die Klappe und hör mir zu!«

Stocker erzählte, wenn auch in etwas abgewandelter Form, die Ereignisse der letzten Nacht in der »Endstation«, und Zuckerhahn hob und senkte die Augenbrauen. Dann krächzte er: »Was passiert mit dem toten Mistkerl? Das ist doch der, der auch die Anne auf dem Gewissen hat, oder?«

»Ja. Ich hätte den sowieso allegemacht, schon alleine deswegen. Und natürlich wegen dir.«

»Wo ist der Wagen mit dem Kerl drin, sagtest du?«

Stocker grinste. »Das habe ich überhaupt nicht gesagt, du alter Fuchs. Ich weiß es auch nicht. Einer, der mir noch einen Gefallen schuldig war, hat den Wagen nebst Inhalt weggeräumt. Keine Ahnung, wo der jetzt ist. Ich will es auch nicht wissen. Und du?«

Der Kommissar schloss die Augen. »Nein, genau genommen ist es mir egal. Kannst du Probleme kriegen?«

»Du meinst wohl: noch mehr Probleme? Aber mit was denn? Und du kriegst auch keine mehr. Der Kerl ist weg, draußen sitzen immer noch deine Wachen, aber ich glaube nicht, dass der Wittmann noch einen Ausputzer schickt. Jetzt im Moment eh nicht, weil er noch gar nicht weiß, dass sein rotblonder Golem nicht mehr unter uns weilt.«

»Glauben ist nichts anderes als ein Mangel an Information«, flüsterte der Kommissar mit rauer Stimme und versuchte wieder ein Grinsen, das aber wieder misslang. »Und, wie geht's der Nellie und dem Jungen?«

»Würde mich nicht wundern, wenn sich da zwei gefunden hätten. Aber denen geht es gut. Den Umständen entsprechend, würde ich sagen. Weißt du, was mich ein bisschen wundert?«

»Was denn?« Zuckerhahn schaute ihn neugierig an.

»Dass sich keiner fragt, wie es mir geht, mit dem ganzen Mist und so.«

Und Zuckerhahn erwiderte: »Du armer Kerl. Komm, leg dich ein bisschen zu mir. Ich schau, ob ich zur Seite rutschen kann.«

»Wenn ich mir das jetzt so recht überlege, warst du mir im Koma sympathischer«, sagte Stocker und setzte sich auf den Stuhl. »Hey, hast du mal diese Fernsehserie gesehen, mit dem Tom Selleck, wie hieß die noch gleich?«

»›Magnum‹? ›Blue Bloods‹?«

»Nein, die andere, da spielt er einen entlassenen Cop. Der in einer Kleinstadt wieder als Ermittler angestellt wird.«

Zuckerhahn versuchte, seinen Körper in eine etwas bequemere Lage zu bringen, was aber misslang. Mit schmerzverzerrtem Gesicht erwiderte er: »Jesse Stone. So hat der Tom Selleck in der Serie geheißen, und die Serie hieß genauso. Die Storys spielen in einer Kleinstadt, Paradise, glaube ich. Das liegt in Massatschu… nein, Massatu… Ist ja auch egal, in einem amerikanischen Staat mit Küste. Warum fragst du?«

»Na, da war doch dieser Uniformierte, den der Jesse Stone immer nur ›Koffer‹ genannt hat. Der immer so ein bisschen auf doof gemacht hat, aber ein schlaues Kerlchen war. Der ist dann auch Stones Nachfolger geworden, oder war das dann die Frau?«

»Hab ich vergessen. Aber an den Koffer erinnere ich mich schon. Warum?«

»Weil der ja in ein Koma gefallen ist, aufgrund einer Schussverletzung. Und der Jesse Stone hat den immer im Krankenhaus besucht. Genauso wie ich jetzt dich. Und der Jesse Stone erzählt dem komatösen Koffer Geschichten, oder er liest ihm aus der Zeitung vor und sagt ihm eines Tages, dass es da mal einen gab, der nach jahrelangem Koma wach geworden ist und als Erstes einen Kaffee wollte …«

»Das hast du aber nicht gemacht, das hätte ich gemerkt. Kannst du überhaupt lesen, so am Stück, über mehrere Seiten hinweg?«

»Zeitweise. Aber was ich sagen wollte: Jesse Stone erzählt dem bewusstlosen Kumpel immer von irgendwelchen Typen, die ein oder zwei Jahre im Koma lagen. Aber die Story von dem Kaffee-Typen ist die beste von allen. Seine Frau und der Rest der Familie haben ihn ununterbrochen besucht, Händchen gehalten, Dinge erzählt, gesungen, alles Mögliche. Egal, der Mann hat plötzlich eines Tages, von jetzt auf gleich, die Augen aufgerissen, sich ruckartig aufgesetzt und laut und deutlich gesagt: ›Ich will jetzt einen schwarzen Kaffee!‹ Irre, oder?«

Zuckerhahn starrte zur Decke hoch. »Finde ich eigentlich überhaupt nicht. Ich meine, wenn du zwei Jahre oder so im Koma liegst, dann kriegst du schon plötzlich einen Hipper auf Kaffee. Ich habe mal von einem Jungen gelesen, der zehn oder zwölf Jahre lang im Wachkoma lag. In England war das, glaube ich. Der hat alles, was um ihn passiert ist, mitgekriegt. Seine Mutter hat ihm nach ein paar Jahren Koma mal ins Ohr geflüstert: ›Ich hoffe, du stirbst bald.‹ Und seine Pfleger und die Schwestern, die ließen den Fernseher an seinem Bett von morgens bis abends laufen. Auf einem Sender, der immer nur diese uralten Serien abgespielt hat. Du weißt schon, ›Flipper‹, ›Bonanza‹, ›Bezaubernde Jeannie‹ und so weiter. Jedenfalls, der Junge, jetzt nach all der Zeit schon ein Mann, wird nach den zehn oder zwölf Jahren wach und denkt, er ist ein Hollywoodstar. Er glaubt tatsächlich, er hat in den Filmen, die er immer aus dem Fernseher hörte, mitgespielt. Kannst du dir das vorstellen?«

Stocker zog ein skeptisches Gesicht. »Aha. Und jetzt wirst du mir gleich erzählen, dass du glaubst, du wärst ein echter Polizist. Ist es das, was du mir sagen willst?«

»Du bist so was von blöd. Nein, die Story geht ja weiter. Der Mann hat ein Buch geschrieben, das ein Bestseller wurde. Über seine Zeit im Koma.«

»Jetzt verstehe ich, warum du gefragt hast, ob ich lesen kann. Du wünschst dir, dass wenigstens ich dein Buch kaufe, wenn es rauskommt. Ist es so?«

Zuckerhahn schloss die Augen. »Du solltest jetzt besser gehen. Ich bin sensibel, müde, und du hast zu tun.«

»Genau. Aber sag mal, erinnerst du dich an irgendwas, was rund um den Unfall geschehen ist?«

»Nein. Nur das, was ich dir eh schon erzählt habe. Was anderes: Wenn ich transportfähig bin, möchte ich nach München in die Klinik rechts der Isar gebracht werden. Ich habe da schon was in die Wege geleitet. Und meinen Personenschutz kannst du jetzt auch abziehen. Ich glaube nicht, dass der noch nötig ist.«

»Solange du hier bist, bleiben die Jungs auch hier. Man weiß nie. Ich denke zwar auch nicht, dass Wittmann noch was gegen dich unternimmt. Weil der Setkau der engste Mitarbeiter und Vertraute von dem Mistkerl war. Aber sag mal, warum willst du denn von hier weg und ins ›Rechts der Isar‹? Die Ärzte sind doch top hier drinnen.«

»Das schon. Aber in München ist das Essen besser.«

Stocker rückte seinen Stuhl zurück und stand auf. »Ja dann. Mach's gut, alter Mann. Spätestens morgen bin ich wieder hier. Soll ich dir was mitbringen?«

Zuckerhahn kniff ein Auge zu. »Ein Puzzle. Aber eins aus mindestens tausend Teilen.«

»Welches Motiv?«

»Das ist mir egal. Du musst sowieso den Karton wegwerfen, bevor du mir das gibst.«

»Wie jetzt? Du musst doch wissen, was du zusammensteckst, oder?«

Zuckerhahn machte eine gelangweilte Miene. »Oh Gott, dann ist es doch was für Kinder. Nein, der Witz ist, wenn du keine Ahnung hast, was es wird. Dann ist alles viel spannender, findest du nicht?«

32

Es ist dann viel passiert, im Lauf der nächsten Tage. Ich weiß gar nicht, wo ich anfangen soll. Der alte Gregorian hat oft mit seinem Sohn telefoniert. Das Verhältnis der beiden ist jetzt so, dass man sich mal wieder persönlich treffen könnte, ohne dass mehrere Einrichtungsgegenstände zu Bruch gehen. Der Gregorian hat auch beim Stocker zweimal nachgefragt, was man denn mit dem Wagen samt der Leiche drin machen solle. Weil, so der Clan-Chef, man sich mit dem Setkau, oder besser gesagt, dem, was von ihm übrig ist, so langsam wieder unterhalten könne. Das ist wie bei einem französischen Käse, meinte der Gregorian. Erst fängt er an zu stinken, und dann, nach einer gewissen Zeit, entsteht neues Leben in ihm, in ganz vielfältiger Form.

Aber der Stocker war mit seinem Plan noch nicht so weit.

Er wohnte wieder im Penthouse in Rosenheim. Schlaf- und Wohnzimmer waren neu möbliert, mitsamt den dazu passenden Vorhängen. Eine Innenarchitektin, die er schon seit Jahren kannte, bekam das alles mit Hilfe ihres Teams in kürzester Zeit hin.

Ich meine, wenn du in einer Wohnung bist, die deinem besten Freund und Partner gehört hat und in der dann auch noch die Frau ermordet wurde, die du sehr mochtest, dann kannst du die Möbel, Bilder und den ganzen Kram nicht mehr sehen. Jedes Bild, jedes Möbelstück, überhaupt alles in einer Wohnung hat eine Geschichte. Man kann da nicht einfach mit und in den Geschichten weiterleben, oder?

Obwohl, ich kannte mal einen, dessen Frau gestorben ist. Und aus dem gemeinsamen Haus hat er ein Museum über sie gemacht. Überall Bilder und Gegenstände von ihr und so weiter.

Kurz darauf trat eine neue Frau in sein Leben, die ist bei ihm eingezogen, in das Museum.

Die Beziehung hielt aber nicht besonders lange, habe ich gehört.

Suum cuique, jedem das Seine, sage ich immer.

Die Nellie und der Drago fanden immer mehr Gemeinsamkeiten, und man beschloss, die »Endstation« umzutaufen. Ein griffiger Name musste her. Das Konzept hatten sich die beiden schon überlegt: bayerisch-balkanische Küche. Pfannen-Crossover, sozusagen.

Nellie hatte versucht, die Neun-Millimeter-Kugel aus den Dielen in der Gaststube zu pulen. Aber ich muss dazu erklären, so ein Kaliber auf kurze Distanz, das macht in einen Holzboden ein ganz schönes Loch, selbst wenn es vorher von einem Kopf kurzfristig aufgehalten wird.

Der Drago meinte: Lass das Projektil doch da drin. Er schliff die Einschussränder etwas ab, damit sich ja keiner einen Schiefer einziehen kann. Und weil er handwerklich ein ziemlich pfiffiges Kerlchen ist, gravierte er auf eine dünne Zwanzig-mal-zwanzig-Zentimeter-Messingplatte die Worte: »BESCHWERDEN NEHMEN WIR GERNE ZUR KENNTNIS«.

Und schraubte die mattglänzende Platte neben dem Kugelloch am Boden fest.

33

»Albin, kannst du heute mal zu uns rauskommen? Bitte?«

Stocker legte seine Unterlagen zur Seite und ging mit dem Telefon auf die Terrasse. Unten auf der Prinzregentenstraße unterhielten sich laut drei stark übergewichtige Frauen, die alle viel zu enge Jogginghosen trugen, und Stocker dachte: Burka, wo bist du, wenn man dich braucht? »Warum, gibt's ein Problem?«

»Ja, seit ungefähr dreißig Jahren. Es heißt Drago und bringt mich um den Verstand.«

»Aber das wolltest du doch so, oder täusche ich mich?«

»Doch nicht so. Oder doch. Aber anders. Was ist, kommst du oder ja?«

»Ist es was mit eurem Liebesleben? Damit will ich nämlich nichts zu tun haben.«

Sie lachte auf. »Mach dir da mal keine Sorgen. Unser Sexlife ist fabulös. Mann, wenn wir Alexa neben dem Bett hätten, würden wir auf dem Laptop nur noch Werbung für Karnickelfutter bekommen. Also bis später. Ich muss dann mal.«

»Wohin? Soll ich was mitbringen?«

»Nein, ich muss auf Toilette. Die Keramik ruft.«

Als er in die Gaststube trat, kam ihm Drago schon entgegen. »Grüß dich. Wo ist mein Huhn?«

»Mir ist keines begegnet. Wie sieht es denn aus?«

»Was?« Drago wirkte zerstreut. »Nein, ich habe ein Huhn über Nacht in Salzwasser eingelegt, und heute Mittag durfte es zur Belohnung eine Stunde köcheln. Ich suche den Topf. Außerdem rede ich mit mir selber. Diese Frau bringt mich noch um. Komm in die Küche.«

Stocker machte sich erst noch schnell ein kleines Bier, schlürfte den Schaum ab und ging, das volle Glas balancierend, durch die Schwingtür.

Nellie saß am Küchentisch. Vor ihr lagen eine Menge Zutaten

für ein Gericht: gehackte Zwiebeln und Knoblauchzehen, Hackfleisch, die Mehldose, grobes Meersalz in einem kleinen blauen Säckchen, der Mörser mit schwarzem Pfeffer, die Butterschale, eine Tüte Semmelbrösel, vier dicke weiße Spargel, Eier, eine Zitrone, ein Topf mit Petersilie und eine kleine Flasche mit Sahne.

Stocker setzte sich ihr gegenüber und deutete auf das Sammelsurium auf der Tischplatte. »Was wird das? Eine Pizza grande catastrofe?«

Drago kam durch die Hintertür in die Küche. In den Händen hielt er einen großen schwarzen Topf. »Mein Törtchen, warum hast du mir das denn nicht gleich gesagt? Dass du den Topf in das kleine Gewächshaus gestellt hast, meine ich?«

»Weil ich das nicht war, Macker. Dein Gehirn läuft seit einiger Zeit auf Unterleibsmodus. Du selber hast den Topf da reingetragen. Heute Nachmittag, *comprende*?«

Drago machte ein erstauntes Gesicht. »Echt jetzt? Da kannste mal sehen, wie du mich um den Verstand bringst.« Und zu Stocker: »Das hier ist in einer halben Stunde fertig, wenn mich die Kleine hier unterstützt. Ich bin ja schließlich verletzt. Und ja, mir geht es schon viel besser, falls das jemanden interessiert.«

Er stellte den Topf vorsichtig auf den Tisch, nahm den Deckel ab und schaute hinein. »Genau richtig. Schön weich, das Fleisch löst sich fast von selber von den Knochen. Übrigens, beim Stichwort ›Fleisch und Knochen‹: Mein Vater hat vorhin schon wieder angerufen, was mit dem Auto und dem Kerl drinnen passieren soll. Der stinkt zum Himmel.«

»Mahlzeit. Was machen wir jetzt?«, fragte Nellie, und Stocker erwiderte: »Ich brauch noch einen Tag oder so, dann ziehe ich das durch. Sagt eurem Schwiegerpapa, morgen ist der Deostift weg, falls er dich noch mal nervt.«

Drago sagte: »Sie hat eigentlich gemeint, was machen wir jetzt mit dem Huhn. Also, schaut dem Meister zu und erstarrt in Ehrfurcht.«

Er nahm das Huhn mit einer großen Kelle aus dem Topf, ließ es abtropfen und legte es dann auf ein hölzernes Schneidebrett. »Das ist ein Maishühnchen, das ich gewaschen und in der Meersalzlake eingelegt habe. Und heute ungefähr eine gute Stunde simmern lasse. Also, kein kochendes Wasser, nur simmern, ja? Das Beizen geht über Nacht, wie es sich gehört. Bei uns zu Hause in den Bergen, da hat man das nur bei Vollmond und in einem Gusseisentopf mit einem sehr schweren Deckel drauf vor die Tür gestellt.«

»Wegen der Tradition? Geister und so?«, fragte Stocker.

Drago grinste. »Nein, wegen den Dorfhunden. So, und jetzt nehme ich die Brühe und koche sie auf einen Liter ein. Törtchen, du wirst die Zwiebel- und Knoblauchwürfelchen in Butter glasig dünsten. Dann müssen die abkühlen. Albin, schrubb dir kräftig die Hände, dann gibst du ein gutes halbes Pfund von dem gemischten Hack in die kleine Schüssel da drüben.«

Drago stand mittlerweile am Gasherd, die Hühnerbrühe begann zu blubbern, und die Küche erfüllte sich mit einem kräftigen, appetitanregenden Duft.

Stocker mischte das Hackfleisch, nachdem er sich die Hände mit Kernseife gewaschen hatte, mit einem Ei, salzte und pfefferte das Ganze, Nellie kippte die glasierten Zwiebel- und Knoblauchstücke dazu, und Drago sagte über die Schulter: »Sehr gut. Gib so viele Semmelbrösel dazu, dass es eine gut formbare Masse wird. Dann macht ihr beide daumendicke Klößchen und gebt sie mir rüber. Die lasse ich nämlich in der Brühe eine Viertelstunde mitziehen und nehme sie dann wieder raus. Haben wir einen guten Portwein im Regal?«

»Aber ja, mein Stier.« Nellie lief in die Gaststube und kam mit einer Flasche Sherry zurück. »In die Brühe?«

Drago nahm sie ihr ab. »Nein, zuerst in mich. Der Koch muss immer der Lustigste sein.«

Er trank einen ordentlichen Schluck. »Ah ja, der geht gut ab. Von dem guten Tropfen geben wir nun einen ziemlich kräftigen Schuss in die Brühe. Seht ihr? Die beiden Küchensklaven mögen nun das Huhn von der Haut befreien, dann das Fleisch mit den Fingern runterzupfen und in mundgerechte Stücke zerteilen. Wobei die Stücke für mein Törtchen ruhig ein bisschen größer sein dürfen. Sie kriegt ja allerhand rein in ihr Mündchen, wenn sie will.«

Nellie warf ihm lachend ein großes Stück Hühnerhaut ins Genick.

Zu Stocker sagte Drago: »So, und zur Strafe muss sie das Huhn jetzt alleine zerlegen. Gib du mal bitte zwei Esslöffel Butter in den Bräter und mach eine schöne Mehlschwitze.«

Stocker rührte einige Minuten in der Einbrenne, bis sie Farbe angenommen hatte, dann goss Drago langsam die eingekochte Hühnerbrühe dazu. »Siehst du, das lassen wir aufkochen. Nellie, meine Schöne, schneide bitte den geschälten Spargel in Stücke und gib ihn in den Topf. Dann verquirlst du die Sahne mit einem Eigelb und kommst zu uns rüber. Sehr gut. Jetzt schalten wir die Hitze runter und geben die Mischung dazu. Wunderbar. Das Hühnerfleisch und die Klößchen auch noch mit rein. Gut. Die Gasflamme wieder ein bissel höher, seht ihr? Nur kochen darf es nicht. Jetzt schmecke ich das mit Zitronensaft und frisch gemörsertem Pfeffer und ein bisschen Räuchersalz ab. Und nun, voilà, die Petersilie drüber und den Topf auf den Tisch gestellt. Dazu eine Flasche trockenen weißen Bardolino und ein frisches Baguette.«

Stocker probierte als Erster und meinte: »Schmeckt super. Und das Fleisch erst. Wie nennst du das?«

»›Dragos Hüfra‹. Hühnerfrikassee kann so was ja ein jeder nennen. Aber das hier, das ist besonders. Auch das werden wir auf die Karte nehmen.«

Nellie sagte, während sie hingebungsvoll kaute: »Wir wollen die Kneipe ein bisschen umgestalten. Die Gaststube lassen wir so, wie sie ist. Aber wir stellen komplett neues Mobiliar rein. Moderne Tische mit Milchglasscheiben, die von unten beleuchtet sind, moderne Stühle, alles ziemlich transparent. Und einen neuen Namen haben wir auch schon: ›NeDra‹. Wie findest du das, Albin?«

»Klingt ein bisschen nach einer Kinderkrankheit. So wie: ›Hach, was ist die Kleine süß in ihrem Kinderwagen. Ein bissel blass vielleicht. Hat sie was?‹ ›Ja, eine leicht fiebrige Nedra, das haben aber alle in dem Alter.‹«

»›NeDra‹. Mit Betonung auf dem ›D‹, mein Freund. Ne ist

Nellie, und Dra bin ich, also Drago. Und zum Essen bieten wir Bayerisch-Balkan-Crossover-Küche. Gute Weine und Bier vom Fass.«

»Was ist Bayerisch-Balkan-Crossover?«

Drago erwiderte: »Na das, was du grade hier isst. Das ist ein Originalrezept aus Albanien. Und dazu servieren wir zum Beispiel angebratene Brezenknödelscheiben. Wir wollen die Karte klein halten. Fünf oder sechs Gerichte. Zweimal Fleisch, zweimal Fisch, vegetarisch und Salate. Wie klingt das?«

Stocker lehnte sich zurück und wischte sich über den Mund. »Gut. Wisst ihr was? Ich spendiere euch die Tische und die Stühle. Dafür darf ich zum Essen kommen, wann immer ich will. Ist das ein Vorschlag?«

Drago und Nellie schauten sich an, brachen dann beide gleichzeitig in Gelächter aus.

»Ist das witzig? Wo ist der Gag?«

»Weil mir genau das mein Vater heute schon angeboten hat. Falls ich hierbleiben möchte.«

Stocker grinste und hob sein Glas. »Dann wünscht ihr euch von mir eben was anderes in der Preisklasse. Modernisiert doch die Küche.«

Nellie machte ein verlegenes Gesicht. »Eigentlich haben wir noch eine Umbau-Sache vor, jetzt, wo du das Thema grade ansprichst …«

»Was denn?«

»Ja, weißt du, Albin, mit der Pia und mir … Wie soll ich sagen … wegen dem Drago und überhaupt …«

Stocker beugte sich vor und tätschelte ihre Hand. »Warum sprichst du nicht in ganzen Sätzen? Dann würden das alle hier am Tisch besser verstehen.«

»Ich meine ja nur. Du hast mir die ›Endstation‹ mit allem Drum und Dran überschrieben. Das werde ich dir nie vergessen. Und wir haben damals ausgemacht, dass in deiner Wohnung da oben nichts verändert wird. Aber nun ist es so, dass es aus ist mit der Pia und mir.«

»Was ist mit Josef?«

»Auch das wollte ich dir erzählen. Also, der Josef, der ist im Moment bei Pias Mutter. Die hat doch diesen Bauernhof in der Nähe vom Irschenberg. Habe ich dir davon schon mal erzählt?«

»Nein. Was ist jetzt mit dem Hund, verdammt noch mal?«

»Nichts. Der ist bei Pias Mutter, wenn du mich ausreden lassen würdest. Dort, auf dem Hof, hat er sich mit den Gänsen, Katzen und Hühnern angefreundet. Er schläft sogar manchmal im Kuhstall bei den Kälbern. Der kleine Hund ist rundum glücklich. Pias Mutter sagt, wenn du ihn wiederhaben willst, kein Problem. Nur, da, wo er jetzt ist, das ist ein echtes Hundeparadies für ihn.«

Stocker zupfte sich am Ohr. »Lass mich darüber nachdenken, ja? Was passiert mit eurer Wohnung?«

»Die haben wir gekündigt. Die Möbel gehören zum Großteil mir. Die Pia zieht nach München. So, und jetzt habe ich gedacht, weil der Drago ja wahrscheinlich hierbleibt, könnten wir vielleicht deine kleine Wohnung …«

»Aber das sind ja nur um die siebzig Quadratmeter!«

»Das reicht uns vollkommen. Es ist nur … weil du ja da oben …«

Stocker stand auf, ging um den Tisch herum und küsste Nellie auf die Stirn. »Die Wohnung gehört zum Haus. Und das Haus gehört dir. Ich wohne in Rosenheim. Und wenn ich zu euch rauskomme und versumpfe, dann kann ich ja in dem Verschlag hinter der Küche schlafen, oder? Richtet euch die Bude da oben ein, baut das Haus um, was immer ihr wollt. Dann bezahle ich halt den Umbau und die neuen Möbel, seid ihr einverstanden?«

Und so kam es, dass sich die drei heulend in den Armen lagen und gegenseitige ewige Liebe schworen. Dann gingen sie im Gänsemarsch in die Gaststube. Nellie zapfte zwei kleine Biere und mixte sich selber einen handfesten Gin Tonic.

Stocker lehnte an der Theke und sagte zu Drago: »Und was ist mit deinem Saunaclub?«

»Mein Kumpel, der Ahmed, wird mich auszahlen. Sein Anteil ist eh viel kleiner als der meine, denn der kam eigentlich von meinem Alten. Und der will sein Geld auch nicht zurück. Das sollen wir hier in das Restaurant stecken, sagt er. Dafür will er lebenslang umsonst essen, wann immer er in der Gegend ist. Na ja, und der Ahmed, der hat ja seine Wohnung in seinem Sonnenstudio in Prien. Oben die Sonnenbänke, die Bar und das alles, unten der Ruheraum und gleich dahinter seine Wohnung. Souterrain, aber sehr günstig. Wir haben natürlich auch in der Villa übernachtet, wenn's mal wieder hoch herging. Aber unser eigentliches Zuhause war die Wohnung unter dem ›Brown Sugar‹.«

Stocker grinste. »Wow, ›Brown Sugar‹, was für ein Name. Wie kommt man auf so was? Wegen der Sonnenbräune? Tolle Mädels, braun gebrannt, das ergibt Brown Sugar. Deswegen?«

Drago lachte auf. »Ganz kalt. ›Jackie Brown‹, der Film von Quentin Tarantino? Sagt dir der was? 1977, mit Pam Grier in der Hauptrolle? Die fand ich supercool, Brown Sugar eben.«

Stocker überlegte. »Nein. Aber was anderes: Du hast mir mal erzählt, immer wenn der Wittmann mit seinen Gästen in der Villa war, hat der Setkau vorher den Laden durchsucht. Nach Kameras, versteckten Mikros und so.«

Drago nickte. »Klar. Das hat mich anfangs gestört. Weil wir natürlich die Kameras und Wanzen entfernt haben, wenn wir wussten, dass Mr. W. mit seinem Anhang kam.«

»Wo waren denn Kameras?«

Drago setzte ein schmutziges Lächeln auf. »Im Saunabereich, bei den Duschen und über den Liegen. Was denkst du, wie es da manchmal abgegangen ist?«

»Habt ihr jemanden erpresst?«

Drago schüttelte den Kopf. »Wir nicht. Aber wir hatten ab und zu einen Auftrag von meinem Vater. Wenn er Leute schickte, mit denen er Geschäfte machte, sollten wir alles aufnehmen, was die treiben, und ihm die Filmchen überspielen.«

»Wie oft kam das vor?«

»Nicht oft. Dreimal, während der ganzen Zeit.«

»Wo sind die Aufnahmen jetzt?«

Drago trank sein Glas leer, reichte es der Nellie rüber. »Bitte noch eins. Dieselbe Farbe.« Und zu Stocker: »Die sind bestimmt noch auf der Festplatte vom Rechner, wenn sie der Ahmed nicht gelöscht hat. Das glaube ich aber nicht, denn der steht mit der gesamten modernen Technik auf Kriegsfuß. Warum? Willst du dich mit meinem Vater anlegen? Davon möchte ich dir heftig abraten.«

Stocker schüttelte den Kopf. »Nein, ich hab da so einen Gedanken. Du weißt doch, was auf den Filmen drauf ist. Denk mal nach: Ist da ein Kerl zu sehen, der dem Wittmann ähnlich ist? Von der Figur her? Schlank, kurze graue Haare? Verstehst du? Ist da was, das, wenn man es ein bisschen bearbeitet, sagen wir mal, etwas unschärfer macht oder so, ist da was, in dem man mit viel Phantasie den Wittmann erkennen könnte?«

Drago nahm sein Bier entgegen, warf der Nellie einen Luftkuss zu und dachte nach. »Nein, so auf Anhieb fällt mir da jetzt nichts ein.«

Dann schnippte er mit den Fingern. »Doch, warte, wir hatten da mal einen Russen, der kam mit vier Bodyguards zu uns nach Prien. Papa hat mit dem einen fetten Deal gemacht und brauchte irgendwas, um ihn auf Linie zu halten, falls er sich nicht an die Zahlungsvereinbarungen hält, verstehst du?«

»Ja. Weiter.«

»Der Kerl wollte einen braunhäutigen, mädchenhaften Knaben, so um die sechzehn, siebzehn. Den hat ihm Ahmed organisiert. Der Russe und der Knabe verschwanden alleine in der Sauna. Mit Koks, Schampus und Kaviar. Wir und ein paar Mädels für die Bodyguards waren im Liegebereich. Ahmed und ich sind dann ins Büro gegangen, die Bodyguards haben abwechselnd die Mädels gevögelt, und der Russe hat dem Knaben in der Sauna einen geblasen. Das war natürlich ganz großes Kino. Papa war glücklich. Er sagte, der Russe hat in Moskau eine Frau, die wäre eine reine Furie. Mit mehr Haaren auf den Zähnen als er auf der Brust. Wenn die rauskriegt, was ihr Macho-Hengst da gemacht hat, nämlich von dem Pimmel eines jungen Kerls Kaviar geleckt und sich dann das kleine braune Ding bis zum Anschlag in den Hals geschoben, dann schneidet die ihm nachts im Schlaf seinen Schwengel ab. Wahrscheinlich sogar mehr.«

»Warte mal, du hast mir erzählt, dass du mit deinem Vater

Stress hattest. Ihr habt so gut wie nichts miteinander geredet. Verstehe ich da jetzt was ganz falsch?«

»Nein«, sagte Drago, »wir hatten privaten Stress, weil ich nicht in die Firma einsteigen wollte. Aber er hat mir ja Geld für die Villa gegeben. Die Kaution und Miete für die ersten paar Monate. Dafür wollte er natürlich was haben. Privat ist privat. Geschäft ist Geschäft. Da bringen wir nichts durcheinander. Und jetzt?«

»Kannst du von hier aus auf den Computer in eurem Laden zugreifen?«

»Klar. Ich hab ja die Passwörter. Du willst diesen speziellen Film sehen, hab ich recht?«

Stocker nickte. »Ja. Wenn der Kerl auch nur eine entfernte Ähnlichkeit mit dem Wittmann hat, dann schon. Dann habe ich für die Verwendung eines Bildes eine Idee. Wenn nicht, dann nicht. Obwohl ich Kaviar sehr gerne mag. Allerdings nicht so wie auf dem Film serviert.«

»Mein Vater müsste den Streifen auch noch in seiner privaten Sammlung haben, lass uns doch den anrufen.«

»Nein. Überspiel mir den Film auf meinen Laptop. Dann schauen wir, ob da überhaupt eine Sequenz drauf ist, die wir so bearbeiten können, dass es nach Wittmann ausschaut.«

»Das merkt der doch, oder? Ich meine, dass das nicht er selber ist?«

»Drago, es geht nicht darum, was er glaubt oder merkt, sondern um das, was andere denken, wenn sie das sehen.«

Drago grinste. »Okay, verstehe, ich schau mir den Streifen an und suche was raus, das passen könnte. Ein Standbild reicht ja, oder? Ich meine, da muss sich nix bewegen, hab ich recht?«

Stocker klopfte ihm auf die Schulter. »Genau das ist es, was wir brauchen. Ich geh nach oben und leg mich ein bisschen hin, solange es noch meine Bude ist.«

34

Aber er hatte wohl kaum eine Stunde geschlafen, als er Dragos Stimme von unten hörte: »Albin, kommst du mal? Ich hab's!«

Stocker schlurfte in Socken die Treppe runter und ging in die Küche.

Drago saß am Tisch und drehte den Laptop so, dass beide auf den Bildschirm schauen konnten. »Hier, das könnte er doch sein, wenn man nicht so genau hinschaut, oder?«

Stocker zog sich den Computer heran und starrte auf das leicht verschwommene Standbild.

Ein braunhäutiger, brasilianisch anmutender junger Mann saß auf dem unteren Lattenrost einer Sauna. Seinen Kopf hatte er nach hinten geworfen, die Augen waren geschlossen, seine Beine weit gespreizt, und mit den Armen stützte er sich am Rost der Sitzbank ab.

Zwischen seinen Beinen kniete ein schlanker, grauhaariger Mann. Der Rücken des Kerls war haarlos, die Ohren standen ein bisschen ab, und mitten auf dem Kopf hatte er einen kleinen kahlen Fleck, der wie die Tonsur eines Mönches aussah.

»Da, schau dem mal auf den Kürbis. Der Wittmann hat auch so eine Mini-Glatze wie der da«, meinte Drago und zeigte auf das Bild, »und die Figur kommt auch hin. Ungefähr jedenfalls. Und weil man ihn ja nur von hinten sieht, könnte er es mit etwas Phantasie sein. Außerdem hat er den Schwengel von dem Knaben bis zum Gehtnichtmehr im Hals, so was verfremdet den Gesamteindruck immer ein bisschen, würde ich als Fachmann mal sagen.«

Stocker betrachtete das Bild aus der Nähe, dann lehnte er sich zurück und schaute aus verschiedenen Blickwinkeln auf die Szene. »Mhm, ja, doch. Mit etwas gutem Willen könnte man in dem Inhalierer den Wittmann sehen. Es geht ja auch nicht drum, dass er sich selber identifiziert, sondern ob man jemanden glauben machen kann, dass er es ist. Dafür reicht es. Bearbeite es noch ein bisschen. Es kann ruhig noch einen Ticken unschärfer oder grobkörniger werden. Das brauche ich dann auch als PDF-Datei. Ich weiß noch nicht genau, wie wir das dem Wittmann zukommen lassen.«

»Glaubst du, er fällt drauf rein?«

»Muss er gar nicht. Hauptsache, er wird nervös. Ich hatte eine Idee, während ich oben auf dem Bett lag. Wie kommen wir an den Wittmann ran, hast du eine E-Mail-Adresse?«

Drago überlegte. »Kann sein, aber warum rufst du ihn nicht einfach an? Du hast doch das Handy von Rotkäppchen.«

Stocker tippte Drago an die Stirn. »Mitdenken, Junge. Dann weiß er sofort, dass wir seinen Mann haben. Weil sich der Setkau nie im Leben freiwillig von dem Handy getrennt hätte. Also, was ist mit der E-Mail-Adresse?«

»Die müssten wir in unserer Wohnung in Prien drüben haben. Der Setkau hat uns mal eine Mail vom Wittmann aufs Handy weitergeleitet. Die hat er von seiner Dienststelle aus dem Setkau gemailt, und der sollte die Mail an mich weiterleiten, aber natürlich den Wittmann-Absender löschen. Das hat der Setkau wohl verpennt, oder er hat sich gedacht, was soll's, ist ja nix Kompromittierendes. Da ging's um detaillierte Bestellungen für eine Party. Spezieller Kaviar, spezieller Schampus, Naked-Lobster-Sandwiches, lauter so Zeug, wo Geld keine Rolex spielt, weil's eh der Steuerzahler brennt, du weißt schon. Rotschöpfchen hat sich aber abends das Handy gekrallt, kaum dass sie bei uns in der Villa ankamen, und hat alles gelöscht, nachdem er die Lieferung inspiziert und mit der Bestellung verglichen hat.«

»Das verstehe ich jetzt nicht. Dann haben wir also doch nichts?«

Drago lachte. »Der Ahmed hat sich den Absender gemerkt, also die Wittmann-Mailanschrift, und die in sein kleines Büchlein geschrieben. Man weiß nie, hat er gemeint. Du siehst, möglicherweise haben wir also doch was. Da kommt der Wittmann auch nie auf uns oder dich, wenn er auf sein Diensthandy eine Mail kriegt.«

»Dann ruf deinen Ahmed mal flott an. Wann hast du das letzte Mal mit ihm gesprochen? Weiß er, dass du hier bist?«

Drago überlegte kurz. »Nein, ich habe Nellies Handy benutzt und die Nummer unterdrückt. Er denkt, ich bin im Ausland und komme so schnell nicht mehr zurück.«

»Warum denkt er das?«

»Weil ich ihm gesagt habe, dass ich ganz schnell verschwinden musste. Und dass er den Laden komplett übernehmen kann. Meinen Anteil muss er mir auszahlen, das können wir aber so regeln, dass er das schafft. So um die fünftausend im Monat. Die Zahlungen sollen an meinen Vater gehen, der leitet es dann an mich weiter. Das ist sein Informationsstand.«

»Dann ruf ihn jetzt an und sag, du schickst einen Kumpel vorbei, der will mit ihm reden. Wo hat er sein Büchlein, weißt du das?«

»Ja klar. Unten, in seiner Wohnung, in der Dusche. Da ist oben eine dieser Abdeckplatten locker, die kann man zur Seite schieben. Da liegt es. Ein kleines schwarzes Notizbuch mit Ledereinband.«

»Woher weißt du das alles, ich meine, wo er es versteckt hat?«

»Warum nicht? Wir waren ja zusammen, da vertraut man sich. Außerdem stehen da unsere wichtigsten Telefonnummern und Codes drin. Fährst du jetzt gleich rüber?«

»Ja. Und du kommst mit, weil ich keine Ahnung habe, wo eure Wohnung ist. Du bleibst aber im Wagen, wenn ich reingehe. Also, ruf schon an.« Stocker reichte ihm sein Prepaid-Handy. »Mit dem hier. Da sieht er keine Nummer.«

Drago tippte die Zahlen ein und hielt das Telefon ans Ohr. Nach einiger Zeit legte er es kopfschüttelnd auf den Tisch. »Das verstehe ich jetzt überhaupt nicht. Er geht nicht ran, obwohl er sein iPhone sogar mit aufs Klo nimmt. Und der AB springt auch nicht an. Das heißt, der muss voll sein. Was ich auch nicht kapiere, denn wenn er mal ein paar Stunden gepennt hat oder so, dann hat er als Erstes seine neuen Nachrichten abgehört.«

Stocker erhob sich. »Los, komm, wir schauen mal nach. Wo ist übrigens die Nellie?«

»Ist in ihre Bude rübergefahren, frische Sachen holen, Unterwäsche für mich kaufen und so. Du weißt ja, wie wir Mädels so sind.«

Nach etwa einer Viertelstunde bogen sie in Prien in die Seitenstraße ein, in der das Sonnenstudio das Erdgeschoss eines neueren Wohnhauses einnahm.

»Parke am besten gleich hier, hinter dem Kombi. Dann sieht er dich nicht, falls er im Laden ist.«

Stocker fuhr an die Seite, stellte den Motor ab und schaute sich die Hausfassade schräg vor ihm an. Auf den zwei mit Silberfolie abgeklebten Schaufenstern stand in weißen Lettern: »BROWN SUGAR SONNE & SPA«.

»Und keiner im Haus kriegt mit, was ihr da drinnen so macht?«

»Warum denn?«, meinte Drago. »In dem Haus machen wir ja nix. Wir wohnen da, im Souterrain. Und das Sonnenstudio ist ein ganz normales Sonnenstudio. Meistens jedenfalls. Und außerdem sind über uns ja nur Arztpraxen und Büros. Nach fünf ist da keiner mehr. Und ringsum, guck doch selber, lauter Firmen, in den Obergeschossen ein paar Wohnungen. Alles sehr seriös. Besser geht's doch gar nicht. Schau mal, da drüben, der rote Alfa mit den goldenen Felgen, das ist Ahmeds Auto. Er ist also da. Weil er sogar die zweihundert Meter zum Döner-Laden an der Ecke mit dem Auto fährt.«

»Bäh, goldene Felgen! Wenn der Alfa Gefühle hätte, dann wäre er sowieso schon schamrot, dann bräuchte es keinen roten Lack mehr.« Stocker verzog gespielt angewidert das Gesicht.

»Jetzt werd mal nicht tuckig«, mokierte sich Drago.

Stocker schaute ihn an. »Ich hätte da mal eine Frage. Völlig wertfrei. Bist du jetzt schwul, oder was? Ich meine, du warst doch mit dem Kerl da drinnen zusammen?«

Drago riss die Augen auf. »Wegen der Nellie, meinst du? Mann, die hat mich radikal bekehrt, umgedreht, könnte man sagen. Schau nicht so blöd, Stocker. Es gibt Tausende von Männern, die waren jahrelang mit Frauen oder so was Ähnlichem verheiratet, haben Kinder gezeugt und was weiß ich noch alles.

Und plötzlich haben sie gemerkt, dass sie eigentlich auf Spargel stehen. Bei mir ist es genau umgekehrt. Was ist daran so komisch? Warum grinst du jetzt so dämlich? Hattest du nie was Gleichgeschlechtliches? Nicht mal als Junge?«

»Die einzigen Männer, die ich je abgeleckt und in den Mund genommen habe, das waren Schoko-Weihnachtsmänner. Gib mir den Schlüssel. Und erklär mir kurz, was ich gleich sehe, wenn ich da reingehe.«

Drago holte einen kleinen Schlüsselbund aus der Hosentasche. »Hier, der eckige ist es. Wenn du reinkommst, bist du am Empfangstresen. Grade weiter geht's zu den Sitzecken und nach hinten zu den Spinden, dahinter geht's in den Raum mit den Verschlägen für die Sonnenbänke. Da ist links hinten eine blaue Tür. Für die passt der runde Schlüssel. Jetzt kommst du über eine Wendeltreppe nach unten in den privaten Bereich. Da ist noch eine Tür, dahinter ist die Wohnung. Soll ich nicht doch mit reingehen?«

Stocker zog sich aus dem Wagen. »Du bleibst schön hier sitzen und rührst dich nicht von der Stelle. Schminkzeug und den ganzen Mädelskram, wie du es nennst, hat dir ja Nellie schon alles besorgt, nehme ich an.«

Drago öffnete den Mund, aber Stocker war schon aus dem Auto raus und warf die Fahrertür zu.

Er schaute nach oben zu den Fenstern der Häuser auf beiden Straßenseiten. Die meisten waren dunkel, in einigen Büros oder Praxen wurde wohl noch gearbeitet. Aus der oberen Etage mit den Wohnungen kam Licht.

Schnell ging er zur Milchglastür und hielt den Kopf gesenkt. Kurz vor dem Eingang blieb er stehen und starrte in die Schaufenster, in denen sich alles spiegelte, um festzustellen, ob was hinter ihm war.

Alle Autos, die in der Straße standen, waren leer, soweit er das sehen konnte. Auch in den Hauseingängen gegenüber tat sich nichts.

Stocker sperrte die Tür auf, glitt in den Eingangsbereich und verschloss die Glastür hinter sich.

Er lehnte sich an die Wand, um seine Augen an das dämmrige Licht zu gewöhnen. Gleichzeitig legte er den Kopf schief, um besser zu hören. Aber kein Laut drang durch das Halbdunkel.

Stocker ging durch die Räume, bis er die Tür zu der Wendeltreppe in die Souterrainwohnung sah.

Schon auf den ersten Stufen schlug ihm ein süßlich-kotiger Geruch entgegen.

Die Eingangstür der Wohnung war unverschlossen, nur eingerastet. Er stieß sie mit dem Fuß auf und rief: »Hallo? Ahmed? Kannst du mich hören?«

Schnell lugte er in den schmalen, kurzen Flur. Aus einem der Zimmer, dessen Tür offen stand, fiel ein Lichtschein auf den Holzboden.

Bei jedem Schritt, den Stocker auf das Licht zuging, wurde der Geruch intensiver, jetzt noch vermischt mit dem dumpfen, metallartigen Duft von Blut.

Mit vier schnellen Schritten war Stocker in dem kleinen Wohnzimmer.

Ein nackter, blutüberströmter Mann lag auf dem Boden und starrte mit offenen Augen zur Lampe hoch.

Stocker hielt sich die Nase zu und stupste den offensichtlich Toten mit dem Fuß leicht am Arm. Der bewegte sich um einige Zentimeter.

Jetzt denkst du dir bestimmt: Warum stößt der Stocker einen toten Mann an?

Weil wenige Stunden nach dem Tod die Leichenstarre eintritt. Sie beginnt am Kopf, genauer gesagt an den Augenlidern, dann kommen die Kaumuskeln dran, körperabwärts geht's dann weiter.

Nach vielleicht sechs Stunden, je nach Umgebungstemperatur, ist sie dann voll ausgeprägt, und der Mann oder die Frau ist stocksteif.

So, unser Mann liegt in einem beheizten Zimmer, da ist die Starre nach vierundzwanzig bis dreißig Stunden dann auch schon wieder weg.

Das heißt, der bedauernswerte Ahmed wurde vor ein bis zwei Tagen umgebracht.

Und sobald die Leichenstarre weg ist, beginnt der Zersetzungsprozess, und mit ihm kommen all diese unangenehmen Gerüche.

Stocker ging in die Knie und schaute sich den Toten an, wobei er sich immer noch mit Daumen und Zeigefinger die Nase zuhielt. Denn so ein Gestank, der kann dich im wahrsten Sinne des Wortes umhauen, ja, was denkst du denn?

Ahmed wurde vor seinem Ableben gefoltert. Auch das war nicht sonderlich schwer festzustellen, weil ihm an der blutigen linken Hand drei Fingernägel fehlten, die einen halben Meter entfernt zu bestaunen waren.

Zusätzlich wurde sein Kopf mit einem stumpfen Gegenstand eingeschlagen. Stocker schaute sich um, fand aber nichts, was zu den Verletzungen passte.

Zu guter Letzt hatte man dem armen Kerl die Halsschlagadern aufgeschlitzt, was das viele Blut in Schulterhöhe erklärte.

Stocker stand vorsichtig wieder auf, versuchte, den Raum rückwärtsgehend so zu verlassen, dass er in seine eigenen Fußstapfen trat.

Das ist gar nicht so einfach, kann ich dir sagen.

In der Dusche angekommen, wickelte er ein Handtuch um seine rechte Hand, schnappte sich einen Hocker, stellte ihn in die Duschkabine und stieg drauf.

Mit der verbundenen Hand klopfte er die Deckenfliesen ab. Die vierte gab nach. Er schob sie zur Seite, nahm das Handtuch von der Hand und tastete mit den Fingerspitzen in den Hohlraum.

Schnell hatte er das Büchlein gefunden, steckte es ein und wickelte sich das Tuch wieder um die Hand.

Dann schob er die Platte an ihren Platz zurück, stellte den Hocker wieder dahin, von wo er ihn genommen hatte, und schaute sich kurz um.

Mit dem Handy fotografierte er einige Male in das Wohnzimmer hinein, dann verließ er schnell die Wohnung, ging auf dem Weg nach draußen noch kurz hinter den Tresen, um nach einem Laptop zu schauen, sah aber außer einigen Flaschen Gin, Rum, Whisky und Porno-Magazinen und ein paar Kabeln nichts.

35

Drago heulte hemmungslos, als ihm Stocker die Fotos auf dem Handy zeigte, die er vor ein paar Minuten gemacht hatte.

»Warum haben sie ihn so zugerichtet? Was passiert jetzt?«, schniefte er.

Während Stocker die Straße beobachtete und überlegte, kam ihm ein Gedanke. »Ihr habt da drinnen ja auch bestimmt Überwachungskameras, oder? Pass auf, du gehst jetzt rein. Schau, ob das Aufzeichnungsgerät von euren Kameras, der Laptop oder was immer es war, doch noch da ist. Hinter dem Tresen war nichts. Wenn du ihn findest, nimm ihn mit. Sieh nach den Kameras, ob dir da was verändert vorkommt. Geh runter zu Ahmed, schau dich in den Zimmern um. Ob was fehlt, ob dir was auffällt, das ich nicht sehen konnte, weil ich vorher nie in der Wohnung war. Hallo, hörst du mir überhaupt zu?« Er schlug ihm hart auf die Schulter. »Reiß dich zusammen, Mann! Heulen kannst du nachher. Früher oder später marschiert die Polizei in euren Nobelpuff und dann hier ein. Was können die finden? Denk nach!«

»Hast du sein Buch?«

Stocker holte es aus der Innentasche seines dunkelblauen Blousons. »Hier. Wo ist die E-Mail vom Wittmann?«

Drago schnäuzte in sein ohnehin schon nasses Papiertaschentuch, blätterte hastig in dem Büchlein vor und zurück. »Warte, gleich hab ich ihn. Hier, diese hier. Kannst du das entziffern? Hat er lange gelitten, was meinst du?«

»Ahmed? Ich fürchte, ja, das hat er. Die haben ihm ein paar Fingernägel ausgerissen.«

»Wer ist ›die‹?«

»Siehst du hier irgendwo eine Glaskugel, Junge? Die, das dürfte in diesem Fall unser totes Rotkäppchen gewesen sein.«

»Warum meinst du das?«

»Weil ich ihm sein Messer abgenommen habe. Das ist eines von diesen Schweizer Multi-Tool-Dingern. Mit einem Schraubenzieher und einer kleinen Flachzange im Griff, so zum Rausklappen, du weißt schon.«

Dragos Augen füllten sich wieder mit Tränen, und er kniff die Lippen fest zusammen.

Stocker sagte: »Geh jetzt rein. Schau dich um. Noch mal: Was können die Bullen finden, wenn sie den Laden auseinandernehmen? Und das werden sie, glaub mir das. Hier und in der Villa bleibt kein Stein auf dem anderen.«

»Unsere Koks-Notration. Ein halbes Pfund.«

»Wo ist das Zeug?«

»In dem Bose-CD-Radio, das auf dem Tresen steht, gleich links hinter der Eingangstür. Soll ich das mitbringen, wenn's noch da ist?«

»Sag mal, bist du so blöd, oder denkst du wirklich durch deinen Schwanz? Pass auf, wir können hier nicht ewig rumdiskutieren. Irgendwann schaut wer aus dem Fenster oder geht mit seinem Hund spazieren und sieht uns. Also los jetzt, hau ab. Hier sind die Schlüssel.«

Drago griff nach der Tür, aber Stocker meinte: »Warte. Wo ist das Handy vom Setkau?«

»Das hast du doch mitgenommen.«

»Echt jetzt?« Stocker kramte in seinen Taschen und zog das kleine Mobiltelefon hervor, wischte es von allen Seiten ab. »Hier. Das legst du neben den Ahmed. Pass auf, dass deine Fingerabdrücke nicht drauf sind, sondern drück es dem Ahmed in die Hand. Soll so aussehen, als hätte der Setkau das Ding vergessen, bei einem Kampf verloren, was weiß ich. Mach jetzt: rein – gucken – raus. Nichts mitnehmen. Das Radio mit dem Stoff drin wirfst du auf den Boden, dann fällt es gleich auf, und die Polizisten finden das Koks.«

»Dann sind ja meine Fingerabdrücke drauf!«

Stocker klatschte ihm mit der flachen Hand auf die Stirn. »Du Hirni. Du hast doch da gearbeitet und gewohnt. Deine Fingerabdrücke sind sowieso überall. Und für die Tatzeit, wann immer genau die war, hast du ein Alibi. Du warst bei uns. Geht das in deine Rübe rein? Wegen dem Koks kann dir nichts passieren, solange auf dem Päckchen keine Fingerprints von dir sind. Sind welche drauf? Nein? Dann los jetzt, hau endlich ab.«

Drago schlug die Beifahrertür hinter sich zu und ging zum Laden.

Aus dem Handschuhfach nahm Stocker eines seiner Handys, spielte sich das gefakte Standbild mit der Kaviar-Szene und dem falschen Wittmann auf das Mobilteil und schickte diesem eine Mail: »Das geht morgen früh an alle Münchner Zeitungen. Und Ihre Vorgesetzten. Rufen Sie mich SOFORT an. Dringend. 0033673302460.«

Stocker drückte auf »Senden« und lehnte sich zurück.

Falls du dich jetzt fragst: Was ist denn das für eine Nummer, und warum macht er das? Ich weiß natürlich nicht, ob du schon mal in Frankreich warst. Dort kannst du nämlich an vielen Automaten Prepaid-Karten für Handys kaufen. Diese Nummern sind nicht zum Anrufer zurückverfolgbar. Und der Angerufene denkt bloß, dass da jemand aus Frankreich an der Strippe ist. Auch wenn dieser jemand in Prien sitzt und dabei einem großen Hund zuwinkt, der gerade mitten im Park sein Geschäft macht und interessiert zum Mercedes rüberschaut.

Zwei Minuten später surrte Stockers Handy. Wittmanns Stimme klang rau und zornig: »Was soll das?«

Stocker legte schnell ein Papiertaschentuch doppelt über das Mikro am Telefon, um den Klang seiner Stimme zu verändern. »Wir kennen uns. Ich will Sie warnen.«

»Wer sind Sie?«

»Tut nichts zur Sache. Nennen Sie mich ›Z‹. Weil ich für das, was ich jetzt für Sie tue, einen Gefallen will.«

Wittmann dachte kurz nach. »Was soll der Scheiß mit dem Bild? Den Mann erkenne ich nicht.«

»Das sollen Sie sein.« Stocker hörte, wie Wittmann zu einer Erwiderung ansetzte, und sagte schnell: »Psch. Wir haben nicht viel Zeit. Sie hören jetzt zu. Ich alleine weiß, dass Sie nicht der

Kerl auf dem Bild sind. Die von den Zeitungen natürlich nicht. Ihre Vorgesetzten und Kollegen auch nicht. Die werden vielleicht glauben, dass Sie der Lutscher sind, vielleicht auch nicht. Gibt auf jeden Fall Top-Schlagzeilen: ›Staatssekretär im Schwulenclub‹. Sie waren ja tatsächlich öfters in dieser Lokalität bei Prien. Das wird man möglicherweise rausfinden. Einer der Betreiber wurde ermordet. Und zwar von Ihrem Mann fürs Grobe. Walter Setkau, so heißt er doch im Moment, oder?«

Schweigen in der Leitung.

»Gut. Weiter. Neben der Leiche liegt ein Mobiltelefon. Darauf ist Ihre Nummer eingespeichert. Und zwar nur Ihre Nummer.«

»Blödsinn. Woher wollen Sie das wissen?«

»Weil wir Fotos von der Leiche haben, und die hat Setkaus Handy in der Faust.«

»Sind Sie ... ein Kollege? Von einem der Dienste? Kennen wir uns?«

»Ja, kann man so sagen. Wir sind uns auch schon persönlich begegnet. In Algier, glaube ich. Aber das tut jetzt nichts zur Sache. Wittmann, in ein paar Stunden ist vor Ihrer Villa der Teufel los. Das weiß ich.«

»Vor meiner Villa, ja?«

»Genau. Soll ich Ihnen erzählen, wie Sie eingerichtet sind? Also, ich mag keine Häuser ohne Grünpflanzen oder Blumen. Sie offenbar schon. Und der Besprechungsraum im ersten Stock? Mein Lieber, das hat ein Vermögen gekostet, den so auszustatten, wenn Sie wissen, was ich meine.«

»Was wollen Sie?«

Stocker nahm ein frisches Taschentuch, weil das am Telefon feucht wurde. »Einen großen Gefallen. Ich werde Sie in ein paar Wochen anrufen und sagen: ›Hier ist Z‹, und Sie werden mir bei einem Deal helfen. Dafür helfe ich jetzt Ihnen, am Leben zu bleiben.«

»Dazu habe ich meine Leute.«

»Die in der Villa? Das ist eine Handvoll, aber der, der in den frühen Morgenstunden kommt, der hat eine kleine Armee, und die ist entsprechend bewaffnet. Die haben sogar Panzerfäuste, hört man. Alleine von dem Krach von den Einschlägen werden Ihre Nachbarn nicht begeistert sein.«

»Ich kann die entsprechenden Behörden alarmieren. Sie wissen ja, was dann abläuft, wenn einer von uns bedroht wird.«

»Natürlich. Dann sind Sie heute Nacht sicher. Aber das Bild, das Sie sich gerade ansehen, das haben in ein paar Stunden Dutzende von Redaktionen. Und noch was: Setkau ist auch tot. Ich habe seine Leiche gesehen. Und Sie werden sie wahrscheinlich auch bald sehen.«

»Wie soll das denn funktionieren?«

»Keine Ahnung. Haben Sie ›Der Pate‹ gesehen, den Film, in dem der Filmproduzent im Morgengrauen wach wird, und unter seiner Bettdecke ist ein Pferdekopf? Könnte sein, dass Ihre Gegner Ihnen das Köpflein von Rotkäppchen neben Ihr Kissen legen. Die können das, glauben Sie mir.«

»Ist es wegen des Jungen?«

Und wie auf Stichwort tauchte die lange Gestalt vom Drago im Rückspiegel auf. Stocker beugte sich rüber, öffnete die Beifahrertür, legte einen Finger auf die Lippen und deutete auf das Telefon. Drago nickte und rückte sich schweigend im Sitz zurecht. Sein Gesicht war tränennass.

»Auch, ja. Da kommen wir gleich zu einer Bedingung: Der Junge ist ab heute tabu, unantastbar. Nur so kann ich den Clan davon abhalten, Ihre Villa zu stürmen.«

»Glauben Sie im Ernst, mit so was kann man mich erschrecken?«

»Glaube ich, ja. Denn die ganze Aktion wird so viel Staub im Ministerium aufwühlen, dass Ihre Prien-Besuche, die Deals, die da gemacht werden, das Koks und alles andere hochkommen. Sie werden für Ihre Leute unhaltbar, verstehen Sie das denn wirklich nicht?«

»Ich weiß, wo ein paar Leichen im Keller liegen. Genau wie Sie das jetzt tun. Leichen vorzeigen. Ich habe Unterlagen, die einiges zum Erschüttern bringen. Das wissen gewisse Leute im Landtag und in der Regierung.«

»Na wunderbar. Dann kann ich jetzt auflegen. Übrigens: Schon oft haben sich Big Player wie Sie unangreifbar gefühlt. Die haben meist Selbstmord begangen. Beau-Rivage, mein Lieber. Oh, Verzeihung, mein Französisch ist furchterregend. ›*Au revoir*‹, wollte ich sagen.«

Du weißt bestimmt noch, dass das Hotel, in dem sich ein bekannter deutscher Politiker das Leben nahm, das »Beau-Rivage« in Genf war. Auch dieser hohe Beamte wähnte sich sicher, weil er ja die richtigen Leute kannte. Die dann aber doch die falschen waren. Aber auch der Wittmann hat die Anspielung sofort verstanden, ja, was denkst du denn? Er und sein Team haben ja selber einige ähnliche Aktionen durchgezogen. Auch deshalb sagte er jetzt zum Stocker: »Ich verstehe. Sie meinen, auch der eigene Fallschirm kann mal versagen. Wie viel Zeit habe ich, bis die Bombe hochgeht?«

Jetzt kannst du dir aber schon vorstellen, dass es den Stocker bei dem Wort »Bombe« heftig gerissen hat. Aber er hat nur einmal tief Luft geholt und seine Rolle weitergespielt. »Dann verstehen wir uns. In Ihrer Straße wird in einer Stunde etwas passieren, das soll Sie aus dem Haus locken, sagt mein Informant. Es ist also besser, Sie fahren den kleinen Wagen im Lauf der nächsten Stunde in die Seitenstraße hinter dem Haus. Machen Sie das selber, unter Ihren Leuten befindet sich ein Maulwurf. Gehen Sie wieder zurück ins Haus, als ob nichts wäre. Verlassen Sie Ihr Grundstück etwas später unauffällig durch die hintere Pforte, sobald sich auf der Straße vor der Einfahrt was tut. Nehmen Sie nur das mit, was Sie am Leib tragen können. Keinen Koffer, keine Tasche. Niemand in Ihrer Umgebung darf merken, dass Sie auf absehbare Zeit nicht zurückkehren. Nur so werden Sie diese Nacht überleben. Ich brauche Sie und Ihre Nahost-Connection aber lebendig, mein Freund. Sind wir uns einig?«

»Woher weiß ich, dass Sie selber nicht vorhaben, mich zu kriegen?«

»Weil ich Sie dann schon lange getötet hätte? Oder weil ich

dann nur abwarten müsste, bis der Gregorian-Clan Ihre Burg gestürmt hat? Wie viele ›Weils‹ brauchen Sie noch? Tun Sie doch, was Sie wollen. Ende.«

Stocker unterbrach die Verbindung und schaute Drago an. »Jetzt aber los, ich habe noch viel zu tun.«

Er startete den alten Benz und fuhr zügig zur »Endstation«. Unterwegs berichtete Drago in schnellen Sätzen, was er im Laden und in der Wohnung gesehen hatte. »Die zwei Kameras sind weg. Der Rekorder auch. Jemand hat nach was gesucht, aber sehr professionell. Ich vermute mal, dass der Ahmed nach Hause kam, überrascht wurde, und dann … Oh, Scheiße, ich werde den Anblick mein Leben lang nie mehr vergessen, Mann. Das CD-Radio hab ich runtergeworfen, die Rückwand hat einen Riss, man sieht den Beutel mit dem Koks ein bisschen. Ich glaube, mir wird schlecht. Warum musste ich das überhaupt tun? Ich meine, warum habe ich das Koks nicht mitgenommen?«

»Weil es jetzt vielleicht für die Polizei wie ein missglückter Rauschgift-Deal aussehen könnte. Mann, bei deiner Intelligenz ist es wirklich besser, wenn da jemand ist wie die Nellie, die auf dich aufpasst.«

Vor der Gaststätte hielt er an und sagte im Aussteigen zu Drago: »Ich muss noch schnell wohin. In einer oder zwei Stunden bin ich wieder da. Nellie und du, ihr wart den ganzen Abend hier. Beide. Bläut euch das gegenseitig ein. Ich hole mir nur schnell was aus dem Schuppen, dann bin ich wieder weg. Ach ja, ruf deinen Vater an: Der Wagen mit dem Setkau muss in etwa einer Stunde in der Straße vom Wittmann sein. Nicht später. Und zwar so, dass die Kameras auf der Mauer ihn erfassen. Die Jungs, die das durchziehen, müssen aber blitzschnell wieder weg sein, noch bevor der Wittmann seine Leute rausschickt. Also: Abschleppwagen ein paar Straßen vorher so klarmachen, dass das Auto mit dem Rotkäppchen drin nur noch schnell runter auf die Straße plumpst, zack, und dann mit Vollgas weg von der Bildfläche. Hast du das kapiert, Junge?«

Drago nickte und schaute zum Haus. Stocker, schon auf dem

Weg zum Schuppen, rief: »Was ist? Mach hin, jetzt muss alles ganz genau in den Zeitablauf passen.«

Nachdem Stocker gefunden hatte, was er suchte, warf er den kiloschweren Beutel auf den Bodenraum vor dem Beifahrersitz und fuhr los.

36

Diesmal nahm er die A 8, fuhr in Holzkirchen von der Autobahn ab und war schon nach einer knappen Viertelstunde auf der schmalen Straße, die zu dem Haus und dem großen Holzschuppen auf der Anhöhe führte. Er parkte bei der Baumgruppe, ungefähr an der Stelle, an der der Wagen beim letzten Besuch stand.

Stocker blieb noch einige Minuten im Auto und beobachtete das Haus und die Umgebung. Alles lag im Dunkeln, hinter keinem der Fenster brannte Licht, auch im Schuppen mit der Cessna war niemand.

Er schnappte sich den Beutel mit dem Sand, ging in schnellen Schritten um das große Grundstück und die beiden Gebäude herum und hinter den Holzschuppen.

Mit einer kleinen Taschenlampe leuchtete er die Bretter ab. Durch die Schlitze konnte er den Draht der Alarmanlage sehen, der in der Höhe von einem Meter an der Innenwand entlanglief. Auch das Heck des Flugzeuges konnte er in dem diffusen Licht ausmachen.

Nach einer oder zwei Minuten fand er an einem der Längsbretter eine feucht-faulige Stelle. Vorsichtig stemmte er einen Fuß an die Holzwand, bückte sich und zog an der Unterseite der Latte. Das morsche Holz löste sich mit einem leisen Quietschen von den Nägeln und brach in einer Höhe von circa siebzig Zentimetern ab.

Stocker zwängte sich seitlich und bäuchlings durch den schmalen Spalt in den Hangar, rollte sich auf den Rücken und schaute sich im Schuppen um. Im Licht der Taschenlampe folgte er dem Alarm-Draht, der sich einmal komplett um die Innenwände und zu den beiden Torflügeln zog. Rechts war in Brusthöhe über dem Schloss ein kleiner Kasten mit einer Tastatur, unter der ein blaues Lämpchen blinkte.

Er stand auf, ging zu der Cessna und kletterte auf einen der beiden Holme, die vor dem Cockpit angebracht waren, um die

Tragflächen zu stützen. Wie bei den meisten kleinen Hochdeckern befanden sich auch bei der Cessna die beiden Tanks in den Flügeln, der Tankstutzen saß rechts oben, an der Tragfläche im Cockpit-Bereich.

Stocker öffnete ihn, kippte vorsichtig das ganze Kilo Sand, das in dem Beutel war, in den Tank und verschloss ihn wieder. Mit seinem Ärmel fuhr er über den Bereich in unmittelbarer Nähe der Einfüllöffnung und leuchtete mit der Lampe quer über die Tragfläche, um sicherzugehen, dass nirgends Sandkörner zu sehen waren.

So wie er gekommen war, verließ er den Schuppen und brachte das Brett an der Außenwand wieder so an, dass man auf den ersten Blick nichts von dem Bruch sehen konnte.

Zurück auf der A 8, rief er in der »Endstation« an. Drago meinte, alles würde genau so wie besprochen ablaufen.

»Gut. Ich bin in einer halben Stunde bei euch.«

Auf Bayern 1 spielten sie »Fly Me to the Moon«, gesungen von Frank Sinatra.

37

Stocker hatte sich angewöhnt, beim Frühstück nebenher auf seinem Laptop einige Zeitungs-Websites durchzuklicken. Meist las er nur die Schlagzeilen, die Sportmeldungen und scrollte zügig weiter. Aber diesen Artikel, den eine große Boulevardzeitung mit vielen BILDern drin brachte, las er ganz. Da stand unter einem Foto, das ein Flugzeugwrack zeigte, das kopfüber in einem Acker lag:

Staatssekretär stirbt bei Flugzeugabsturz

Gestern Nacht gegen dreiundzwanzig Uhr zwanzig stürzte in der Nähe von Wasserburg am Inn eine einmotorige Cessna ab. Der Pilot, ein Staatssekretär des Innenministeriums, überlebte das Unglück nicht. Die Wasserburger Feuerwehr, die in kürzester Zeit mit drei Löschzügen und zahlreichen Einsatzkräften, auch aus dem Umland, an der Absturzstelle war, konnte den Piloten nur mit Hilfe von schwerem Gerät aus dem vollkommen zerstörten Wrack bergen. Für den einundsechzigjährigen Beamten L. W. kam jede Hilfe zu spät.
Die Ermittlungen der genauen Absturzursache dauern noch an. L. W., der keine Familie hinterlässt, galt als korrekter, integrer Politiker, der für seinen Beruf lebte und dessen einziges Hobby die Fliegerei war. Warum er um diese Zeit mit seiner Cessna unterwegs war, bleibt offen. Aufgrund der anlaufenden Ermittlungen gibt es dazu und zu der Absturzursache keine Auskünfte. Man geht aber vorerst von einem technischen Defekt aus, weil ein Zeuge das Stottern eines Flugzeugmotors hörte, kurz bevor er den Aufprall auf einem Feld beobachtete.

Stocker klappte seufzend den Laptop zu, fuhr sich mit der Hand über die Stirn und schloss die Augen. Er dachte an Anne, sah sie vor sich, wie sie aus dem linken Mundwinkel eine Haarsträhne zur Seite pustete. Sah ihre perfekten Zahnreihen, wenn sie lachte und den Kopf dabei leicht nach hinten nahm. Und er merkte, wie ihm diese Gedanken ein zaghaftes Lächeln ins Gesicht gruben.

38

Am nächsten Tag nach dem tragischen Unfall war genau dieser schon keinen Aufmacher mehr wert. Einige Münchner und Chiemgauer Zeitungen brachten lediglich ein Statement der Landesregierung. Darin wurde Dr. Leopold Wittmann als eine tragende Stütze seiner Abteilung bezeichnet. Ein Berufener, der nur seine Arbeit kannte und eine nicht zu füllende Lücke in seinem Ministerium hinterlassen werde. Man schätzte seine offene, leutselige Art der Verhandlungsführung. Er war ein Mann, der das Scheinwerferlicht scheute und sich lieber auf seine Spezialität, diffizile Problemlösungen im Nahen Osten und in Afrika, konzentrierte.

Lass deine Feinde nie wissen, was du denkst.

Es ist doch so: Der Bäcker backt. Der Metzger macht Wurst, Schinken, so was eben. Aber wer mit Gewalt zu tun hat, zieht Gewalt an. Ob er das will oder nicht. Das ist wie mit den Naturgesetzen. Die ändern sich nicht, nur weil du oder ich sie nicht kennen. Erinnerst du dich an die Szene in »Der Pate«, als Michael Corleone in seiner alten Strickjacke in der Küche steht und sagt: »Immer wenn ich denke, ich bin raus …«, und jetzt wird seine Stimme laut, er ballt die Fäuste vor dem Körper, »… dann ziehen sie mich wieder rein.«

Wenn du dich jetzt fragst: Was soll denn den Stocker in dieser Situation wieder in was reinziehen? Er hat seinen besten Freund und Partner verloren, seine Kneipe hat er verschenkt, wenn man das so sagen kann. Und die Frau, mit der er dachte, ein neues Kapitel in seinem Lebensbuch aufzuschlagen? Auch die hat man ihm genommen.

Aber das Leben geht einfach weiter. Tag für Tag, Nacht für Nacht. Ich weiß, dass er noch weniger geschlafen hat, dass er oft in der »Endstation« war, dort meist zu viel trank und in dem Kämmerchen hinter der Küche von seinen Alpträumen überwältigt wurde.

Ich weiß auch, dass ihm der Enno von Bernbach, den viele damals den »Paten vom Chiemsee« nannten, den einen oder anderen Job angeboten hat. Weil Stocker halt ein Mann ist, der so manches Problem löst, egal wie. Aber er hat alles abgelehnt, hat sich von seiner Trauer einwickeln lassen wie eine Fliege, die sich in ein Spinnennetz verirrt hat. Und die sich mit jedem verzweifelten Befreiungsversuch noch tiefer in das transparente, aber tödliche Netz einhüllt.

Doch an einem regnerischen, windigen Morgen rief ihn sein Anwalt, der Dr. Becker, an und riss ihn aus seinen Nebeln der Trauer.

»Herr Stocker, ich stecke da in was drin und brauche Hilfe. Ihre Art von Hilfe.«

Stocker kniff die Augen zusammen und versuchte, sich zu konzentrieren. »Was ist los?«

Dr. Becker hüstelte, sog scharf die Luft ein und sagte: »Ich sollte einen hohen Lösegeldbetrag übergeben. Jetzt hat sich der Auftraggeber das anders überlegt und macht die Übergabe selbst.«

»Ich übernehme keine Bodyguard-Jobs, das wissen Sie doch.«

»Das sollen Sie auch nicht. Ich bitte Sie nur, in der Nähe zu sein. Herrgott, eigentlich dürfte ich mit Ihnen über die Sache gar nicht reden.«

»Warum tun Sie es dann?«

»Weil die Frau des Klienten meine älteste Tochter ist. Ich habe Angst, Herr Stocker. Darf ich Sie treffen? Jetzt? Das ist keine Sache fürs Telefon.«

»Eins noch: Wer wurde entführt? Ihre Tochter?«

»Nein. Die Sache ist komplizierter.«

Und das war sie wirklich, das kannst du mir glauben. Ich erzähle dir diese Geschichte. Aber nicht jetzt.

Danksagung

Eine Serie zu schreiben, ist niemals einfach. Es sind viele Figuren im Spiel, die man sich während des Schreibens der ersten Story vielleicht ganz anders vorgestellt hat.

Aber im Lauf der Zeit entwickeln sich viele Variablen. Menschen verändern sich oder werden durch das, was mit ihnen geschieht, zu anderen.

Deswegen möchte ich meinen Lektoren danken, die mich sanft zu dem hingeschoben haben, was ich eigentlich schreiben wollte. Da wäre zuerst Carlos Westerkamp, dem ich am Anfang nicht folgen konnte. Jetzt bin ich froh, dass ich auf ihn gehört habe. Man lernt nie aus.

Auch den hervorragenden Lektor/innen bei Emons danke ich, zuallererst Frau Dr. Christel Steinmetz: Unser erstes Telefonat werde ich nie vergessen.

Und ich danke meiner Frau Liv, die aber auch mein größter Kritiker sein kann. Und ich bedanke mich bei meinen vielen treuen Fans und natürlich für die vielen Mails, die mir sagen, dass ich mit meinen Storys nicht so verkehrt liege. Die eine oder andere Anregung gibt mir jemand, dessen Namen ich hier nicht nennen darf.

Aber du, Georg, weißt, wer gemeint ist. Handkuss auch an deine charmante Gattin.

Rosenheim, Dez. 2020
Heinz von Wilk

Heinz von Wilk
CHIEMSEE-VERSCHWÖRUNG
Broschur, 256 Seiten
ISBN 978-3-95451-366-6

»Bierernst bleibt es bei den Krimis von Heinz von Wilk nie. Es gibt auch immer jede Menge zu lachen. Der Autor führt mit viel Ironie und sehr direkter Sprache durch die Handlung. Die Originalität seiner Figuren gibt den Krimis eine ganz besondere Würze.«
Oberbayerisches Volksblatt

HEINZ VON WILK
DER PATE VOM CHIEMSEE
Oberbayern Krimi
emons: